世纪小说馆
纯美笔触 悲悯情怀 叩问人性 直面现实

U0840845

虽然现实世界里残酷而又无奈，但小人物的坚韧却如小草般顽强地在这个世界扎根并生存。

一时之间如梦

Yishizhijian Rumeng

葛水平／著

二十一世纪出版社
21st Century Publishing House
全国百佳出版社

图书在版编目（CIP）数据

一时之间如梦 / 葛水平著 . -- 南昌：二十一世纪出版社，2012.9(2022.4重印)

（21 世纪小说馆）

ISBN 978-7-5391-7972-8

Ⅰ . ①一… Ⅱ . ①葛… Ⅲ . ①短篇小说 – 小说集 – 中国 – 当代 Ⅳ . ① I247.7

中国版本图书馆 CIP 数据核字 (2011) 第 192166 号

一时之间如梦 葛水平 / 著

策　　划 张　明
责任编辑 张　宇
出版发行 二十一世纪出版社
（江西省南昌市子安路 75 号　330009）
www.21cccc.com　cc21@163.net
出 版 人 张秋林
经　　销 新华书店
印　　刷 北京金康利印刷有限公司
版　　次 2013 年 1 月第 1 版　2022 年 4 月第 3 次印刷
开　　本 700mm × 1000mm 1/16
印　　张 16.5
字　　数 162 千
书　　号 ISBN 978-7-5391-7972-8
定　　价 28.00 元

赣版权登字—04—2012—694

出版前言

这是一个令人激动、亢奋又无奈、伤感，一个“神马都是浮云”、令人无法把握和逆料的信息娱乐化时代；一个挟带着无以伦比的超能力量，真正以迅雷不及掩耳之势便能瞬间瓦解和改变所需要的一切，令人百感交集却又身不由己，连真实的人生都能被摇晃的前所未有的浮躁时代。

所幸还有小说——这个文学门类中最坚不可摧的艺术形式，依然用它对人生悲悯的宽容和抚慰，让人的心灵还能保有一丝清澈和真诚。虽然文学板块在信息浪潮的强烈冲击下，不可遏制地发生着巨大的变化，但文学的真正重心和意义却是无法逆转的。

小说是叙事的艺术，要有真实的情感和人生感悟。它所要传达的永远是应该直达内心的深刻的思想性，只有这样，小说才会具有永恒的生命力。

新世纪的文学发展至今，已整整是第十个年头。面对纷繁复杂、剧烈变化的当下时代，小说家们无疑遭遇了前所未有的文学创作挑战。怎样挖掘和表现当下社会情状下的真实生活和思想，是他们所面临和思考的。带着这样的使命和情感，我们策划出版“21世纪小说馆”系列。

启动“小说馆”，力图囊括当下具有广泛影响力及切合当下市场因素的新锐作家和重要作家的代表作品，以当下风格、当下气派和文学价值观上的当下立场，来展示历史进程、社会变迁、当下生存与现实画景，尤其是表现思想的表情、真实的人性、人民对生活的自己的理解和安排。

挂一漏万，偏颇缺失也在所难免。但在当下的市场经济和社会转型下，这项文学工程将尤其警惕审美趣味的走低、语言的粗陋及想象力、原创力的匮乏，而特别倡导当代作家对社会责任的承担，对现实敏锐大胆的把握、对人精神深处犀利而透彻的挖掘、对当下国人复杂而多彩生活的表现、对未来乐观而坚韧的希望、以及对优美汉语言的精心重铸、传承启后。

如此，这方“馆”将会是欣欣向荣的中国文学事业的一个缩影，是生机勃勃的转型期中国小说界的一件雅事盛事，其文学价值和社会意义，相信只会随时间的推移而日益彰显。

静下心来，用一颗善感的心去阅读它们，去感受当下世相人生的脉动，则每颗心灵必多一份丰沛润泽。观照别人的人生心性，享受不可多得的愉悦，这或许是生命发酵的催化剂，生命便得以多出了酿造人生的时间。

是为前言。

目录

春风杨柳

一

杨家老屋子前的拴马桩还在，马没了。

每一次杨家兄弟路过，尤其是晚上，在一片漂洗得纤尘不染的月光下，看老屋，怎么看都像纸扎的灵屋一样虚幻，那可住过祖先曾经的繁华？

杨家走到七十年代，人口四下而去，衰败了。杨家正宗后人杨德孩长子杨长青的后代杨丙尧和杨丙西也都各自娶妻成了家，杨家的大院还在，屋易其主住的不是杨家的后人了，有金姓常姓李姓，混乱地住在一个大院子里。弟兄俩住在河边上五间土坯房子里，一人两间半，日子过得细脚伶仃。上土沃这些年外出人口不多，政策还没有放开，日子过得也都四平八稳。终日忙碌，都是为了公家。上地的时候为了公家，下地的时候也是为了公家，为公家奔波于田间，欲望集中，步调一致，日子过得倒也盲目得欢实。七十年代杨家弟兄的房子被烧过一次，是墙上的灯捻爆响花，火星儿点着了炕墙上糊厚的报纸，连带着把被褥一起烧了，幸好没有烧了房梁。这一下让杨家几年都没翻过劲来。到了70年代末期，三中全会开过后，日子过得有欲望了，才知道受苦不该是为了集体，该给自己受了。日子苦永远都有理由，经历是走过来的，分田分地分家产到如今的包产到户，土地远走远转了一圈又回来了，日子却不是以前的日子了。三十年河东，三十年河西，说的是黄河里的淤沙，土地上谋收成的人永远都有大方向指着，有无法看透的缝隙。三十年，经历已经把兄弟俩的胆子磨疲沓了，日子过得寒酸，虽知道祖上是大户，可那是黄历啊，是遥远的庙堂国事，一切连想都遥不可及。

世道是真变了，往前走，杨家血脉里的那份不安分的东西就往出开始冒了。杨丙西想开一家豆腐坊。开豆腐坊不能在上土沃开，要到公社去开，决定和哥哥商量一下。杨丙西猫着腰肘下夹了一瓶潞酒走进哥哥的屋子。嫂子柴棉棉看到小叔子来了，没多话，捅开火坐了铁菜锅提起案板切了半个回子白，不大会儿一个菜端到了炕桌上。杨丙西和杨丙尧对饮，饮到酣处，恓惶自己家的家底。大集体的时候，夏季大致一口人能分到五六十斤麦子，一年的口粮，大年小节、红白喜事、亲戚往来，哪一样都少不了麦子，全年的节气都在后半年过呢，前半年哪见过白面星星？眼下有了自留地——作为农民，谁都知道包产到户的好处，日子才抬了个头儿，尾巴就想翘，心痒着不能和旁人说，不能不和自家的哥哥讲。杨丙西说："哥，想去公社开豆腐坊，眼下生活好了，谁家哪天不吃顿豆腐，到了乡里，过往的人多，饭店不愁买卖，该比土里刨食强。"杨丙尧知道兄弟是来和自己商量事来了，种地没钱花，又养着一个得了小儿麻痹的儿子，现还在上学，长大了怎么办？他老了做不动活儿，哪个来养他？这都要兄弟来操心。既然来商量事了，就是明白着告诉自己，卖豆腐得夫妻俩合伙，这个儿还得要哥招呼着。话不用说得太明白，啥事也敌不过亲情。杨丙尧从心里不喜欢弟弟做买卖，祖上受的罪，那高楼大瓦房到最后的结果明摆着呢。爹临死前说过："长壮实了，健全了，就是庄稼人的本事什全了，别想其他，粮食够吃，早娶媳妇快抱孙，七十二行庄稼人为王，一代一代安稳着有个点香头的，就好。"爹有一事按下不说，祖上人和暴店柳家有过节，杨家只要往暴店去做生意，柳家便使黑来害杨家。如今弟弟要去公社卖豆腐，能看多远？孰重孰轻，孰轻孰重，他凭着对人世间的判断，抱定七十二行庄稼人为王的祖训，决定要弟弟不远行。酒喝到酣时不明原因地两个人开始掉泪了，一瓶酒，恓惶都喝出来了。杨丙西说："哥说的是，只要勤快，泥地里啥都有。可咱在地里歇过偷过懒吗？人有好坏，地有薄厚，种下的不见好收成，咱能和人家谁去叫板？地也要种，豆腐也要卖，买卖得手的是钱啊，不能求现在的稳当，以后呢？老来呢？""我知道你是想有个积蓄。到了暴店，千万记住了不和柳姓打交道,杨、柳有纠结不清的麻缠呢。"杨丙西点点头。"你去卖豆腐，娃我来照顾。"杨丙西在炕上拉开架势磕了仨头，磕得额头发红，泪流满面。

杨丙西打拼收拾好，借钱买了一头驴，在暴店公社租赁了房子，用牛车把大石磨、大铁锅、大沙缸、木头豆腐槅子、压板、沙子等，一应俱全拉到了公社。他和老婆马彩霞每天做三十斤黄豆，一斤黄豆出两斤六两豆腐，硬邦邦的豆腐，麻绳儿能吊得起来。小本买卖做得起劲。几年豆腐做下来，人脉和地盘都扩张了，把患病儿子也带了过来在乡里上学。儿子上学不见工夫，杨丙西决定不让儿子上学了，要他跟了公社修手表的柳成土学修表。杨家和柳家的一段渊源，能记得的好像也少了。老一些的人还能模糊想到很早前两个家族之间的争斗，争一个铜鼎。县太爷想拿了杨家的铜鼎卖给杨家一个官儿，柳家看不惯，使了方法偷走了杨家的铜鼎，乱咚咚的世道，两家都伤得很重。远去了，曾经的祖先都成了陌生的人，崭新得扎人眼的现在，要紧的是怎么往前走，哪还想去在乎从前？况且腿脚有毛病的人，哪个不是去学修手表？！暴店公社会修表的也只有柳成土。柳成土收了杨家两瓶潞酒、两条大前门香烟，算是认下了徒弟。柳成土教杨家儿子修表，一带就是两年。好在杨家儿子生得灵窍，虽然腿脚不便，但所教皆学得进去，又一副人残志坚不服输的决心，格外叫柳成土喜欢。三年后，杨家的拐儿子在暴店公社人民供销社进门处用玻璃打了一个三面小隔断，算是开了自己的摊子。那时候能有表带的不多，他兼修钟表、挂表、拉链等小零碎儿。儿子有了饭碗，杨丙西的心也就放下了。日子像线一样，中间挽了一个疙瘩，现在疙瘩已解，杨丙西的心舒畅了许多，心情舒畅就想着将来回不回上土沃都没有多大意思了，想着在暴店买房子，琢磨着上土沃的房子该让哥哥买，因为五间房子梁架不分，哥哥不买了才能卖给旁的人。杨丙西犯了一个错误，五间房子两间半，那半间是前后隔断的，他那半间没有窗户。杨丙尧知道弟弟卖房子，私心里是想自己占了，可是钱不够，不知道兄弟能不能缓三头二年的。杨丙西不想缓，哥哥没钱，买房子等给钱是一个谎，他急等着花钱呢。房子说买不是一下就买了，弟兄俩各自怀着心事，心里就结了芥蒂。

说说话话，杨家的儿子在暴店修表出了名，也有闺女愿意嫁过来，是好事，闺女嫁过来的条件是必须在暴店公社买房。这下房子是一定要在暴店买了。

柳成土在人民供销社成立时，因自己家的地盘进入了供销社，他便当了售货员，这是一个赚国家钱的营生。成了国家正式人员，某种程度上感觉就好多了，一副扬眉吐气的样子，不用再拿着眼睛夹着放大镜看那些个小零碎了，便动用正式工的职权把门口的一小块地盘长年租赁给了杨家的拐子。杨家的儿子长得细瘦伶仃的，喜欢敞着穿一件中山装。有生活做了，人孤零零地埋着头，两手窝在眼前没人交流的寂寞，挺是叫人心疼的。供销社来的人不多，大都是女人，一来就是三两个结伴，叫了要扯的花布，推嚷着喧哗着比划着，有时候她们来好几次都不见下决心。供销社有一天进来一个女售货员叫小彩，很伶俐的一个闺女，长得不算好，进来了就算是吃供应了，羡慕她的当下里也知道了她是有背景的，因为她爹是一个村里的会计。小彩来了供销社，来的人里就多了男娃，多是混混，一个个都长一副蓬头垢面的脸模子，他们来了专叫小彩拿货，小彩拿过来了，他们的眼睛却不看货，在小彩脸上瞟。柳成土知道都不是来买东西的正经料。小彩也无所谓，反正成了供应粮了，拿着公家的显摆心情也没有什么不妥。对于小彩来说，一种是新鲜，另一种是给一个人看。想让看的人不是别人，正是杨家的儿子杨兵。杨家儿子在门口的三面玻璃后很认真地修表，除了偶尔向师傅柳成土笑笑，露出一口白雪雪的牙之外，从来不多看小彩一眼。那时候的爱情观很简单，男人女人除了谋生之外，没有任何爱好、别的闲暇，在狭小的生活圈子里，正派有理想的青年很受闺女们喜欢。小彩认为杨家的儿子是自己理想中的爱人。残疾不是问题，况且也不是后天形成的，爱的是他这个人，而不是身体。柳成土看清楚了这一点，就想撮合他们俩，一时理由不充分，每天琢磨着，果然琢磨来机会了。

二

小彩带了一块日本产的双狮表，有一天她上厕所时发现表停了。知道是自己夜里忘了上劲，蹲在厕所里脱下表上劲。不知哪个坏小子吃不到葡萄了在厕所外的口子里扔了一块石头，小彩喊了一声：“谁？”人往起站的当下表也掉进厕所里去了。表的声音和石子的声音都不是太大，但是，对当时的小彩来说是跌心的感觉。小彩爹雇了人下到厕所里捞上表来的时候，那只表停留在了它出事的那个精确时间里：10点35分。杨家的拐儿子拿到那只表时是草纸包着的，臭味还在。杨家儿子清洗表后的第二天大早上，在小彩上班的门口等着了她，递给了她。小彩说：“多少钱？”杨家儿子说：“啥都要钱，世界不乱了套了。”一股暖流袭上心头。未经世事的爱情就这样进一步种在了小彩的心里。

柳成土做了这个媒，做得有点儿费劲。

小彩的爸爸怎么会叫小彩嫁这样一个人呢！过程比结局更有滋味，杨家儿子认为自己天生是失败着，失败是注定的，不失败也是不可能的。一开始杨家儿子就没有冲动过，他没有明白人有时候的未来常常是别一番模样。在杨家儿子不能肯定自己的日子中，柳成土说话了：“你有没有那意思？”杨家小儿杨兵不能说没有，也不能说有。空气里充满了躁动，又流动着更大的安静。“师父，我不敢想。”“怕啥呢？你说这世道让咱见不到华主席，咱就不能想见了？”“师父，那不一样，人家是眼前人。”“所以咱不能遏制了旺盛的虚火，我看那闺女对你心里不安分，你要敢把勇气提起来，我就敢给你来个纲举目张。”杨兵点了点头，然后很尴尬的红了脸。

柳成土拍了拍徒弟的肩膀说：“好样的，我需要浇水了，你就装了淋了一身雨的样子，我需要给你施肥了，你只管在你力气能使到的地方长一长，趁着爱情还没有附加太多的东西，我用师父的两张嘴给你捏合一个好家庭。”

杨丙西明白了儿子的能耐，窃喜着，也心慌意乱地等待着。一年的时间进入了秋天，杨丙西端了一屉豆腐送给了柳成土，柳成土知道豆腐的分量，半两没有丢在自己的案板上，骑了自行车送到了小彩家。

柳成土放下豆腐说：“小彩爸，你要觉得这豆腐不是豆子做的，你扔到大门口叫狗吃了。送你豆腐的人家没有提半个字的话，我一厢情愿送豆腐上门就是想把你闺女小彩嫁个好人家。我知道，你是嫌弃人家儿是个拐子，拐子是仙人转世呢。自打我认了这个儿做徒弟，从来走路就没有见过他勾着头，走路看做人呢，腰都挺不起来，畏缩着不朝前头走，注定是干不了大事的人。说白了，人家没有看上你闺女，看上的是自己的事业。尊贵的人，腿虽然有疾，脖子是仰着的。俗话说了，红心萝卜紫皮蒜，仰头老婆低头汉，别小看人家，万物万事都有来路，也都有去路，来路纷杂，去路归一，心憋着一股劲，人家是想走到人前头呢。”

小彩爹坐在小凳子上，一根接着一根抽纸烟。小彩妈一碗糖水端到柳成土面前。柳成土喝了一口。坐人家的凳子，看人家的脸色，喝人家碗里的成色，知道人家是放了白糖不是糖精。

“你看你村里的人，从自家院子到自家田里，前前后后的那些勤快人和懒人，一直都不曾停下或者拿起手中的活计，他们都在期待着什么，是什么呢？我来告诉你，几亩大的田想种出好日子来，想发财呢。屁！提着粪桶给田里喝汤呢！发财梦都化在阴晴雨雪的日子里了。往小里说，人家是买卖人，往大里说人家有积蓄，暴店买房子不算事，你闺女嫁过去，那还不是端着活。你当大队会计，知道会计的作用有多大，闺女过去了也是当会计呢，给杨家当会计，进出一把锁，天生该是阎王命呢。”

钱是人的命，阎王是管命的主。

小彩爹插不上话，也不知道要说什么，只好把头长时间地扭在门口看。小彩妈端过来一碗糖水放在脚边上，他端起来，两口喝完了。一时又忘了喝完了，又端起来喝，啥也没有喝到，吸溜了一口空气。怕柳成土看到自己失态，舌头舔了一下碗边，伸长手放到了门墩上，秋蝇子哗地飞了过来贴到了碗沿上。小彩爹抬手来回搧了两下，有些局促不安地叫小彩妈："端了碗走开。"

"你看那些个种田的人，有几个是正经后生，书不好好念，整天里往暴店跑，想学城里人，城里人娘肚子里就是城里人，娘肚子决定了命。学穿什么喇叭裤，不说别的，攒了粪都野没了，真要找这么一个货色，终其一辈子，给小彩带不来片刻安宁，倒是花肠子长得长，撩猫逗狗的。你家小彩是嫁好人家，好人品呢，不是嫁混子的。你琢磨我的话对不？"

小彩爹的情绪似乎平缓了一些，默默地攒着劲想给对方一个回绝，半天后站起来说："这事不成。"

"你把那豆腐扔了，给狗吃了，我柳成土要是登你第二回门，我不是人，是狗。"站起来端起一碗糖水走到门口，要往院子里泼。

"你这是做啥呢？"

"做啥呢，我不给供销社主任添好话，你小彩能吃了供应？做啥呢，半天给了我一句顶心口的话，我的脸不是脸？我的脑子是个糊脑子？一口回绝了，比劈头给我一巴掌还难堪。不坐你大队会计的椅子了，我屁股上长着针呢，坐你大队会计的椅子我怕生脓呢。万事不讲，就你小彩的长相，要是嫁了好人家我倒栽跟头来见你。"两手一揪前襟，立马人站了就要走。

小彩妈急忙从里屋出来拽住柳成土的衣袖，"他叔，你也是好心人，你看中的人能有错？万事总有商量吧，怎么说着就针尖对麦芒了呢？坐下坐下。"

柳成土执意要走。

小彩爸说："条条大路通罗马，世上没有死路，也没有死话，他杨家要真能在暴店盖了屋子，我把小彩嫁给他做媳妇，咱把脚下的路走稳走顺，两年里要盖不下屋子，大路朝天各走一边。"

柳成土揉了揉鼻子，知道话里有活了，一下又从囫囵状态中清醒过来。不能不顺应当下，来做啥了？说亲。脾气点着了，也得浇灭它。回过身来坐在了椅子上说：“我说么，能做了大队会计就该有一个宽阔的心膛。两年里我要他盖五间大瓦房，我不怕你不信任，真要把这媒人做彻底了，不怕你不答谢我。”

杨丙西很慎重地回上土沃找哥哥谈话。老弟兄俩坐在河边上，杨丙尧箍水桶，藤条在水里压着早已湿透。杨丙尧话里有话地说：“现在磨豆腐都不用石磨了，我还箍水桶，人家都用塑料水桶挑水了，我连铁环都买不起还用藤条箍。”

杨丙西说：“我下一回来家给你买两只塑料桶就是了。我回来是想商量屋子的事，你侄子大了，有人嫁，人家闺女没额外要求，只求在暴店有房住。”

杨丙尧用锯末添捣水桶缝隙，木桶被捣得嗵嗵响。那声音是叫杨丙西听的。杨丙西也知道，哥哥是胆虚，是想用当下的事掩盖内心的想法呢。事情摆着，火烧眉毛了事急人也急。

“上土沃没好闺女了，要拿屋子去倒贴？”

“人家是吃供应粮的。”

“噢，有本事人都能吃了供应粮，你儿比吃供应粮的还有本事呢。”

“哥，你这不是说风凉话么？你要是要，屋子就留着，钱打凑一下，借也好咋的也好，我也是万般无奈了。哥，说到明白处，亲兄弟也得明算账。”

杨丙尧箍桶，一直不喜欢用铁圈箍，一直用半边藤条箍。藤条韧而硬，干后收得紧，又不易变脆，一劳永逸，三年五年都不用换箍子。杨丙尧还有一个绝活，破了缝的桶他也敢箍浑全，偶有洞现他用锯末渣添实，绝不漏水。他有手艺，从来没有人敢小看他，就算是箍桶的手艺停止了，以往的技艺却依旧延续在上土沃人的口碑中。一个“穷”字让杨丙尧在弟弟面前短了半截子。气从心底生出来，更多的是怨气。你在暴店卖豆腐，地里的生活，挑肥挖沟，割麦打豆，犁地撒种，一时半会儿回不来，哪一件不是我和你两个侄儿不误节气先给你下种！当年在暴店创业，你的小儿是你嫂子照顾着上学下学，从没有敢冷一顿热一顿亏待了他，到如今卖房，一句明白话：亲兄弟明算账就把事情抵消了。杨家解放后是穷了，再穷，一个万事不求人的信条我杨丙尧还记得，自己能动手将就的，决不求人，求人要落人情，欠情如欠债，于心不安。欠你的钱可是有亲情顶着呢，敢说出叫我去借？不吭气，就等你下一步做呢。

杨丙尧有两个儿子，两个儿子都当着光棍，大儿叫杨强孩，二儿叫杨兵孩。单看取的这名字，就知道人长得敦实坚固。还是因为穷，闺女不愿嫁过来，日子挡不住两个劳力电杆子一样竖在家里，杨丙尧遵循家训：饿死不出外。两个儿子熬着日子，被当爹的阻挡了外出奔富的机会。杨丙尧是真想要弟弟的两间半屋子，口袋里没有票子底气不壮，人家一个不全换儿子都有人嫁，还是一个吃着供应的公家人，话不能明说，心里的滋味却泛着酸气。话说到绝处了，再说自己真要明着计较，就不像大了，就没肚量了。杨丙尧说：“你看着决定吧。”

没有边缘没有远近的话，杨丙西像得了厌食病一样嘴张着吐不出话来也进不去。

问题摆着，需要让自己心情平缓一阵子，怎么也平缓不下来，头顶的日头明晃晃，擦过他的脸，显得他脸皮皱巴毫无光泽。气也虚上了，想出汗，尽量心平气和地盯着哥哥看。老了，真老了。哥哥的脖子眉头下黑糊糊的，头上挽了手巾，显然也是多日没洗了，手掌粗大毛糙，藤条在手里来回动着，目不斜视，埋头专注于两腿中间的木桶，能感觉喉结急迫地上下鼓突着，聚着一口气，不费想象就知道哥哥是想要这房子，还不想给钱。河边上的秋蚊子一群一群飞，天要黑了，杨丙西开始哭了。

“哭啥呢？儿子要娶吃供应粮的媳妇了，哭啥呢？你要是哭，我该咋？回。”

弟兄两个收拾了地上的家什往回走，老大在前边，老二在后边。老大前边走着迎风流着泪，老二后边走着唏嘘一片。事情都想绝望了。吃罢晚饭坐到院子里的苇席上，河里的蛙泼妇似的鸣叫着。苇席旁边堆着收割回来的黄豆夹子，不小心脚踩过去，倏倏落了一地黄豆，弟兄俩快要撑不住了，顾不及这亲情了。杨丙西说：“哥，你想买，你就得给钱。不是卖了屋子就能在暴店盖得起，我还得借款。”

“谁说我要买了？我是想死去的爹娘，活着时这不放心，那不放心，都过去的人了，埋在了田里，年年十月一送寒衣前都有梦来，死了都不放心，有啥用吗？”

爹娘活着时因为成分不好谨慎做事，希望兄弟平安，这世上，除了爹娘就该是兄弟了。一人伶仃行世间，身边难道无他人？杨丙西回放了自己一天里的事情，是件自寻无趣的事情，回放自己一生的事情，哥哥一直在呵护自己，假如事情真要往绝处去做，那是真要冒被暴店人取笑的代价，哥哥曾经彻骨入血的疼，那是真疼啊。哥哥不说肯定话，是叫自己琢磨，自己想呢，觉得一下子在哥哥面前低矮了许多，这日子过得寒碜粗陋，假如人要不长大，一直是从前，一直是臆想中的幻影多好？碎布头是拼不出绸缎来的呀，日子过得人欲望有了，大了，难了，温吞混沌中爹娘没了，哥哥的心怕也是在考虑他的血脉呢！回转了一下心事，底气又壮了，话团了蛋子在喉咙处要吐了。杨丙尧说：“这屋子你卖旁的人好了。我想圆了爹活着时的一个心意，爹活着时想等你生一个健全儿，没等下，临了交代要是你真生不出来一个健全的，就把我的过继你一个，你也老大不小了，弟妹的生育期也过去了，就算圆了爹的一个心愿，活着时疼你，死了还疼你。你看哪个喜欢，我叫你的两个侄子中的一个现在就磕头过户。我什么都不要你的，就是琢磨不透，人家真要是看中你家杨兵了，何苦要在暴店盖屋子，上土沃的屋子就不是屋子了？做事亮家底，要真如你说的那样，人家闺女看中了，不是谎儿，我租赁屋子，咱把五间一起卖了，不信暴店盖不起屋。我怕你的媒人柳成土哄了你，杨家和柳家的从前，外人忘了，自家人忘不了，我是怕你寻不见的苦字还得找字典查呢。”

“人家闺女愿意是真的。”

“嘻，真的假不了。”

杨丙尧要媳妇拿出家里的积蓄来。那是一个满是补丁的粗布衣裳，展开了，在贴里的口袋里掏了半天，掏出一个卷着的布包包，一块两块的，最大的票面是五块，一共七十块，递给了杨丙西。鼻涕一把眼泪一把，杨丙西抬起手来在自己的脸上打了一个巴掌，“我还是人不！”

杨丙西坐在苇席上，脑子像浆糊一样糊着，哥哥等于是给了他一个空当，让他把自己活过的日子、说过的话滤了一遍，他感觉头顶上倏忽飞过一只什么鸟，院子里的桃树黑着，他的屋子，欢声笑语中长大的屋子，长大，一步步出门闯荡，见了点世面学了点皮毛，就想回来和亲人显摆、叫板，见识短浅的人啊，自己忘记的那些亲情，真要卖给旁人住了，那是良心一生都难有片刻的安宁啊。不卖了。院子里有什么东西刷刷跑了过去，月亮在空中吊着，杨丙西说：“哥，这屋子留着，不卖了。五间屋，弟兄俩，给入土的爹娘一个应答，屋子比弟兄的情义还重要么?”

嫂子端了两碗豆腐汤放在席子上，老浆的香味跳出来，内心便有了想哭的冲动。享受这一碗老浆点的豆腐汤，也许才是最大的福分呢。

三

只有杨丙西知道日子是熬过来的。光阴不能恰到好处给他光彩耀眼的一面，他苦心经营的豆腐坊由一斤黄豆做成三斤六两了，豆腐稀软了许多，暴店的人说："你的豆腐不如以前硬实了。"知道啊，省着琢磨着的日子，能省出暴店的青砖大瓦房来么？一年眼看要过去了，社会不知道要变成啥样了，小彩那闺女的样样在杨丙西的眼前灯笼一样晃着。柳成土说："咋还不见你动工？吃供应粮的闺女在乡下可是金豆豆啊，你不想法子盖屋叫人抢了去，你在暴店的日子就算完蛋了。我老脸不中用不怕，怕的是你杨家的儿子，该收获金豆子的日子，收获了一堆豆腐渣子。"

灯影下的杨丙西望着肮脏的地面，长条桌，矮凳，上面是浸透的老浆，媳妇飞快地在灶前忙碌着，汗流满面，湿漉漉的头发贴在额头上，火苗伸长舌头舔着铁锅，照着她的脸，她不时的用勺子舀着锅里的豆花沫子，两眼深而迷离着。每天的日子就这么过着，忙碌着，到头来盖不起一个屋子。该瞪了架势了，有钱没钱扎了根基就算是开始了，万事开头难，开了头，头上就套了死死的箍子，让你明白一旦受制了这个箍子，任何挣扎都是徒劳的，只能往前走。开始吧，开始吧。杨丙西打凑了钱买了一块地，春天里扎了根基，单等秋口上起墙，檩条和大梁也买了，应该说是赊了，砖和瓦要瓦窑上烧，日子拧着劲走，杨丙西的两鬓角麻晕麻晕的疼上了。

日子如果能慢一点就好了，可就是慢不下来，前面好像有什么好运之类的东西等着呢。为了走完一程望不到头的路，隐约知道背后有人在嘲笑着，到处是人嘴，来往的人都等着看笑话呢，杨丙西望着扎好的根基心事重重的。杨兵看着爸爸说："她要是真看中我了，心不该大到一个屋子才装得下。她要是看中屋子了，一个屋子也装不下心啊！"杨丙西说："你懂啥？我过的桥比你走的路多，心有时候能装下的就是一个屋子。"

供销社不知道为啥，有一天进货进了两个口琴。小彩买了一个送给了杨兵。傍晚的时候，杨兵拿了口琴走到离暴店很远的对面河岸上，水声把一切都掩盖了，他夸张地一甩头用嘴嘞了一下，清脆的音乐就弥漫开来了。月亮出来的时候，月光隐约着他的动作，各种虫儿和鸣着，他学着，却不知道身后有一个人欣赏着陶醉着。杨兵回过头时盯着她看，"我家盖不起瓦屋，你是非农业户口，我是农业户口，户口划分了我们，你我最后肯定不行。"身后的小彩说："工农结合是最好的。""我拿不了犁锄耪耙，你找了我，我是你的一头沉。"小彩不说话，仰着头，大大方方的伸出手，用期盼的眼睛看着杨兵的脸说："我认定了你了，我就是你那条坏腿，你要我，我就嫁你，你不要我，我就死。"杨兵拉住了小彩的手，那只小手胖乎乎的，在他的手心里肉肉的温暖着，一股电流穿过了他的心胸，一种莫名其妙的冲动，有些东西就像闪电一样扑入了杨兵的眼睑，惶惑了一下扭转头，口琴放进嘴里哗啦了一横子，小彩紧紧抱住了他的腰。他开始用力收缩着，胸脯中央的热渐渐上下蹿开了，脚上发热，渐感发烫，那双紧搂着他的腰的双臂热辣辣的，他受不了了，想把脚收缩一下，但是，不能够。他说："小彩，你有一天要后悔的。""世上没有后悔药。"杨兵浑身麻木了，仿佛连骨头都酥软了，一股细小的热流经过小腿内侧缓缓上行，流过膝部，上行到大腿内侧，直抵裆部，他的裆部开始膨胀。这是一件难堪的事，好在小彩搂着的是他的后腰。是在不防备的情形下小彩横到他面前的，小彩说："你要了我吧，我给了你，你就知道我再不能后悔了。""你是个傻瓜。""你才是个傻瓜。"小彩推着他倒退着走到了一块河滩石上。天黑了，月亮被云彩吞了去，一切都是匆忙的，也是沿着身体的经脉向四肢喷发的。五彩缤纷的光晕，像雨后初出的阳光一样，让他们俩看到了大地上繁花似锦的春天。痛快的昏天黑地的夜幕下，杨兵闷着声音叫了一声："小彩。"小彩应了一声："哥哎——"

春天真的来了，树叶出来了，慢慢地大到了手掌大，树叶间漏下了斑驳的日光碎块。做了一天的豆腐，杨丙西感到很累了。他挑着水桶到潞水河边去挑水，腰有点痛，坐在了两桶之间横着的扁担上。夜风吹响时，他抽了半包纸烟，没有任何动作，抽完了续接上，暮色沉沉的河岸边，他听到水流的出气声，河边的石头和月光懒懒散散地铺排着，与他不亲近也不拒绝。草不说话，树不说话，水不说话，挤挤挨挨站在他的四周，只有风晃着。他长叹了一声起身担了水往回走。

他不知道，他的命运就要改变了。

几日前，柳成土的屋子里来了一个穿华达呢上衣的男人，那个男人在他的院子里看了半天。柳成土问他："你找谁呢？"那人说："看你家的狗吃得肥。"柳成土给了他一个马扎，那人累了，坐下来递给柳成土一根烟。狗叫了几声，被柳成土止住了。"你是哪里的人？来暴店做啥来了？访亲还是探友？"那人说："南方来的，县城做生意的，来乡下买狗，有领导干部胃寒想吃狗肉。你的狗肥啊，卖不？"柳成土看着狗说："给多俩钱？""你想要多俩钱？""我的狗是去年的狗娃，正当青年呢！"那人大笑了两声说："你要不舍得卖就拉倒，暴店有多少狗，你该知道。我是撞见了，不然狗值钱不值钱你也该知道。”“十块钱。”“贵了。”“不贵。它跟我有感情呢。”“那好吧，把狗盆也搭上吧，不然就少两块。”柳成土看了看地上的狗盆，眯了眼睛说：“明天你来领走。”那人又掏给柳成土一根纸烟站起来说：“明儿一早我来，要它再和你感情一晚上。”

柳成土想着一条狗卖十块钱，值！想着给狗吃一顿面吧，特意要老婆多放了白面，加了豆面、红面（高粱）。面做好了，往狗盆里倒时看到狗盆脏得狗毛乱飞，想用水冲洗冲洗，不小心提起来时掉在了地上，碎成了三瓣儿，用脚踢过一边去，拿了洋瓷盆倒进了面，狗吃得是浑身颤抖。

那人是一早来牵狗的，看到地上跌碎成三瓣的狗盆，泄了气似的跌坐在了院子里的石板地上。狗攻击他的声音从容了许多，表情冷静地狂野着，它不知道它即将要去赴死了，眼睛在柳成土的吆喝声中游荡着。日头出来了，把院子里的景物照得更显清晰，青色天幕之下，暗色的茬口处发出青铜的光泽，视觉之下来人感觉到了一股浓黑不安的难受。凌晨的风吹透了他的衣裳，白花花的木格子窗前，他把手抬起来放下，抬起来放下，十个指头哀戚幽怨般颤抖着。“你，你怎么胆子这么大呢？”“什么胆子大了？”“那只狗盆。”柳成土看到无声长坠的晨光照亮了那只破烂的狗盆。柳成土睁大了眼睛，从此人奇妙的紧张的深思中，知道那只狗盆有什么内容在里面。“你不是看上狗了，你是看上狗盆了？”铜器的清响，那个人发出了一声绵长的叹息。柳成土后来才知道，那只铜盆何止是值十块钱！在内心激动惯性强烈的驱使下，他的牙齿打架般窸窸窣窣地摩擦起来，闭上眼睛，偷尝了一刻轻松快乐：差一点叫狗娘养的哄了我。活该摔烂了，好！柳成土突然想到了什么说：“我领你去见一个人，他祖上有一个大个儿的东西，那东西就在他家的祖坟里埋着。”“谁？”“磨豆腐的杨丙西。”

柳成土没有一丝的犹豫，领着那人往杨家的豆腐坊走。

在时间细小的片段上，幸福来得一点都不夸张。

杨丙西先是面对柳成土的提问下吓了一跳。柳成土怎么知道坟里有那么个东西？那是在祖坟里埋着的呀，一辈一辈传下来时，只知道祖坟里埋着东西不知道是啥。柳成土很准确地说出了埋的是啥，柳成土到底想做啥？那人说：“你具体想一想，祖上留下来的话是什么？”杨丙西虚浮着眼睛说：“我得回去问我哥。”那人说：“要是真有那么一个东西，我给你和你哥一人盖五间大瓦房，就在暴店。”杨丙西看了看天，天是湛蓝的。阳光直射到脸上时是发烫的感觉。他愣了一下，从一个角度说，是什么东西有如此值钱？从另一个角度说，要是柳家打出一个幌子呢？坟里啥也没有呢？那是要落刨祖坟的骂名呢。

四

杨丙尧陷入了沉思。诱惑对他的内心形成了极大的干扰。那是祖坟啊！谁敢刨了自家的祖坟？他无力改变现状，也无力放弃诱惑。反反复复的掂量下，他看到了自己的残缺渺小。情绪弥漫的地方也有阳光照不到的地方啊，只因那个地方太贫穷了。那个人掏出一沓子钱放到炕上说：“不难为，你们俩兄弟就说是想迁祖坟，想把祖坟迁到一个更好的地方去，一个洞下去啥都明白了。”

夜很长。俩兄弟睡不着，按捺着心情说话。

“爹活着时交代了有那么个东西？”

“爹说是一个战国鼎，我奇怪有没有这么个东西，爹说，传下话来的不是杨家，是外家传来的。”

“祖上谁是咱的外家？”

“谁是？有柳家，还有皮家。”

柳家原来是娶了杨家的闺女，杨家闺女生了儿子，做买卖的商家有了一定的积蓄就想捐官。县太爷喜欢收藏，看中了杨家的铜鼎，杨家也想送了鼎给自己的儿捐官，柳家也想拿了杨家的铜鼎给县太爷送了捐官。当年柳家买通响马盗了杨家的铜鼎，杨家知道了，硬逼自己的闺女送回铜鼎，要闺女在半路上上吊死了，事情不了手，杨家老爷子死后要铜鼎随了自己下葬，再不面世。为了捐官的事，两家结怨并出了人命，还没来得及寻仇，一场又一场的运动就把两家的仇恨简化为泪飞如雨后的一脸茫然。

面前有了利益，弟兄俩心事紧得不行，隔壁屋子里收音机传出什么歌曲来，婉转得心里发空似的难受。祖上把宝贝埋在坟里了，泪水一时涌上了弟兄俩的眼睛，不容易啊，人在世道上想混出个人样子来，要想不脱层皮门儿也没有。真要走漏了出去，刨祖坟的事不是光荣的事，换一种说法，刨了祖坟，吹风漏气，后人就不好了。杨丙西若有所思地说：“没刨祖坟后人好了多少？”这句话让杨丙尧的心肠变硬了些，不消说多余的话，弟弟是说自己的拐子儿子呢。窗外天黑得摄人心魄，许多惊天的想法都是黑夜出来的，在贫苦面前，人的意志便矮了许多；夜不动，却搅得人心发紧。后半夜，潮气上来了，不知道也好，知道了，背负了沉重，一个坐起来靠了墙，另一个也坐起来靠了墙，不肖子孙的帽子压着，一个不说话，两个不吭气。声音被闷死了。事情就怕在心上。一个下地对着尿桶撒了一泡尿，另一个也下地对着尿桶撒了一泡尿，那声音好像是尿地上了，随后又尿到了桶里，炕上的人心里便有了想哭的冲动，理不清为何而哭。是为了重新覆盖上新土并长出庄稼的坟地吗？心事在地里盘桓着，这点小心事放着一个大主张呢。“你说，他真说了要盖十间大瓦房?”“说了。”“盖不下呢？”“折了钱一手货一手钱。”“这事说不得。”“叫人指着脊梁骨，骂后人不孝！”“我看打个幌子迁坟吧。”

一阵夏风吹过，山崖上几丛桃花开红了，红晕朵朵的灿烂着。杨丙尧两口子在地里吆喝着两个儿子下种。杨丙尧举锄头一个坑一个坑刨，媳妇拿着布袋，三三两两下种，翻起的泥土，有一种清香陶醉着杨丙尧。一晌，不见他有一句话。闷着心只想着琢磨着怎么和支书说迁坟的事呢。

支书王文化一早起了，开开门伸了个懒腰，点了一根纸烟走到屋前的茅厕里耸着肩尿尿，看到远处走来的杨丙尧。收拾起家当，边系裤带边说：“大早来有事了？”杨丙尧说：“请示个事儿。”太阳刚从山顶上冒出半个壳儿，王文化说：“进屋子讲。”

听杨丙尧说了要迁祖坟，王文化心里可怜上了，曾经的上土沃是人家杨家的天下，现如今的上土沃是我的天下，我管着这一村百姓呢，咱也算是中央政府最小一级了，人家连迁祖坟的事都来和自己请示，明着是咱的权大，有权耍权，有啥耍啥。“你往哪迁，地都包产到户了，要迁也只能迁你的地里。你这一辈另立坟地不行吗？尽是麻烦的事来找我。”杨丙尧说：“我尽做梦，梦见祖宗了，说自己的屋子上尽是闹声，想找一个清净的地方。这梦做了好久了，回回做回回是一个梦形。”

王文化笑了：“一个梦回回做？稀罕呢。不说了，你想迁就迁吧，我是考虑你手头没有钱，新坟新地，墓圪道也要耍钱呀。”

杨丙尧说：“丙西卖豆腐存了俩，给祖宗花了，心也就踏实了。”

王文化把头点得和鸡啄米似的，由不得自己又可怜上了眼前人，是一个舍得给祖宗花钱的人，大善人啊。他抬头看着天空，天空有白云，棉絮似的，色彩深浅明暗，远近变化不定，有像人影子的，有像动物的，在天空虚松着，被什么推着往前走。一只公鸡跳上了院子的墙头，它在墙头上伸长了脖子，探探头又缩了回来。人死了装进棺材，死了的没事了，活着的悲伤着。他把心事最后落脚到了这一层意思上。再看坐在廊檐下的杨丙尧，八字脚叉开，一脸期待，很有做大事的气势，风景得有模有样的。心里便知道：杨家后人是攒了两钱烧着，再圈坟地还能比过从前？才有几个钱嘛！眼睛狠挤了一下，想要权的意思也就放下了，赞赏着，面子上也绷不住，就答应下了。

杨丙西要哥哥在自家的地里选址。请了阴阳，动土时还放了鞭炮。一镢头下去徒子徒孙们开始挖土，挖好后砌了砖窑。该挖自己的祖坟了。父亲在祖父杨德孩的脚头，再往里是祖祖父杨添仓。迁坟的当天云低光暗的，弟兄俩跪在祖坟前叩首，点香，开始刨墓了。

谁也不清楚墓里的东西值钱，早些年是日本人和八路军造子弹，连门搭上的铜都拆走了，后来是废铜烂铁当废品收购，大部分铜当了厚料，烧熔敲打成铜勺、铜盆、铜壶，都只知道电线里的铜丝和铝丝值钱，对锈迹斑斑的铜很是不屑。况且那铜也不是熟铜。

墓挖开了，等放了瘴气，杨丙尧第一个跳了下去，看到墓里什么也没有，周边只是几个瓦罐，瓦罐里放着一轴一轴的字画，他把字画取出来，感觉墓道里有点儿闷燥，取了打火机点了那一堆泛黄的字画，烟气冒上去，他被烟气呛得很重地打了几个喷嚏。地上有一个人等不得了，顺着一层浮土滑下来。杨丙尧看到的是想买铜鼎的人。那个人透过烟气看到地上然着的火苗问：“地上烧的是什么？”“破字烂画。”

那个人揪着火苗上去拽出一卷轴来，卷轴很快就碎裂了，火苗很快就蔓延上来。那人一把揪了杨丙尧的领口喊：“你是死人吗？”杨丙尧吓坏了：“你要做什么？”那人咆哮着说：“你在烧钱啊！”

在确定什么都没有时，那人用脚踹了一下两口棺材的其中一口，是一口上了红漆的棺材，砖缝里的尘土已经把棺材的颜色荡旧了，那口棺材很轻巧地滑动了一下开了一个口子，手电筒的光柱下现出了一个铜鼎，泛着绿毛。“你胆子大了啊，敢把我祖宗的棺材一脚踢开！我日你先人。”杨丙尧一把揪住了对方的领口。

“好好好，我叫你日我先人。”那人说着跪在了地上，很小心的从错开的口子里取出那只鼎，鼎中间装着煤灰，那人把煤灰倒出来，手电筒的光柱照着铜锈下埋藏的花纹。“就是它了，就是它了！”杨丙尧也弯下腰稀罕着看，他不觉得有什么好看，想着要是放进石灰水里浸一段时间是不是会好呢？

懂行的人是能够看出铜鼎的寂寞，一个强盛的王朝时代，欣赏它的眼睛和心早已成灰，梦想它的人却一代一代年轻。珍品、孤品，品相完好，但是，那个人却突然地放下了说：“我没有想到它锈成这样了，十间瓦房贵了。”

杨丙尧一时吃不准对方的意思，祖坟都刨了，难道就赚了一个新坟地钱？杨丙尧起身把祖宗的棺材盖子错动好，棺材上的尘土落了他一身，他心里突然有点儿慌，这东西要是真不值钱，搭了功夫，搭了心情，搭了良心，以后死了怎么来见祖宗？眼神一下忧郁了，背驼起来，手指也开始僵硬了，舌根子不打转，话吐不出来，怕对方反悔，又有点儿恨自己的祖宗，你们把日子过足了，留下贫穷，要你的后人继承，留下苦难，要你的后人承担，你们曾经的幸福和快乐呢？哪去了？咋不留下一点来呢！日子的尽头是什么？恨来了，弯腰提起地上的铜鼎说：“我背了刨自家祖坟的骂名，这东西不是正经东西，啥都不说了，十间屋子不要了，各走各自的路。”先人骨子里的傲气一时二时地散不去，当下又冒了出来。

那个人一下抱住了说：“十间大瓦房我盖，这东西尽管不是正经东西我也要，我不能叫你一辈子心不好。”

杨丙尧悬起来的心“嗵”一声落进了肚子里。他不知道该哭还是该笑，话到嘴边吐出来的是：“我的心闷实了，这东西我看果真不值你说的十间大瓦房，迁祖坟把我逼上梁山了，要不要你说了不算，十间瓦房不是一个两个钱，等日子不如等当下，我把屋子折了价钱，你给钱，它算你的，你走人，省了惹人眼。”

那人说：“你说多少钱够？”

杨丙尧伸出脖子喊了丙西下来，弟兄俩合计着窃声算了算，根基、房梁、椽、砖，按时下的价码，五间房得四千五，十间九千，粮食和力气不说，加上烟酒，得一万。

杨丙西说：“得一万。”

那人从怀里掏出五六沓子十元钱递给杨丙尧，弟兄俩舔了手指数，两只粗糙的手码了码开始舔着唾沫星子数，最后把各自属于自己的塞进了怀里。杨丙西说：“哥，叫他拿走吗？”“拿走吧。”

所有的都是演戏，只有最后数钱才是激动人心的真实。

那人用布口袋装了，多余的话没有说，嘴当了口绳咬着袋子上了地面迅速离开了。

弟兄俩在墓坑里对视着，不知道是梦还是现实。接下来两兄弟把杨添仓的坟覆上，田野里静悄悄的，一只兔子失魂落魄的向田野的尽头跑去，青苗还没有长出来。弟兄俩覆开了父亲的坟，杨丙尧回村招呼着抬棺材的人把父亲和母亲起出来抬进了新坟。那一沓沓钱在身体的隐秘处藏着，是一种耻辱和难以启齿，也是一种激动和对祖先的感念。所有的一切结束之后，杨丙西看到夕阳挂在坟头新移的一颗松树上，收敛着害羞的脸。四月的杨树还没有太浓密的叶子，微风没有任何障碍便轻掠了过去，一刹那间，泪水开始如雨纷飞。

五

杨家终于在暴店镇盖屋了，也许他们的先祖冥冥中助了他的后人，那瓦屋在夕阳余晖下泛着青色的光芒。树丛横呈的潞水河边，暴店人走过去看到了有些嫉妒：杨家发了，发得来路不明。瓦房来年秋天盖起来，比预计的超了一年。杨丙尧没盖，有新房了，上土沃的旧房算在了他的名下，人不能不守着土地，离开土地就算有屋住，吃啥呢？喝啥呢？关键的当下是要给两个儿娶媳妇，娶了媳妇便盖不起屋了。入冬，潞水结了冰凌子，草叶上，老树上，村口土路上的驴粪蛋上，冬日的水汽凝出来细霜挂在上面，日头一出煞是好看。

又一个来年，杨丙西终于把儿媳妇小彩娶回家了。人说小彩长了一张旺夫脸。那一年是暖冬，不说冬小麦了，天暖而水润，潞水河边的水草自然青碧得不真实，倒像是年画中的画一般。挨近阳坡地上，草不死。柳成土走着，想着，今年的冬日怪了。只有他知道杨家是怎么发了。外界的传说不靠谱，柳成土又不好解释，看小彩成了徒弟的媳妇，心也气势着，认为自己做了大事，与暴店镇人一起走过杨家的门前，傲气得很，常常打比方：“人呐，你们看看我徒弟，腿拐了不怕，就怕脑子好，人勤快，好田好地里什么长不出来，就怕又懒又不长进，再好的模样怕也枉然哩！”这样的话往往很打人，叫人面子难挂，可到底不服不行，人家卖豆腐都能盖起大瓦房，倒也触动了暴店人做买卖的心事。

冬天是来了。早在小阳春时，乡长和一干人走在发软的村路上，风还逼得人敞开了怀，乡长突然地就叹了一口气说：“今年的冬比往年冷呢！”那时节，在潞水边上，柳树和杨树叶子还未落光，风的确是见暖的，走过老街，脑门上还会出一层油汗，走过北街，杨家的青砖大瓦房大咧咧耸立着，乡长说：“看人家上土沃人，祖上吃得了苦，遗传到后辈上还是吃得了苦，不要小看了地主，那些年的地主都是有智慧的人，贫苦人只想着穷则思变，那个变字不是去思，是去闹，闹翻身了，看把人家老柳家的老屋子四流五散分成啥样子了？”跟着的人就回过身看，看到一山的景象破败得很。乡长说：“政策好了，政策面前人人得实惠，你们不要妒忌人家，有本事的拿本事吃饭，咱把暴店都盖成人家那样的青砖大瓦房，暴店就成典型了，就成社会主义新农村了，可惜人和人不能比。”

日子在新屋子里继续着，小彩的肚子里种下了杨家的根，小彩懒懒的不思进食，常感到冷。屋子里怕冷坐在火台上，屋子外面怕冷站在太阳下。马彩霞端吃端喝的伺候着，小彩贤惠地叫一声：“妈。”

进入腊月，年的景象又显出来了。先是班车一天比一天热闹，背着扛着大包小包的外出人员回来了，不是往年里最后几天拥挤着回来，是搬家一般地回来。大包的是铺盖卷，小包的是换洗衣裳，然后是满身的灰土，神色中是阴郁，原以为出了一年门回乡带着经济回来了，结果什么也没有。暴店热闹了，满街道走着归来的人，男男女女，或在暴店的饭店里喝碗豆腐汤，或在街沿上显出等人的样子，突然有人看到了北街上有五间大瓦房竖起来了，有人打问，那是谁家起的房？最后知道是上土沃的杨家。回乡的女人中间就有心事了。天冷得发蓝，山冷得叫林子变成了穷人，官道上的土路冷实了，发硬，高跟皮鞋走上去叮咚叮咚响。有闺女看到杨家面前站着俩后生，眼睛在杨家门前停下了。杨家两个儿子是来暴店帮忙的，年关豆腐坊里来人多，豆腐需求多了，人手不够，闲着的俩弟兄当了下手。闺女们看着，仿佛被什么叫醒了似的，明白了闺女们看他们眼神中含了什么意味的东西，猛地就想到了自己：弟兄俩还打光棍呢。可身后的大瓦房明显比城里回来的人更吸引心，弟兄俩便笑，笑得勾魂，闺女们的心破例动了起来。那是一个不同于往年的年，闺女们打扮各异，都脱了土气，模仿城里打扮，认识小彩的跟了她往杨家去，明里是跟了小彩玩，暗里是相家底，看杨家上土沃是不是真如传说那样成了万元户。五间大瓦房洗去了杨家兄弟往昔种田人的痕迹，他们神色欢快，看那些闺女们夸张的话语和手势，看她们相互显摆着曾经在城里学到的精明，但很快她们彼此的心里就别扭了，明里暗里的，想和杨家两兄弟搭话。

杨家腊月里媒人跑欢了腿。

人活脸，树活皮，杨丙尧打心里明白了什么叫脸，那些被烟熏过了的，被时间装裱过了的，被黄泥糊弄过了的脸叫脸吗？叫！杨丙尧现在脖子上长着的就叫脸，那上面没贴金没贴银，糊了钱，钱能把世上所有的人心收拾干净了！

阴历年一过就是春天了。年意味着新的开始。种子可以在春天种下去，春天里，两个儿子相继定了婚，都是暴店的闺女。“五一”一个，“十一”一个，两个儿娶媳妇了。月圆花好，幸福美满。婚礼是杨家困顿的日子里最美好的全部，后半生的帷幕终于有了一个亮堂的开篇。热闹散尽的时候，那样的明月对杨丙尧来说，前半辈是没有见过的啊。杨家把日子过全乎了。杨家牛气的眼神里，全是繁华岁月的自豪，突然的顺风顺水了，不懂得守财，也不懂得掩藏喜悦，没有克制的能力，见人手背了屁股上走，往日谦卑的神态一下子眉眼都立起来了，连早起咳嗽后吐痰的声音都想叫村上的人听到。

谁也没有想到，杨家翻身的喜悦中迎来了一件大到不能再大的事。事出得蹊跷，也轰动了暴店，轰动了县城，市里怕也轰动了一部分想发财的人。

出事那天，连续下了几天雨，上土沃杨家正叫了木匠打家具。屋子一时盖不起来，新家具还得打，不然稳不住新人的心。雨下了几天，木匠从院子里转到了堂屋干活，杨丙尧不时走进来递给木匠一根烟，木匠顺势压在了耳根上。木匠不舍得抽，等杨丙尧出门了收起来，攒够一包烟后好出去卖钱。木匠躬下背拿起墨斗吊线，吊好线，把左脚架在木凳的木料上，一下一下拉了锯，木屑谷壳一样漏下来。木匠说："两个儿，就做一套家具？"杨丙尧二拇指上举着纸烟说："两个儿，当然是两套，有你钱赚呢。"话不打折出来了，木匠一时无端地不快乐起来，抬起头却是张了嘴笑："你是吃了啥夜草了，肥得流油？"

这时候，乡长领着县里公安局的便衣走了进来，杨丙尧没有来得及回答木匠的话，乡长是什么人物，人家能来，起码要做出尊敬的举止。况且，咱这也不是政府调查研究停脚歇气的地方啊。紧着吆喝着两个媳妇递烟倒茶，一屋子人都万分荣幸的动了起来。自己反倒不知道该说啥话。乡长说："听说你得了好处？不该做的做了，不该得的得了？"

这叫啥话？

乡长没有表情，来人一脸严肃。

乡长说："人不能由着性子干，黄土都埋脖子的人了，没有学会安分守己，年过半百，倒做下自不量力的事了。你呀，你呀，怎么说你呢。等着双手抱在胸前，挂牌照相吧。"

杨丙尧说："乡长大人，这话？"

乡长说："你一辈子没洗过澡吧？"

杨丙尧点点头满脸茫然。

乡长说："这回叫你用消毒水洗澡。"

杨丙尧说："我咋了乡长？"

乡长说："你咋了你知道，跟了走吧，给你剃个精头，秤个体重，量个身高。"

杨丙尧说："乡长是来寒碜我了？"

乡长说："你只有照做的权利。"

声音压得很低，像一块石头一样压得杨丙尧喘不上气来。

杨丙尧被带到了乡派出所，进了这地方，心一下失落了，觉得自己不像一个人，很不正常，所有人的眼睛鼓出来盯着他，不知道自己犯了啥错，胆一下破了，满脑子空白，却看真切了墙上的大字：坦白从宽，抗拒从严。

所有的传说都归总到了一个结局上。说是有一位中央首长到香港访问，看到了一个暴店出土的鼎，追本溯源一下查到了上土沃的杨家。杨家人不是生铁疙瘩，经不起审问，全倒出来了。天价的文物，就算你刨了自己的祖坟你也是盗墓。一世没有称道的传奇，进了暴店乡，杨家落马了。没有参与这件事情的只有杨家的女人们和杨兵。人们终于明白过来了，一件事情的来龙去脉会如此有意思，说不尽的兴奋，一段时间里杨家成了暴店包括全县的话语主角。

小彩把新生的儿子放到院子里的席子上，院子外老树上的蝉鸣叫着，自从发生了事，杨家的豆腐锅冷灶了，见人的话少了，自家人坐在一起也不多话，不想看见人，见了人装了看不见，快快地走开。倒是杨家的院子里辣子一片，蒜苗一片，小葱一片，西红柿一片，艳阳高照，葫芦和灿黄的南瓜枝蔓儿胡乱伸爬到了院墙外面，还有几分过日子的喜色。

六

山静河呆的黄昏，柳成土走进了杨家，他先是闻到了炒土豆丝的味道，葱香还有姜香，他站定在院子里说："我闻到香味了，有啥没啥事，我黑里都来吃饭了。"小彩说："柳师父，让我妈给你炒一盘豆腐。”柳成土就了地上的石头坐下，接过一支烟点燃了，心慢下来，有话要说的样子，小彩仰了头等着。柳成土从怀里掏出一个小孩挂在空中的玩具，手里摇了摇，叮叮当当悦耳，他看着席上的小儿，拾掇着自己的表情，末了，灭了烟，脱了鞋抬起屁股坐到了席片上，在孩子的眼睛上空摇晃着，嘴里发出“啾啾”声。逗闹了半天，手停在半空中，话出来了：“我老了，小彩，老了做了下作事，害人精当下了。你是不是也听人谣传说柳家想害杨家？三代人把杨家的祖坟刨了。”小彩不说话，屋子里炒菜响儿停下来，那窗户就像一只耳朵，想探听什么似的。小彩依旧不说话，柳成土无所适从，脸上的神经被什么拽了一下，他感觉周围的环境铁一般陌生。

柳成土看着席片上的孩子说：“小彩，人都是枕头这么大，一天天长起来的，一股劲要长到人前头。我也是三尺高的人了，我要真想害你们杨家，就算是世上没有死路，活路我也不想走了，天地良心，我这师父要是真应了谣言生来是来害杨家的，我前脚进，后脚跌落进潞水河淹死算了。小彩，你给师父一句话，你是杨家吃供应粮的，也是杨家当下的主心骨，你不要用那黑豆样的眼仁仁看师父，我不怕你看，心口上巴掌大的良心护着我呢。”

小彩笑了一下说：“你是杨兵的师父，一日为师，终身为父。”

这下把柳成土吓了一跳，身体里钟表的发条拧紧了似的奔走，眼泪刷刷地流了下来，一句话把什么经历都看透了。小彩，人心哪里是尺子能量得出来的！

“小彩生娃了，哪一天有个三长两短，小彩啊，柳师父可是求你了，席片上的尿炕娃可是我徒弟的根芽儿，你走，你高飞，师父都不挽留，师父知道，这个家委屈你了，你看在咱职工一场，把娃给杨兵留下，你留下儿，就等于给他留下腿了。”小彩知道，柳成土是担心自己有一天因为发生的事会离开杨家呢。

小彩寸心不惊地抱起儿子，掏出妈穗儿，冷漠地看着柳成土。柳成土从来没有见过小彩如此冷冷地看人。想：马彩霞说对了，小彩心事重，是想高飞了。

却听见小彩说：“柳师父，这院里院外的菜苗苗，家里看过的每一件什物，咋能丢下？何况，一块石头焐热了，都还舍不得扔呢。柳师父想多了，杨兵的腿慢说是一条细着，就算是两条都坏了，中间的好着呢，我还要给杨家生娃呢。”

这一出戏是柳成土和马彩霞合演的，柳成土来杨家试探小彩走留，没想到，一脸冰霜的小彩，竟有如此张扬的内心。

柳成土想起了爹活着时说过的话：人，心事极远，走不近。人近了容易生分，远了到有几分敬意，天下吵吵闹闹的都是自家亲的人在唱一台戏。

从前到底发生了啥事情？对于祖宗，柳成土有些恍惚了。

再见小彩，小彩说：“叔，你能说舞台上都唱的是戏？”

他思谋着说：“不见得，人不知以为舞台上的都是戏。”

比风来得早

一

吴玉亭最近几天肯定有啥事端着，因为，十几年来他的脸上从来都藏着一脸静气。

吴玉亭在县政府当着政府办公室副主任，办公室一正三副，论资排辈他早该扶正，可这世道常常是：花对人无意，人却对花有所乞求。端着啥事的时候自己不说别人已经看出来了，是看端着人的那种架势。平常的吴玉亭走路胸脯微压，小快步，一身细碎，见人主动打招呼，一脸谦虚。进了办公室一杯茶，一沓沓报纸，一个上午。原来办公室没有饮水机时，办公室暖瓶里的水总是他来打，后来有了饮水机了，办公室人喝的茶都是他来拿，总是见他从抽屉里取出一小罐茶来，看着倒水的人说，来来来，捏巴点，好茶，清明前的。人耐得了泼烦，走来走去给人家的杯子里捏茶，要说的话好像就在舌尖上挑着。吴玉亭在办公室没有别的事可做，就做一件事：用剪刀裁下报纸上他认为有用的文章，然后归类，财经类的，政法类的，人生格言警句类的，一沓子一沓子放到文件袋里，一上午无话。做这件事吴玉亭很认真，每看到一篇都总会有想法，并幻化出一段录影出来，他会看一眼窗外，闷着话，压一口水，心里激动半天。吴玉亭有吴玉亭的想法，风水轮流转，总有一天这些资料会用到县长的讲话稿子里，到那时候，由县长在三干会或人大、政协会上念出来，下面的议论说，这讲话是谁润色的？

是县委办吴主任润色的。

人家吴主任是写小说的，弄这还不是小孩子家拿着鸡鸡耍尿呀！

但是，这句话对吴玉亭来说很难。

几十年了，当着政府办的副主任，经了三任县长，总是到该提拔的时候，有希望了，却到最后一刻没有了下文。

三任县长，吴玉亭私下里给三任县长叠了几十年被子，那真叫个有定力。每天早上总是赶在县长起床前站在门口等，门开了，县长要出去到隔壁洗涮，自己趁着这个空当进去叠被子，通信员不干的事情，他来干，他实在是想不出来还有什么可干的事比叠被子更能暖了县长的心。他想：干这样一件事日久天长了，也许能感动县长，能铁树开花。

他是从娘身上得来的经验。

第三任县长今年换届，下一任据说是要来一个女县长，那么叠被子的事看起来若要继续做下去就不雅了，这一任的刁县长说，老吴啊，走之前，也该给你这扶正了。

听了这话，吴玉亭私下里想落泪。最早时候人们叫他小吴，到现在开始叫老吴，光阴如水，不仅仅是大小、小大的转换。他五十二了，秋风起处，落木萧萧，人说一年中没有不开花的季节，他常常会想起鲁迅所写过的，好像是写大山茶树，鲁迅写：赫赫的雪中明得如火。他记不起来是从哪一张报纸上剪下来的，他此时的心情就是这样，喜悦得有点儿不得劲儿。只觉得四周里的空气浮泛得油活，飘飘悠悠，脚落不了地，手也没个抓挠儿，没个挂靠，几十年来没个什么人注意自己，怎么就觉得现眼下特别想让别人注意自己呢！他见了谁都说一句话：好天气啊！以前，自己想引诱别人来注意来肯定自己却没有资本，要别人注意那是有很大的存在意义呢，在别人的眼睛里，存在就是幸福嘛！这样，吴玉亭走起路来脚尖尖就开始吃劲了，心里的那个激动像五线谱一样滑动，脸上就有了内容，走起来细俏的步伐被一股什么气流拽着，胸也挺了，尤其是看人的眼神，游离得很呢。走进办公室也不见拿清明前的茶出来，虽然清明就在眼前。他的两膀子往起抬着，眉眼微露正气，甚至往杯子里加水也要喊旁边的干事王章过来添水，一改往日的谦卑。

从吴玉亭端着的架势上都知道吴玉亭要提了，也该提了。离六十岁还有八年的干头，还有八年时间可以给县长的讲话稿子润色。

吴玉亭觉得最近的报纸上没有什么新的内容，简单翻阅几下就顺手把那一沓沓报纸放到身后文件柜上了，他突然觉得那报纸上的铅字像他过去日子里劳动浸出的汗水、眼泪一样悲戚，他很是不屑。扭转头望着窗外，杨树的絮子落尽了，有黄绿的叶子探出头来，过不了几天，满树的叶子就会仪态万千，十分恣肆。春华秋实将窗外弄成了赏心悦目的风景，取而代之的是人间花事。吴玉亭有点激动，多好的词汇，用到政府工作报告中，是可以出彩啊！

二

清明前一天，吴玉亭决定给乡下已经故去的母亲上坟。母亲故去十年了，在乡下种地的弟弟早说要给母亲烧五年纸，他不同意。说那样太张扬，容易被人抓了小辫子，有可能对他将来的提升找一个由头，成为扶正的绊脚石。弟弟说，给娘老子烧五年纸，你一个副科，又没有人拿你腐败，你怕啥？他说官场上有潜规则，你回去烧纸，张扬不是，不张扬也不是，这个你就是外行了，我不烧五年纸自然有我的道理，今年这十年纸就得排场一点烧，我要告诉地下的母亲，我熬到头了。

早几天吴玉亭就已经和县文化馆的演出队联系了，要他们清明前一天到瓦窑沟吴玉贵家报到。负责演出队的团长叫陈小苗，和吴玉亭是师范同学。师范没毕业，吴玉亭继续上学，陈小苗却被剧团招走了，家境贫寒，但也出俊闺女，要说长相那是方圆挑不出几个的上等品相，当然，年轻时候他们之间没有什么故事，故事是从吴玉亭病妻故去开始的。吴玉亭的妻子张国花在县东方红小学教书，早年是肺结核，到后来钙化了，想着总算对多年来吃药打针有了一个了结，哪知道，药物弄得她整个人体菌群紊乱，最后激发肝癌去世了。妻子去世时吴玉亭才四十三四岁，男人四十当属虎狼年龄，有人介绍他和离异了的陈小苗结合。要说当年的吴玉亭也有那个意思，只是刚提了副科，又刚死了妻子，觉得事情的距离拉得还不是太远，又有丈母娘在自己面前哭天抹泪，也怕县里有人说三道四，“看看，病妻刚走，结发夫妻的缘分再好，也是人走茶凉。”吴玉亭想，人不能活着不落一个好名声，尤其是在政治上。便要介绍人传话，要陈小苗等等，等个三头两年。要说吴玉亭这个人呢，陈小苗也比较喜欢，觉得吴玉亭有才，也正是好时候。说吴玉亭有才，是因为他会写小说，还写过诗歌、三句半什么的，出手快，读起来有味道，一个人的才情能运化成小说，那真要叫人高看了。说吴玉亭正是好时候，那是说他由副科而正科而副处而正处，人生台阶高上之处是光明万丈，不能因为这么一点感情上的泼烦事影响了他的登高，决定等他几年。

你说，这都是成年男女了，说等也只能是形式上的等，还能真等?

可吴玉亭就真等。这事起因于一次开三干会准备材料。三干会的材料由政府办准备，谁来执笔?都知道吴玉亭有才，但这事一拿到桌面上，当时的县长就说了，写小说和写材料那是两码事，写小说的人要写材料，容易把现实的词汇弄得花里胡哨，我看还是弄个踏实点的人来写吧。这样吴玉亭就和材料不沾边了，有为人不踏实的意思在里面。内里的事吴玉亭不清楚，恰巧陈小苗来办公室找他，也没有什么事，找了个理由想叫他出去，当时办公室里的人正看各个乡送上来的材料，要大家看完把具体数字勾画出来，责成一个人来写。这材料发到吴玉亭手里没有了。主任关心地说，小吴啊，你和陈小苗不是要出去吗?这事你就别参与了，整材料和整小说不一样，对于你来说，头等大事应该有个家。

这话听起来感觉俩耳朵眼就像一个穿山洞一样，凉风飒飒，吴玉亭看着陈小苗说，她找谁和谁出去我不知道，反正不是我。说完话走到自己的办公桌前把头别过窗下，政府楼前改造，黄尘荡了山样高，他觉得他就像波浪起伏的黄尘下的一道深谷，其实，那黄尘是隔着玻璃的，他无来由地像是被呛着了，冲着窗户打了两个喷嚏，当时居然有人迎合了一句：哎呀，小吴同志，你小说的感觉真好!

陈小苗也像是被呛着了似的，眼睛辣疼，恨不得那黄尘淹没了自己，那时候人的脸还知道红，她的脸就像钢铁生出的红锈，找谁也不是，不找谁也不是，把不得自己马上锈掉，咧开嘴，挂着泪，说了一句，我谁也不找，避尘!

黄尘把政府楼荡得和土蛋子一样，陈小苗像无头的苍蝇，架着双臂穿过黄尘，脸蛋上的泪滴被黄尘胶住了。回家后自己对着镜子看了半天，一口唾沫吐到了镜子上，觉得自己真是傻到极致了，刚才的事情可以让吴玉亭当小说范本来写。之后两人再见面，彼此就都很客套，吴玉亭小心守护着自己的底线，他知道那底线之下有很好玩的事情存在，但是，其瘾似乎也只在心里想一下，动一下，脑子却像针一样清醒地认为，不能让人看到了，把他和小苗同志的事当个事情来闹腾，政治上最忌讳这男女之事了。而自己首先的表现是让县长肯定自己，自己不是一个写小说的人，更不是写小说的人才喜欢拈花惹草的那种。

事实上两个人之间的事情已经了无意趣了，花溅泪，鸟惊心，是为伤春，而他们之间的那点低鸣，或可为悲秋吧。吴玉亭想要陈小苗认识到他现在的地位和将来的地位，他必须把政治上的那种压抑感找一个物体来代替发泄，而这个物体就是陈小苗，他想，陈小苗应该理解，他一定会给她一个光明的未来，恰恰这陈小苗就不理解，不仅不为他守身、守操，后来居然还领着人组织了一个演出班子，抛头露面唱曲儿。吴玉亭想，自己的高度是地位的高度，地位没有高度，爱情这东西在普通人身上太脆弱了。

既然吴玉亭要提拔了，叫陈小苗来演出从心理上说他也有说不清楚的目的在里面。

吴玉亭的父亲七十八岁了，一个人单住，说是单住，也是和弟弟吴玉贵住在一个大院子里，一扯七间砖房，另辟出一间来住。七十八岁的吴丙国老汉，自个种地，自个儿做饭。吴玉亭要回来，就和父亲睡对炕，一床新被褥叠在有些年代的木板箱子里，吴丙国老汉不几天就会把它们拾翻出来，要它们见见阳光，要阳光消化掉存储得放久了的霉味。被子芯的棉花是吴丙国老汉亲自种的，他每年都要在清明过后下种棉花，收获的棉花，就几个儿女分一分，也算是活着给子女们一个暖身的想法。自己的被子芯换不换无所谓，这床被子每年秋天新棉花下来，他都要女儿来把旧棉花取出新棉花续上。吴丙国老汉一辈子的爱好就是爱凑堆和人唠嗑，就算是吃饭也不例外。公社的时候，每顿饭都往村中央的大槐树下蹭，不管树下有没有人，一碗饭一吃就是半天，自己一句囫囵话也说不利索，却偏爱听人说。槐树下就是当时的新闻焦点，上到中央，下至山沟小庄，说什么的都稀罕听，话成溜儿落成行就行，听的时候很认真，认真到嘴张着，不吃饭等话，精彩处手里的筷子不是用来吃饭，是用来敲碗，一副傻傻的兴高采烈的样子。更有意思的是，碗里的饭不是自己吃完了，是一高兴给地上凑热闹的鸡们挑食了。

为此事吴玉亭说过吴丙国老汉好几次了，说，人活着不能不像个样子。吴丙国老汉说，轮得了你来教训我？我怎么活得就不像个样子了？吴玉亭说，都知道你有一个儿出息大，在县政府工作，天下事政府办知道的最多，上面印着保密的红头文件就有几柜柜，有什么想听的事，我告诉你就是了，你这样，是叫人笑话。吴丙国老汉说，笑话什么？我不偷不抢，就爱扎个堆堆，你说的那保密事都是官样文章，我就喜欢听大伙说出来的，也没有见有人笑话那些扎堆堆的人啊？吴玉亭咽下一口唾沫说，爹哎，你又不是普通人的爹，你就不能学得木讷谦让一些，你这样坐到人堆里听笑话，人堆里坐着都是粗俗的老农民，互相取笑，人家取笑你时，你张着大嘴哈哈，你知道不知道是在取笑你儿子我？！

一听说是取笑儿子，吴丙国老汉的内心就开始忐忑了，就不敢再端了碗前去槐树下凑热闹，每天端了碗就在自己的院墙外找个石墩子坐下，周围连个鸡都没有，辨认来辨认去，发现腿旮旯下脚的地方有个蚂蚁窝，每天用筷子挑一星星面放到地上，看蚂蚁们聚堆儿，围着那一根面聚得有拳头大，几天不散。吴丙国老汉就想，我这个儿，到底在县政府当着有多大一个官？等吴玉亭回来忍不住就问了，吴玉亭说，是副科。这个词对吴丙国老汉来说太专业了，想不出比较的对象来，就问，县长是个啥？吴玉亭说，正处。吴丙国老汉还是不清楚地问，那你相当于个啥？吴玉亭思考了半天说，这个还真不好相当于，正处也是副科上去的，只能说相当于通往楼上的第一个台阶。

虽然没有问出啥结果来，但是，吴丙国老汉的心里也还是有了几分神圣。见了村里的支书就问人家，你这个职务相当于干部啥级别？支书被问得说不出话来，举起指头扳着数了半天说，相当于干部十一号。支书的意思是，自己跑腿办事耍的是这两条腿，说十一号有点嘲笑自己的意思，但这样的结果对吴丙国老汉来说是糊涂上加难得，整个脑仁子被一锅糨糊给填满了，不敢多问，怕人家取笑自己没见识，那样等于是给儿子脸上挂黑。有几次外甥来找他，想让表兄吴玉亭在县里谋个临时工作，他一口答应了说，这不算个事，结果和吴玉亭说，不仅事情没有解决了，还捎带了一箩筐话："你也不想想你的儿平常都是和什么人打交道，是和县长书记打交道啊，我能张嘴和人家讲，想安排一个农民来县里上班？就他，大字识得的不如他脸上的雀斑多，天生就是和土地打交道的，想要进城里，到头来怕是让他活得上不着天下不着地，像个绝望的塑料袋袋，做人都做得不环保。"吴丙国老汉听了这话有些心慌气短，不好和外甥回话，老姐姐比他早走几年，当舅舅的办不了这点事，自己这张七竖八皱的脸真是不值一钱！儿子总归是儿子，从感情上还是和儿子近，量不上米布袋在，要外甥缓缓，这日子，缓得是外甥打灯笼照舅，没有了下文。

知道儿子清明节要回来，吴丙国老汉把被子晒得蓬松绵软。往年村上给长辈烧五年纸或十年纸的，大部分是放一场电影或说一场书，吴丙国老汉知道这回来的是一个演出团，那个排场是村子里几十年没有过的，也算是给自己的老脸撑足了面子，一高兴就想到处去炫耀炫耀，想告诉那些平常老槐树下聚堆儿的爱热闹的说古今的人们：这回啊，你们可得早一点来我的院子里看演出，我那在县政府上班的大儿子吴玉亭给他死鬼娘唱热闹呢，请的是县文化馆的戏班子，人家都上过中央二台。

三

吴玉亭从政府办要了一辆车，车是普桑，后面还带着一个车兜，他从县城买了一车兜吃食，准备清明这一天开销。当时和主任要车的时候，还有些犹豫，该不该要一辆车回家办自己的私事？但是，想着这么多年来自己小心谨慎做人，如今就要提拔了，差的就是一纸文件，哪有政府办的主任回家上坟坐班车？要一辆车有什么不可以？也算是副职期间张一回嘴吧。

这车有几年车龄了，几近报废，有条件坐车的早就按级别换车了，没条件换车的旧成一堆废铁也只能让它旧。吴玉亭想，怎么也该给自己一辆好一些的车，没想到给了这么一辆，心气不忿，姓王的，人生几步一重天，有你好看的时候。职务不在手，你拿谁也没办法，只能就这样凑合上路了。清明节，有些地位的人都要回家上坟，一路上大车小车的，风卷尘土扬。其实清明上坟不上坟都是个样样，吴玉亭自认为是一个最能看到本质的人，他在看坟堆子的时候，看到的是一个堆土，远远地看，走近了看，好多年之后看，确实是一堆土，人们在怀念土堆下的人的时候其实是怀念曾经的自己的影子，拿曾经的影子和现在的影子比较，有能耐了就把土堆当回事，原来的时候那是什么光景啊，看看我的现在吧！项王说，衣锦不还乡就像没有穿衣服的猴子，吴玉亭想：现眼下中国人最能体现衣锦还乡的是清明上坟。

小车开到自家院子前，车上的东西提下来，他不进去喊人，要司机探进车窗摁喇叭，司机摁了三下，又三下。

院子里吴玉贵的媳妇急慌慌地走出来，以为大门外出了啥事情，做饭的围裙还系在腰间，两只手涂满了面粉，一看是大兄哥，手在脸上抹了一下扭身朝着院子里喊了一嗓子，快叫你爷爷去，就说你大大开着两头平的小卧车回来了！

院子里跑出一个小丫头来，叫了一声，大大。上前摸了一下车子，倒着走着看着地上的东西和车，呲着豁牙的嘴有几分不舍地不想离开，吴玉贵的媳妇跺了一下脚说，还不快去！

小丫头扭转头旋风一样喊着，我大大开着两头平的小卧车回来了！人转眼没了影踪。

吴玉亭左手掐着腰，右手拿出一根烟来，司机上前想给他点火，他摇了摇头，像是等什么，眼睛望着村庄上空的云彩，有几只灰麻雀"叽叽叽"叫着从头顶飞过去。司机问他要不要把地上的东西提回去？他说，不用，等一下喝口水你就可以回县里了。

吴玉贵的媳妇从屋子里端着两碗水出来，给了司机师傅一碗，另一碗端给了吴玉亭，吴玉亭不接，手里的烟掉了一下头，过滤嘴朝着水碗点了一下，用嘴吹了一口，烟屁股上吹出了一串水沫子，这时他才说了一句，拿火来。

吴玉贵媳妇不知道他还喝不喝这碗水？想着城里的干部都讲卫生，这碗水沾了烟屁股怕是喝不得了，扭身回屋又换了一碗出来，吴玉亭说，我有自己的杯子，泡着上等的观音王，就怕这水不是好水，观音王都要糟蹋了，还想着带一桶矿泉水回来的，这事，忙得头一昏就忘了。

吴玉贵媳妇说，他叔，好水，是从龙王沟引过来的泉水，不放糖精都是甜的。

吴玉亭没有接她的话茬，他从心里可怜这个弟妹，除了农村生活再没有过过第二种生活，对外面的世界很无知，活得不明不白，大脚，厚身板，一副对什么事情都很好奇的样子，啥也不懂还傻呵呵地乐，活人越来越没有形了，和她的身材一样，臃肿得像一摊软米枣糕。

村子里的大人和孩子都稀罕地往他家这边走。要说一个两头平的小卧车也没有什么稀罕的，但吴玉亭坐了就让他们稀罕。往常吴玉亭清明回来上坟坐班车，村干部都往人家坐小卧车的家里跑，显得吴玉亭就有些落寞，心里埋怨这农村人啥时候也学会看人下菜了！这吴玉亭坐小卧车说明地位升了。有老者走过来，他是看着吴玉亭长大的，走近拽着吴玉亭的手说，老吴家的大娃啊，你这干部是当大了！能给叔说说有多大个官儿吗？

吴玉亭压着嗓子咳嗽了一声说，大也大不到哪里，叔，县长的日常生活都是我来安排。

老汉家松开手，两只手拄着拐棍，仰了脑袋望着吴玉亭看，不时的点着头，长叹了一声说，从同治年开始，咱瓦窑沟没有出过大干部了，这车是县府给你配的吧？

吴玉亭说，不是，临时用，下一次回来的车比这要高级。

老汉家越发的惊讶了，像孩子似的嘴里流着哈喇水说，就是，该了，人家三头两年就上去了，你等了这么多年，该了！回头给咱村要几吨水泥铺铺路，建设新农村，咱村都没有村村通了水泥路，这官，我看目前就数你大了，不要看他们早就开上小卧车了，我给你说吧，都不是正经官，搞副业的出身！你总算熬到头了！是回来给你娘烧十年纸？

吴玉亭说，是。

老汉家说，还请了演出队？

吴玉亭说，是。

老汉家说，太排场了！是该给你死鬼娘热闹热闹了，地下有知，鲤鱼翻身她真敢出来看看你啊，给你娘脸上长光了！

老汉家说完话往人群里返，一边走一边还嘟囔着，看看人家也叫儿，这回老吴家长脸了。走了几步回过身体来又说，我也给你娘送一些纸火过来。

在农村，一个有些威信的人家，办丧事也好喜事也吧，村里人都要送一份礼，这清明呢，烧十年纸是死去的人大寿，看活人的面子都要送一些纸钱过来，表明活着的人一直惦记着死者，死者的后人那才是顶顶值得尊重的人。

吴玉亭觉得他回乡第一件事情已经该结束了，看着司机说，你回吧，有事情，我会给你电话。

司机说，吴主任，那我走了，有事尽管叫我。

车发动着倒着掉头，有人自告奋勇上前指挥，打着手势喊，倒，倒，倒，住！司机打了两把方向盘车就掉转了头，司机打了两声喇叭，屁股后掀起一股黄土出了村。

吴玉亭卡腰的那只手始终卡着，闲着的那只夹着烟屁股举起来向着车走过去的地方挥手。

那个姿态在瓦窑沟人的眼中一下就提起来了，就生动了，就正经八百像个当官的样样了。

四

吴玉贵去丘庄接应演出队。丘庄离这里有四十里地，吴玉贵骑着摩托去，到了才知道演出队来不了。因为当地举办一个什么踏青会，请了市里和省里一帮诗人和小说家来搞“春天送你一首诗”。县里要演出队给这帮文艺人助兴，前一天的晚上就请了演出队来演出，没有选择性地听、看，演出队有流行歌曲、戏剧、杂耍和八音会，文艺人们听了不过瘾，想看地道的地方艺术，今天晚上的节目就演纯地方的东西，所以走不了了。团长陈小苗特意和吴玉贵强调了这一特殊时期的情况，说，我正计划派人去一趟瓦窑沟和你哥协商一下，你来了就好，知道这一次你哥是动了真性情，我也是想积极配合，但是，有时候事不凑巧计划赶不上变化，也算是政治任务，硬鼓住走怕不好，只能委屈你这边了。两夜的演出只好错后一天，这事是县政府办的王主任特意安排的，我是脖子上系着领导指示，不照办不好说。况且这一活动是全国性的，要是你哥一直写下去，这一拨人里，你哥怕也成全国性的人物了。

吴玉贵听了这话不知道该怎么办，自己也没有手机，不方便和哥哥联系，瓦窑沟村人都知道今天晚上看节目，院子里的大锅都支起来了，媳妇的白馍也蒸好了，就等着演出队一到把娘的牌位接回来，放到方桌上要娘打头看演出。要是自己定下的怎么都好说，中间搁着哥哥，他也是政府人，脖子上也系着一根绳绳，自己不敢瞎闹，多余话没有说，掉头走人。出了丘庄村，越想这事是越不对劲，到夜晚人都往老吴家的院子里走，听不到声音，见不着热闹，一下灰秃秃了，你能把脑袋装到裤裆里？真那样那真要叫人笑话死了。既然演出队明天才能来，今天夜里的事情他就擅自做主一回，绕道到乡政府定了一场电影，人家说电影的胶片不多了，赶着清明都要演，还剩一个旧片但也是名片子《秋菊打官司》，要不要？吴玉贵想，这片子是有些老了，既然没有挑头了，秋菊打官司就秋菊打官司吧，首先，娘活着没有看过，就算是自己给娘行孝了，其次，要娘也知道秋菊这媳妇多么的不简单！

吴玉贵回到瓦窑沟的时候，已是半下午，感觉自己院子里的气氛有些不对劲，是自家的热闹有些过了。先是听到院子里说话声吵，女人们多，有好几个妇女张嘴哈哈笑。熄了火，放好车才看到地上有小卧车的车轱辘印子，想着，这回哥是讲排场了。进了院子看到瓦窑沟村支书兼村长的媳妇吴国花来帮厨，还有会计的媳妇李婉婉也在，平常这两个人见了他眉骨都不动一下，现在看着他眼睛都弯没了笑着说，看你黑着脸，是不是不稀罕来给你帮厨呀？他觉得这天上下饼子的事要发生了。更有甚者，听到了爹的屋子里，支书兼村长的李喜平和会计王政林也在，正和哥哥一唱一和的说事呢。吴玉贵觉得这两个看人下菜的人物能来，说明哥的地位变了。我说么，哥因何要回来给娘烧十年纸，而且又是如此张扬！

吴玉贵不敢往细处琢磨，急忙往爹的屋子里走想和哥哥说明白今天发生的事。吴玉贵进了屋子顾不上打招呼，直戳戳地说，哥，今天给娘的演出怕不成了。

吴玉贵正和支书会计说着未来瓦窑沟村修路的事情，这么一说，有些坏他的心情。但作为即将提拔的吴玉亭来说，已不是当年那个吴玉亭了，当年的吴玉亭还有几分农民的倔强脾气，丢了面子想耍小聪明想力挽狂澜，现在，那脾气隐了，隐成了一种面子上的拿派，尤其是面对地方干部的时候，兵来将挡、水来土掩的稳当心态还是学了一点，但他拿烟的那个手指尖还是抖了一下，一截烟灰落在了裤子上。按以前他会抬高手臂狠狠地拧下去，把那截过滤嘴屁股拧成烂丝，现在吴玉亭不会了，时间已经把他锻炼出来了，他已经把以往的少年皮脱了，青年皮脱了，壮年皮也将脱尽，他就像蚕一样老熟了。只见他把那截烟头叼在了嘴角上，揪住裤子用二拇指弹了一下，轻轻地把烟头放到了一个用八宝粥当烟灰缸的罐子里，他还很轻松地用自己杯子里的茶水倒了一下，那烟头的青烟一下就断了。

吴玉亭抬起头来说，有什么大惊小怪的事值得用这样的嗓门说话？

吴玉贵说，人家演出队在丘庄，说是给文艺人们演出，今天走不开，还说你有悟性要是一直写小说就好了，就成全国样的人物了。吴玉贵有些对哥没有写小说、没有成为全国样的人物遗憾，停顿了一下没有接着往下说。

吴玉亭就是不想听这“小说”二字，这二字让他的生活发生了质的变化，让他的人生秩序多少年来一直遭到严重破坏，让他不能够在人生道路上应对自如游刃有余，总是让他在期待重新洗牌时被扣在了底牌。他抬了一下屁股很是不屑地说，知道，是春天送你一首诗，对你们来说，春天送几袋子磷肥和碳胺是再好不过了，也就是一些个不务正业的人拿春天说事找泼烦。

一句不务正业，把一帮文艺人搞得没有了广阔的背景。

吴玉贵说，是县政府的王主任安排的，人家团长说了，县政府的指令就是拴在她脖子上的一根上吊绳。吴玉贵一时没有想起来当时的原话，意思是领会了，就篡改了一下用词。

吴玉亭一听这王主任，心里就窜火，算什么东西嘛？自己有媳妇在乡下种地，吃着锅里的看着碗里的，整天拿着职务调派演出队，还不都是看上了陈小苗那娘们。陈小苗也是，就算不等我，也不想和我好，都好说，见怪不怪，找了一个有妇之夫，素质和品位之低下，那真叫个嚼着不烂，咽着吃力，听起来堵耳朵，哪有半点爱情的高尚趣味！如果这时候发火那就显得自己气量狭促了，想了想换了一种口气说，那哪是王的意思，那是刁县长的意思，还有我更清楚！

吴玉贵想，既然你清楚，为何还要我去接？但不敢这样反问，是自己的哥，小声说，错后一天，今天晚上呢，我定了一场电影，是秋菊打官司，人家说是名导的戏，瓦窑沟武黑他爹死的时候放过，一个照着村长的裆踢了一脚的女人，那女人，呵呵，一根筋！

会计王政林说：“错错错，是村长踢了秋菊男人的裆，把他男人踢寂寞了，她不依，一级一级上告。”

吴玉亭觉得弟弟说话太没有水平了，说着啥事情呢就拐了弯了，这弯拐得有点半吊子，要不是自己这个即将成为正科的面子撑着李喜平，村长李喜平岂是一个吃素的人物！

吴玉亭说，春天送什么的事，我是知道的，只是换届前的事情太多，又因为清明要回来上坟，三天里刁县长要准备的材料，我在回乡之前都要准备好了，我都忙得乱昏了头脑，看看，我都忘了，也算是有个补救。秋菊这位农妇也是一个进步人物嘛，值得一看，懂得用法律来做武器，现在自上而下不是讲和谐嘛，啥叫和谐，我和刁县长经常探讨这个问题，说给你们吧，自然朴素的品质就是和谐，这影片到最后，说明了一个问题，都是他妈的善良厚道人。

一听叫王主任是姓王的，村长李喜平赶忙站起来取了暖瓶给吴玉亭满上水，倒水的中间给会计王政林使了一个眼色，王政林说，我出去小解一下。

王政林出去后进了茅房，掏出手机来赶紧给村长李喜平发了一个短信。李喜平的手机响了，看到上面写了：你的眼色我没有明白。

李喜平看着手机和吴玉亭说，小舅孩发来的，操蛋呢，知道我和吴主任在一起，想让我求你，看能不能说说让他去镇政府当个通讯员。

李喜平抬了一下头说，我发给他，这点毛毛事也找吴主任说！

王政林接到李喜平的短信，上面很清楚地写着：打听一下吴有没有提的可能，有，回来就说今晚的电影咱管了。

吴玉亭没有接李喜平的话，看着别人发短信自己也想发，这东西在当下社会，说白了就像看见有人尿，自己也紧，便掏出手机来说，这叫拇指文化，全球通，都普及到乡下了。

相互让烟的功夫里李喜平的手机又响了，因亮光折射得屏幕有些黑，他用手捂了看，上面写了：马路消息说，有可能是真！

李喜平回过去说，肯定下来，马路消息，马路上没有人？日你娘，谁说的?

李喜平合上手机笑着说，小舅孩回的，说我和你的关系铁得就像钢板一样，这点毛毛事对吴主任不算事。小舅孩和姐夫，中间隔着他姐，他敢拿我当软柿子捏。

王政林在茅厕急忙翻阅他记录的电话号码，终于看到一个很重要的人物，这个人物是县政府看门房的武秃子，他把电话打过去问武秃子，吴玉亭提拔的事风声紧不紧？武秃子在电话里说，看人家的走步，有变化，一般来说，有动静的人，这时候大都沉不住气，不是说话口气变了，就是走步变了，还有呢，以前叫我武师傅的，只要开始叫我老武就有动静，等确定叫我武老头，那这人准提了。王政林说，你鸡巴说明白点，到底是提了没有？我啥都不叫你，我提了啥了？快点，我提着裤子呢！武秃子冲着电话说，我又不是领导肚子里的蛔虫，我酸得难受了，知道人家是甜东西吃多了！告诉你有提的可能！

看到屋外的王政林很像回事地系着裤带走进来，坐下后看着吴玉亭说，说句不中听的话，吴主任，今晚的电影就算瓦窑沟村给你放了，一是给婶尽个孝道，二来呢也算是我和喜平村长祝贺吴主任高升！

李喜平拍了一下王政林说，这话我早想说，不是说我这人势利，吴主任，就咱，中国最低的一级政府，办啥事不得拍上边人的屁股，你要是普通农民，我丑话说到前头，我不认识你是个人物，如今都是一把手说了算，你当了一把手，我就拍你，不怕你笑话，就这么定下了，玉贵啊，放电影的啥时候到?

吴玉贵说，我还得去一趟，去接他过来。

吴玉亭觉得不好，李喜平说，有什么不好，你明天的演出不也同样娱乐了瓦窑沟村民的生活！

吴玉亭不说话了，拿着手机发短信，这条短信他是发给陈小苗的，他虽然相信她的演出是一项政治任务，但从思想上觉得陈小苗对自己有意见，拿政治任务做幌子的意思深处隐藏着内容，这条短信在用词方面应该有一些讲究，不能太直白，不能让对方看出来自己是吃王主任的醋，他搜寻了脑海里所有的记忆，觉得用到文章中的句子都是好句子，用到这里难说能出彩。手不随心想，一行字出现在手机屏幕上：曾经沧海难为水。他猜测陈小苗看到每一个汉字在她眼皮下晃时，那意味深长的一笑，自己便也笑了一下，一下想起了他剪下的那一沓沓文章里的一句话：祸兮福所依！

这句话要比刚才那句话富有力度！

但是，已经晚了，手机上显示了发送成功。

五

山里头天黑得早，日头先是歇在了山背上，接着日头就翻过山跌空了，山没有影了，杨树上的喜鹊窝也没有影了，喜鹊飞上飞下不叫了，一副老成持重的样子，这时候它看到瓦窑沟村上空袅袅炊烟浮动着，暮色把瓦窑沟罩住了，最后把瓦窑沟村人的脸也罩没了，喜鹊飞进了窝里，瓦窑沟彻底黑实了。

吴玉贵这时候才回来，都想着看不上演出能看上电影也成，哪想吴玉贵定下的电影也荒了，因为有胶片没有放映机。当时定的时候还有，半中间被镇长拿去给县民政局回乡烧纸的李局长献殷勤了。吴玉贵骑着摩托跑了好几个地方，想定一家说唱的过来，跑了几个地方都没有定下，临时抱不到佛脚。回来看到自家的院子里灯明火旺的，觉得这事弄得有些狼狈，有些脸上挂不住。进了院子看到爹往院当央放椅子，两把椅子，一把正中，一把偏一些，他知道，那是用来放牌位，一个是娘的，一个是嫂子的，人虽然走了，不回头了，活着的人也要把她们当在世看。他走过去说，啥也不成，瞎了，拾掇回房吧。

听得自己的屋子里，李喜平高着嗓子喊：吴主任呐，一心敬你，七个巧啊！

吴玉亭就四个字：五个魁首，五个魁首，五个魁首，五个魁首！

爹一把揪了吴玉贵的衣裳问，到底是咋回事？我都通知了村里的家户，都通知了两遍了，第一遍告诉人家看演出，第二遍通知人家看电影，结果啥也没有，好不容易能要大伙来聚一聚，咋啥都弄不成了？

吴玉贵没有和爹多答话，走进屋子，看到炕上放着炕桌，桌上放着四个菜一壶酒，哥盘腿坐着，村长和会计不习惯盘腿，蹲在炕上，闺女小红嘴里吃着菜，一口没咽下，一口已经紧着夹到嘴边，腮帮像憋着两个核桃。

吴玉贵说，哥，不成，没有放映机。

吴玉亭没有出声，一粒花生米落在口中，胸口处空空的好像连着一口井，那井嗡一声被什么砸出了响儿，空震得他的脑仁子发麻，那粒花生米在后牙根上嚼了一下，他心里默念了一句：姓王的！

李喜平和王政林两个人有些喝大了，听吴玉贵这么一说，仗着酒劲李喜平跳下炕说，混球镇长，没有上眼皮子的货色，这事真没有人管了？是政府办的吴主任用，用他的机器那是高看他了，怎么这样的不识抬举呢！哪家拿了放映机，找几个人去抢了它！

吴玉贵说，没有用，是民政局的李局长。

王政林说，那咱不敢抢，民政上往下拨的款多，这条腿咱不敢断了！

吴玉亭摆了摆手要李喜平冷静一下，他摸了一下小红的头说，胡来不得，放不成就不放了，就算是抢来了，可以放，你叫全县人民怎么看我这个政府办的主任，我现在面对的不是一个简单的放映机问题，而是围绕这一事件出现的各种眼睛，要做的是让人们看到我的肚量，而不是成为这些个眼睛的反面教材，我不能因为这么个事给习县长丢脸，让人家说，小习用的人就是这样一个人！

王政林也想说什么来着，听这么一说，就不敢搭话了，敢把“小习用的人”挂在嘴上的，瓦窑沟也就他一个。况且，这习县长要论年龄也不过四十出头，比在座的他们仨都要小，论头衔哪个敢叫人家习县长“小习”？距离近远，明眼人一下子就感觉出来了。气氛有些紧张，一时无话。

听得外面有几个老头老太太夹着马扎进来了，看到院子里站着的吴家掌柜大呼小叫，吴老汉哎，你这大儿真出息啊，你可不能草筛子饮驴走过场，今儿看不上，明儿得看上！这放电影的还没有到？怎么幕布都不往起挂！

吴玉亭听得爹说，咳，说啥呢，这电影八成看不成了，听玉贵说，有官大的抢啦！

一老头说，那是咱玉亭的官不大，官大一级，他敢抢？吓不死他才怪！

吴玉亭觉得乡下人嘴上没拉链，指不定下一句还要说啥呢，随手扔给吴玉贵一包软中华要他出去散烟。李喜平急忙和王政林说，傻啥呢，还不出去发根烟熏住他们的嘴！

王政林说，咱的烟不好，红旗渠。

李喜平说，红旗渠咋的了？就红旗渠发去。

王政林和吴玉贵往外走，出得门，王政林先说了，今儿是县政府办吴主任回乡给咱婶烧十年纸，婶活着时德高望重，唯一的遗憾事就是没有看上这《秋菊打官司》，偏巧这机器被咱们的老朋友民政局长先行一步，先行了好啊，这电影就看不成了，我和李喜平支书巴不得看不成这电影呢，正好和吴主任说说内心话，说说咱村的实际情况，不过呢，就是委屈了咱地下的婶和地下的嫂，也委屈了瓦窑沟人，这不，吴玉贵代表吴主任给大家发道歉烟来了，烟是软中华，好烟呢，我给你们说吧，这烟一条八百，一包两袋碳胺，一根四块，你们也抽抽这折合七斤玉茭的烟是啥滋味。

李喜平在门口叫到，两口猫尿灌晕你了，说的也叫人话！

这时候陆续走进来的人就多了，孩子们像马蜂一样见人缝就钻，看到吴玉贵发烟，也跳了高抢着要。

一个八十多岁的老太太伸出笤帚一样干瘦的手臂也要，王政林给她点了一根说，会财姥姥，你长了这么大财迷了这么大，你尝尝，好烟就是好烟，抽多少口烟灰灰也不落。

会财他姥姥豁了牙口，有些口齿不清地说，宁要一捧玉茭，也不要这一根棍棍，哄人呢，看看现今的人哄人怕不怕，我抽抽它，是顶饱呢还是顶渴，呸呸，呛鼻呢。

院子里的人哄笑了起来。

李喜平走进屋子里悄声伏在吴玉亭的耳朵上说，不怕主任，我能让他们比看上电影还热闹，要下边的小官做啥呢，就做这呢，欺瞒他们傻乐呢。说毕，走出门，大手一挥说，瓦窑沟的村民们，咱们县政府办的吴主任能在百忙之中回乡给咱婶上坟，说明他是一个孝道人，有孝道好啊，我给他这样的人举两个老拇指头！

李喜平借着酒劲举了两个老拇指头在自己的脸前晃。

《秋菊打官司》看不看吧，没啥看头，村长把人家男人的裆踢了，踢寂寞了！

院子里的人就又开始哄抬着笑，有人叫着：你不是村长？就是说你这号人呢！

李喜平嘿嘿嘿嘿地笑了，笑出了口水，一股白酒味，还哈着霉干菜味，打了个嗝，把最后的那个捂在喉咙眼里的“嘿”嗝了出来。

李喜平接着说，那个说我这号人的人，你当我不知道你是谁？你当我真的酒醉了？你把手往哪里摸呢，那是谁家媳妇的屁股蛋子收紧了一下子，那屁股蛋子可不是铜锣啊，你的爪子也不是锣锤吧，还一下子一下子击打呢！说你呢，笑甚呢，牙都往下掉了，还笑！嘿嘿嘿嘿，这电影我看，不看也吧，明天咱弄个好看的拷贝，弄个满城尽带黄金甲来，不怕他今天没有放映机，明天咱去找，这放映机就像黄金甲里妇女的乳房，挤一挤总还是找得到的嘛！

一院子人越发笑得刹不住了，笑到最后的尾音笑不出来了，有几个女人弯着腰抽着气说，要死啊李喜平，你是糟蹋妇女呢，你忘了你是吃妇女的啥子长大的！

李喜平说，不笑了不笑了，咱说正经事，这电影是放不成了，大家就和吴叔磕话吧，吴叔的四肢九窍都等着你们和他磕话呢。吴主任能回乡那是咱瓦窑沟过节都逢不上的好事情，吴主任已经答应咱了，要县里给咱拨款拨水泥修路呢，吴主任当了主任，最大的好处就是咱瓦窑沟能讨了便宜，讨什么便宜呢，大家想啊，咱的学校也该投资了是不是？以前那个普九，是墙上刷了一层白灰日哄两下子了事，风卷一股尘学校还是一张老脸，不要看王怀平在外赚了几个钱给学校捐了几张桌椅，咱稀罕的是政府支持！咱的队部也该投资了，是不是？投资建个活动室，咱农闲时打麻将还用给黄软平家的自动麻将桌抽钱，除了搭不上黄软平那张粉脸蛋，咱啥都不用出。咱的敬老院也该投资了，是不是？

和谐社会不敬老不爱幼，那能叫和谐？和谐就是自动麻将桌！咱的戏台子是不是也该投资了呢？等等等等，抱了吴主任这疙瘩热沥青，咱瓦窑沟就水泥化了，就建筑化了，就麻将化了，这么着吧，你们说，看那电影有啥意思？还有比陪吴主任喝酒更有意思更管事的事情吗？瓦窑沟的人们啊，都回家吧，回去早点睡，明儿上坟不要忘了也给吴家的坟送点纸火。回去睡不着，看韩国的电视剧去吧，还睡不着就上床做那事情去吧，做那事灵醒点，小动静喘不过来就咳嗽两声，大动静里外得不轻闲，该咋的就咋的吧，别把自家孩子教坏了！

又一阵子哄笑中，谁也没有想到吴玉亭会出来。

这吴家的大儿子从来回乡都很少和瓦窑沟人答话，总是低着头来去匆匆，都说这吴家的大儿子有才呢，会作文章，几年下来没见把官做大。

可惜就是早走了媳妇，媳妇活着时有结核病，连娃也没有生下，娘走了十年，媳妇走了少说也有五六年了，愣是不找，这社会哪有这般苦守着不娶的？

吴家的大儿不如小儿话多，人白净，一看人家就是办公室坐出来的，看人家那样子，走路都在思考事情呢，一看就是有本事在心里藏着的人呐！

院子里的嘀咕声像春天成长的虫子，那声音不如秋天的旺，听上去有两寸厚。

吴玉亭站在门口，门脑上吊着电灯，灯光照着他的脸，那是一脸的白净，他咳嗽了一下，有点像在麦克风上试音似的，接着又咳嗽了一下，右手圈成拳头捂在嘴上。

李喜平大叫：静一静，下面的瓦窑沟村人，站起来的坐下，走了的向后转，听县政府办的吴玉亭主任讲话！大家鼓掌！

鼓掌过后院子里一下就静了。

吴玉亭放下拳头，他对眼前的景象有所感动，长这么大没有什么场合因为他要讲话有人能这么样的尊重他，就算是县长讲话，下边也是乱哄哄的。他看了人群中的爹一眼，爹大张着嘴，一脸兴致，他突然理解了爹为什么爱凑这热闹，爹在这热闹中能感觉到温暖的气息借助了声音在往他身上积聚，一个人面对孤独时，他一定心有戚戚。他看到爹抹了一下嘴上哈出来的口水，嘴依旧张了很大，那露出来的一截黑瘦如铁的手腕儿，在灯光下激动得抖抖的。

吴玉亭说话了，他挑高了嗓音，他现在有足够的底气。

我看到了瓦窑沟人的眼睛都盯着我了，你们对我充满了期待是不是？这，我心里明白！以前，我没有能耐，一个人的能耐是他的地位，地位不在那里，想办啥事情都难！这以后，一句话：好了！李喜平和王政林能来造访，我也明白他们的语气里含混地夹杂着某些不便说出的意思，我是明白的，我不怪他们，一个字，咱瓦窑沟村穷！吴玉亭家穷！穷字下面一口刀，把该有的都斩断了！

王政林看到吴玉亭眼睛里有泪打转，不像一个领导干部讲话，哪有实打实说的，不吹嘘呼点，不拿出点势来，就没有人怕你、畏惧你，老百姓也一样。怕他因为酒精的刺激和放不成电影的刺激弄得失了态，用肘扛了一下李喜平，李喜平拍了一下手说：

鼓掌！

吴玉亭还想着说什么来着，人已经被搀回了屋子里，只听到屋外的李喜平喊了一句：好了，咱瓦窑沟村人在共产党的政府部门，现在，总算有人立起来了，“富”字下面一张嘴，朝中有人好做官嘛，好了，各自回家热闹去吧！

这一夜的酒喝到很晚，喝得李喜平和王政林舌头大了，头大了，接着脚跟落地不稳，个个儿呕着心，想吐。

李喜平说，还不给吴主任拿盆盆来！

王政林拿了地上一根点火棒在石板地上画了个圈说，给你，盆盆来了。

李喜平就扶着吴玉亭照着地上画着的那个圆“哗哗”地往出吐。

互相喝破了心事，三个人一起笑，说起了一些儿童时代的事情，亲密得开始称兄道弟，这酒把人的地位喝淡了。

六

吴玉亭被吴玉贵搀到爹的屋子里，脑仁子被酒精刺激得兴奋，看着爹笑，接着又开始哭，爹咽了一口唾沫，很努力地期待着问，你把官做大了？吴玉亭踉跄着俯倒在床了说，爹，屁大个官儿，给爹丢脸了。

爹一脸糊涂，这官要没有做大，瓦窑沟村长那也算个人物，人家能打发媳妇来给咱帮厨？圈着腰把儿子耷拉在床边的两条腿抱起来搁到床上。

爹说，你好久没有和爹说话了，和我嗑嗑话吧，你自打长成人，就和我话少了。爹把崭新的棉花被子盖到吴玉亭身上，屋外的风呜呜地吹，吹得院角上几捆秫秸杖子簌簌地响。

这春天的风是一种很不消停的风呢！

吴玉亭说，爹，记得小时候我最喜欢做甚吗？

爹咧开嘴顾自听，一脸等待，手脚没有搁处，想不起儿子最爱做甚。

吴玉亭被酒精刺激得兴奋，心里堵得实，喝多了也没有把想说的说给李喜平、王政林那两个王八蛋听，他有话说，他就想说给爹听。他仰起脸举起手机看有没有陈小苗的短信，没有。他大声说，捅、马、蜂、窝！

吴玉贵把手机扔到了一边，有些不舒服地又把它朝上的荧屏扣到了下面。咱瓦窑沟村外有一棵树，树是柿子树，结果子的树里面，儿我最喜欢柿子树了，苍劲的枝干，宽大油墨的叶片，尤是间隔其间的柿子，似乎坦露了儿的心事，一个一个羞红了脸蛋儿。树上有个马蜂窝，我想捅了它，因为它影响了我对柿子的渴望。我是想算了很长时间的，最终想出了一个法子。爹，别不吭声，你猜猜，猜猜儿的心里想出了一个什么法子？

爹猜不出来，依旧手脚没有个搁处，笑容堆得满脸都是，喜爱得看儿回到了从前。吴玉亭的眼睛朦胧地翻了一下，接下来把盖在身体上的棉花被子很粗鲁地踢开了，又觉得这样不妥，热了脸，羞赧地说了句，我失态了是不是，爹？把拽开的被子轻轻拉了回来，很亲爱地搂在了两腿中间。

爹假装看不见说，喝了酒的人热气上身，不想盖就别盖了，这是在家里，机关里那一套套就丢了吧，你在爹面前就不讲究了。

吴玉亭说，爹，我回家了是不是？那我就把人前这张皮撕了。

告诉你吧，我用了爹给我做的弹弓，用了一上午的时间对准它发射，哈哈，它掉下来的一霎那里我就往村子里跑，马蜂像我放出的臭屁一样追了我跑，我跑啊跑，跑到了大队的粮仓里，我看到粮仓里新收下的小麦，那麦子上还盖着几方大印，我照着那印钻了进去，等我醒来的时候，我已经被带到了大队部，我的头肿得脸盆大，娘找到我后说，你调皮捣蛋要到啥时候才能改！

爹笑了笑说，那时候有意思呢，那时候的老树下尽是端了碗吃饭的人。

吴玉亭说，那时候的柿子树是大队的，秋天结了柿子，我偷着穿了爹的裤子，用爹黄球鞋上的带子绑了裤脚，趁着黑天，爬上树摘了两裤腿柿子，下来的时候，一下脱手了，我掉了下来。

我回来，爹用绳子把我吊到梁上，裤腿里的柿子也不让往出掏，让梁上的绳子坠我。爹说，吊到你懂得集体的东西不能拿，吊得你懂得集体叫啥，告诉你小屁孩，集体就是国家！

爹端过来一茶缸水，怕水烫，又拿了一只碗来回倒着，等了一会儿用脸皮试了试冷烫，端过来要吴玉亭喝。

吴玉亭说，爹的手皮厚了，结了老茧，试不出冷烫来了。

爹加了糖要他喝下去，说，缓解酒劲。

吴玉亭说，我上学了，初中读完没有上高中，考了师范，我是想当一名老师啊，爹也告诉我说，当老师好，受人尊重。那个春天，也是这样一个春天，我和同学们出野外踏青，我看到新土，看到刚刚钻出土的茅根子。细细的绿，春天透土了。杨树叶子还不能被风吹响，是鹅黄的，有像虫子一样的杨花絮。远处是麦田，像大地的花地毯，平坦的麦田在春风吹拂下泛着银子的波浪。这是我那一次踏青过后的一篇作文，被学校的《春芽》文学社油印了，在学校传阅，还被当时的市报选发了，我一下子成了文学新人。

爹，记得你说，我儿真有志气，都上报了。

娘把那张报纸贴在墙上，早上看一遍晚上看一遍，天一亮，看清楚看不清楚字，爹都要探过头来趴在娘的肩膀上看，后来那张报纸上的字淡了，是被爹和娘的眼睛看淡了啊。

爹起身走到木箱子前，开了锁取出来一个木匣子，是娘当闺女时候陪嫁的梳妆盒，核桃木，枣红漆面，上面画了几朵牡丹，经了时间，那颜色看上去有些凋敝，有些衰老，爹打开它，取出一疙瘩泥皮，那上面的报纸有了霉点子，哪里还有原来的颜色。当年翻新房子，弟弟和爹还生了一场气，说爹偏心，人家攒金攒银呢，你攒了一疙瘩泥皮。爹掴了弟弟一个巴掌说，你是看见肚子里有墨水的人吃醋呢！

吴玉贵说，扔掉吧爹，没有用了，时间把石头都能化掉，巴掌大的一篇文章，没啥用处了！

爹合了木匣子，没话。

吴玉亭说，爹，知道不，就因为我会写，当初当老师的梦想没有了，到了县政府当了通讯员，人家说，这娃好成分，有灵性，会写文章，将来有机会上！我当了十年通讯员，二十九岁上到了政府办收发报纸信件，我想不出来，我都这么大了，再没有比我大的通讯员了，我看新来的人们看我的眼神不对，似乎已经急着要先我当家作主了，我得有动静了，也该上了！可是什么动静也没有啊，夙夜忧叹，我别无长技，写写豆腐块大的小文章是我日常爱好，我由理想繁多变为希望单一，人家说我不务正业，说有才用不到正点上。我后来想，写那玩意儿顶啥用呢？图了虚名，舍了！我埋头啥也不做干了五年，这五年里比我小的都上了，我看见春天窈窕的身影和闺女似的来了，又走了，又来了，然后风吹来吹去，绿的绿了，红的红了，熟的熟了。爹，我看到你依旧是重复着以往的日子，驾犁耕地，戴着草帽栽种，爹脸上的皱纹多了，是笑太多折叠出来的，儿我是明白人啊，只有亲近自然的人才活得本色，只有活得本色的人才会幸福，你的儿，我是一点也活得不幸福！我从你和娘的身上知道了要想温暖一个人的心，最基本的东西是给这个人温暖，不怕爹笑话我，我没有，从来没有给你和娘叠过被子，我给三任县长叠了几十年被子，人家把我当老通讯员使唤。四十岁上提了副科，这是第一任给我的，那是一个好县长，他曾经不让我来做这件事情，他说不平等。平等是什么？爹，平等不是你坐在我对面就是平等，那是屁股下的交椅啊！两只手的作用由脑来指挥，我豁出去了，不把事情想那么深了，不就是活动一下手的灵巧性么。爹，一种筹码和证明，在权力面前，我算个啥？啥也不算！我是权力的异类，而在人面前，权力是人的异类。爹听不懂我的话是吧？我告诉你爹：权力就像爹种棉花，劳动了不一定能获得好收成！

爹合上了眼睑，有一会儿，吴玉亭想，是疼痛让爹合上眼睑的，爹没有想到他的儿比种地人活得还难，种地人简单到看到庄稼长起来了，就有无法抑制的开怀，明晃晃的阳光，眯住眼睛咧开嘴巴笑吧，可他的儿不知道看到什么该笑，看到了笑不起来，有一身的不自在！

爹从床上拿过来一盒“红旗渠”抽出一根，摸索出汽油打火机，吴玉亭抽出一根软“中华”扔给爹。

爹说，贵了，我抽了是糟蹋。

吴玉亭说，谁抽了不是糟蹋？

爹说，一亩地棉花卖不够一条烟，一股青灰冒了，这么贵的烟抽了，是要我脚底发软。

吴玉亭点了一根抽了一口说，有些事情是比较不得的，这是爹愚了。

爹说，爹不抽它，省了心去想它的贵！

吴玉亭说，爹说得对。可人是最操蛋的东西，偏偏就是要想，想和别人比较，想要，要该得到的和不该得到的东西。这烟在我身形孤寂、百无聊赖时，做了我最忠诚最坚决的伙伴。爹，抽这贵烟的好处是，县长抽它，我也抽它，贵贱我和他嘴里冒同样的东西，我平衡！

爹一下怎么觉得这个儿不像是他的儿，他的儿不该是这个样子！

吴玉亭接着把肚子里的苦倒给爹听。第二任县长，怎么说呢，爹，告诉你一个字：贪。我给他叠被子年头长了，七年，我看不到人家的那个贪字写在哪，人前讲话，那是真叫个绝！他答应离县之前把我提成正科，我想该了，为了提拔，我都把文学梦扔了，身心不二，我是一门心事谋政，爹，你知道，咱祖辈是农民，祖辈没有见过当官的人是啥样，祖辈排了队找不到一个能说上话的人，祖辈不知道啥叫阔气！我为了这句话等，等到都提拔了，没有空位子了，我还想着一定有一个我没有发现的窟窿等着我钻呢。那天，在他离任前的晚上，县政府楼里要做一件事，灭鼠。灭鼠的最佳药是“三步倒”，爹你是知道的，老鼠吃了走三步就倒了，再也起不来了。灭鼠是那几天的重要任务，为了配合卫生部门的检查，也为了“创建卫生城市”，我作为将要提拔的人选，必须身体力行，我提着塑料袋，拿着长柄勺，舀着塑料袋子里的黄色小粒粒，往墙角旮旯放，这时候我看见县长下楼了，他看了我一眼说，新来的县长快来就任了，你去把那些我用过的东西收拾一下，纸袋信封什么的都处理掉。我说，县长你不住了？他说，不住了，你的事我和新来的习县长说好了。

我把“三步倒”老鼠药发放完，去收拾他的床铺，在掀起他睡过的褥子下面看到了有三寸厚的一沓沓信封密实地铺满了床下，信封上有俩字：面呈。后面点了冒号，总共五百三十二个信封，我当时就想把那些信封捆起来当了废纸处理，捆扎的时候我发现有的里面还有信，也不是什么信，是个人情况，我还笑这些人呢，一个一个的把自己涂脂抹粉得那么优秀那么有作为，我就这么一个一个地看，看他们的笑话呢，哪知道结果发现有的信封里面还有人民币，那是现在快看不到的第三套人民币，面值都是一百。这让我心跳加剧，爹啊，这就是我想用心温暖的世界，苍天晓得，那种可怜的温暖有着怎样的天穹和深渊啊！我的自行其是，到此，要我怎么心甘?!

吴玉亭看到爹手上的烟不是抽没的，是自己燃没的，烟灰掉在爹的裤腿上，灯光下白得耀眼，爹带着轻微的颤音说，你说那些信封都装了那东西?

吴玉亭说，我所想到的辩解都等于谎言，你看看电视上那些个官吧，更怕！生活和梦不属于同一个世界，爹，你的儿就因为没有一个看上去很简单的信封作怪，一切又迟到了五年。

爹把伸出去的腿缩回到床上，有骨头断裂的声音响了两下。吴玉亭知道，那是爹的骨关节在响。爹手里又点了一根烟，烟柱像蛇一样，因爹抽回去的腿带乱了烟气，它缭绕得呛了爹的鼻子，呛人的气息令爹咳嗽起来，最后那口痰像田地边水渠里的浊水在涌动，携带了尘世太多的浮尘和干渴，咕咕地嘶哑了一阵子，爹走下地圈着腰开了门顺着风把那口痰吐了出去，风携带着它飞进了黑暗。

爹关上门，走到火台前，火上坐着水壶，水开着是为了取暖。爹掀开火看了看壶里的水，拿瓢从缸里又舀了一瓢倒进去，爹往火里加了碳，火苗欢起来。吴玉亭想起来，瓦窑沟村在贫瘠的山岭上，祖辈吃水难，过去有一口井，有两百多米深，因为吃水天不明就去排队，时不时为排队你争我吵，大多时候是他和弟弟去排队。下井的绳索是铁绳扣，足有两百斤，绞水时，辘轳把上两人，一人驾辕，两人搭挑，另有一人用手挡着铁绳扣不让它脱落。劲还得往一起使，否则绞上来就是半桶水。多年后吃水有所改观，从山后提过水来，但总因水源不足，用水旺季，还得绞水吃。吴玉亭想起来，好像李喜平晚上喝酒时也提了水，说，你要把咱村的吃水问题解决了，就算百姓托你的福了，就算你不白当这政府办主任了！吴玉亭依稀记得当年往县里参加工作时，因为去的是县政府，走时，爹说，你为咱这穷人争了口气，为咱这穷村争了口气！

这么多年来他那口气争在哪里？

爹开始准备一早的饭菜，还有清明上坟的祭品。爹突然在地当央站了下来，看着床上的吴玉亭，爹张了张嘴想说什么，还是没有说出来，床上的吴玉亭有几分睡意，吴玉亭看爹停了下来，便又有了几分清醒，看着爹笑了笑，那笑看上去比哭还难看，爹走近他把他脚上的鞋脱了，要他躺好，他想哭，他知道爹有话，爹的嘴笨，嘴笨的人大多爱听人说话，吴玉亭噙着泪说，爹你有话说？

爹说，也没有啥话。

吴玉亭很坚决地说，爹你肯定有话说。

爹说，我一下忘了。

吴玉亭说，你是不是觉得我活得下贱，笑话我？

爹说，啥话，干啥就得像啥，人家一县的父母官泼烦事情多啦，给人家叠被子算啥，用不了二两力气。

吴玉亭说，可我心里苦。

爹说，说说话，心就松动了，就不苦了。

吴玉亭说，爹，你哪里懂得！

爹憋红了脸说，再不懂得，也可惜你把写文章的正事丢了！

吴玉亭一下觉得酒劲上来了，腮帮热了一下说，爹，这你就是外行了。

爹咳嗽了一声说，我到底想起那句话来了，是一句古话，你也记下了，说的是，人为财死，鸟为食亡。

七

天上布满了云，将雨不雨地苦着脸，也许这日子是清明，似乎把人心也濡染得不畅快。瓦窑沟村通往村外细肠子般的土路上，蚂蚁似的布满了人影，有的端着木盘，有的挎着竹篮，里面放着白馍、黄表、香火、鞭炮，好一些的人家还放了罐头、香肠。喜欢土地的瓦窑沟村民自然也喜欢把先人葬在自己的土地里，一座两座像邻居一样，鞭炮炸开了寂静，香火点燃了冥色，坟头的一声哭，是告诉地底昏睡的死去的人，又换年头了。

吴玉贵家地当央的坟堆上长满了刚透土的青草芽儿，坟旁一棵柳树下是用石头垒起来的供案，吴玉亭从地上的篮子里往出掏祭祀的物品，还不时地掏出手机来看，这个动作让吴玉贵很是看不惯，趁着这个空当吴玉贵接过了篮子，两个妹妹和吴玉贵的媳妇已经跪下了，正准备把头上的围巾捂了脸，就等把香点了她们好开始哭，哭什么呢？先是要哭地底下昏睡的人苦，撂下一堆事，当了甩手掌柜，花花世界，光阴易逝，那时的自己还小，还想着爹娘说着话呢咋的就已在地下埋了好久，活着的好多稀罕事，活着时没有想到要你们看，去了也误了，不知道的事情多了呀！该过好日子没有过上，走了的苦了呀！接着哭自己的不好，活着的人苦呀，不如地下的人，丢下了亲生的儿女到地下享清静的福去了，这世道是哪个留下了这生死轮回！

还没有等吴玉贵把香火、冥纸、鞭炮取出来，已经听到身后脚步声走过来，那脚步声不是一双，是一队，像学校出早操后让学生稍息后的脚步声。

先是吴玉贵扭回了头看，叫了一声：我操！

等吴玉亭彻底扭回头时，瓦窑沟村的大小老少在李喜平的带领下，在他的身后像马蜂一样围了过来，他看到所有人的手里都拿了黄表，李喜平第一个把手里的黄表点燃了，他下跪磕了仨头，接着又磕了仨头，李喜平站起来很认真地说，吴玉亭主任，这仨头我是代表瓦窑沟村民给咱婶和咱嫂子磕的。接下来李喜平的媳妇和王政林的媳妇坐下来，脖子上的头巾往头上一蒙开始哭上了，先是吴国花开始数落着哭：

地底下昏睡的婶和咱嫂啊，你看这冥钱烧得和火龙一样欢呢，火龙伸着红红的巨舌在舔那天空呢，风助了火龙都能把人的头发烧掉一撮呢，你俩在地下享福了呀，上亿的票票商店都兑换不开呢，你俩坐着吃利都够几辈子花呢！地底下昏睡的婶和咱嫂啊，活着的人可就难了呀，咱瓦窑沟山大地块儿小，种地费工石头多，清明开耠子一直到芒种，老阴坡沟剥楸皮，遇了天旱不长苗，人吃水都难哪里见收成呀！苦了咱瓦窑沟活着的人了，住在这石头多得像荞麦棱子、公家看不见摸不着够不着的地方，苦啊，呀喂，呵呵苦啊！

李婉婉接着开始数落着哭：

地底下昏睡的婶和咱嫂啊，吴家出了大人物了，别看这山坡坡沟深石头大，没墙没堰，可咱的风水好啊，出了大人物咱瓦窑沟挺美的，接了山外沁河的水，咱瓦窑沟就是米粮川……

这哭诉到了最后就成了诉说瓦窑沟的难了，瓦窑沟有了吴玉亭以后这日子就过得舒畅了。两个妹妹和吴玉贵的媳妇，本来这十年纸由她们来唱主角的，这么着一闹，她们仨反倒不知如何哭诉，哀巴巴看着。哭的人不能让她一直哭，旁边的人要拖她们起来，吴玉贵抬了两臂搂了吴国花要她起，吴国花像一块年糕粘着地说自己还没有哭够呢。吴玉贵恼火地说，这地下睡的是我娘，你又不是我媳妇哭给谁看呢！吴国花怎么说也是村长媳妇，自觉就比瓦窑沟的人高一等，吴玉贵这么说心里有了几分不乐意，你吴玉贵算什么东西也敢占我的便宜！一下止住了哭，扯了头巾站了起来，想说什么看到李喜平白了她一眼，她的话头马上就系住了，换了一个话头说，我是哭我婶呢，怎么说我也是吴家的闺女，我要我婶知道，吴家的男人也不都像你一样土里刨食，也有做官的，都是姓吴家里的，可这落差大着呢！

吴玉贵觉得这十年纸烧得有点瓦罐子气，本来是自己家的事，掺和了村委，以前也没有见村委的人来磕头，伸出双臂用了猛力把李婉婉抱了起来，也不管她站稳当了没有，顾自从篮子里拿过鞭炮来点了捻子，绕着坟堆放了一圈，没有燃完的鞭炮在吴玉贵手里晃着，扔出去，落下去的炮仗在吴国花和李婉婉的脚前爆响，吓得她俩往远处跳，吴玉贵斜了一下眼睛嘟囔了一句：把那毛料裤子烧了窟窿才好呢！

这句话吴玉亭听见了，他从心里瞧不起弟弟，尤其是这句话从他口里说出来，整个一个小农思想嘛！妹妹从篮子里拿出自己买的鞭炮要兄弟放，说这是闺女的，给地下的娘和嫂子放了听个热闹。吴玉贵拿了放到自己手里等磕了头准备放。吴玉亭看到两个妹妹和弟弟在坟头前给地下的人磕了头起来，他便也站在了坟前，想着地下的母亲和妻子。母亲虽目不识丁，但贤淑明理，勤劳善良，母亲对儿女的关爱无微不至，可说是把全部心血都倾注到了他们兄妹几个身上。记得小时候家里穷，孩子又多，早上一顿玉茭面掺了谷糠蒸疙瘩，母亲总是让孩子们先吃，说自己看着就饱了一半，荒年饿不死造厨的，稀汤灌大肚呢！年幼无知的他们，你一碗我一碗抢着吃，尤其是他和弟弟，饭量又大，好像永远吃不饱。等最后轮到母亲时，已所剩无几，母亲只好将锅底残余的些许饭菜掺了开水充饥，还告诉他们说，口淡，菜咸呢。有时竟空着肚子。年幼时，兄弟姐妹几个的衣服像蚕茧一样往下褪，先是姐姐的褪给他，接下来妹妹们，然后是弟弟。那年月，不像现在有料子布，只有棉布，不经穿，衣服和鞋袜往往穿不了几天就破烂不堪，这就更加重了母亲的负担，一方红黄摇曳的炕墙上，母亲飞针走线，挑灯夜战为他们缝补衣服或纳鞋底，为了怕灯光影响他们睡觉，母亲用结实的身板挡了光线，夜静的时候，拽麻绳的声音细柔有力地布满了整个屋子。爹说，看你娘苦的。娘说，对着孩子说甚呢，满屋子你给我找找苦在哪里？娘停顿了一下看着他们又说，就盼着我娃学了知识吃了“公家饭”，娘等着坐我娃的小卧车呢。

吴玉亭仰起头，那一仰不是为了看天，是想把对地下人的思念安置到一个宁静的去处，是想告诉地下的人他终于有小卧车坐了。

对于地下的妻子，他有比娘更多的话要说，那种感情也是莫名其妙的，爱恨参半。他甚至不知道和妻子之间叫不叫做有“爱”存在。他能进县委办其实与妻子有很大的关系，因为妻子的父亲是县委办的司机。他和妻子是同学，上学时她的身体就弱，第一次领她回瓦窑沟，娘背过她和吴玉亭说，人单薄，没腰没胯的，小脸蛋和蒜瓣子似的，要是在农村她那身子骨作务不活庄稼，更别说走针引线了，娘不同意。

后来他想，他之所以看中她，是因为看中了县城，县城是他离开农村最羡慕的地方，让他有一种神气在里面。农村人进了县城，感觉就像驴进了县城一样，嘴上吊个草料袋子，屁股上也挂个驴屎袋子，怕县城人见不得，驴就没头没尾了。他就想做一个彻头彻尾的县城人。县城里的人有一种东西在脸上挂着，他一直不知道是什么，不是优越，后来他知道了，是“势”。他想起来和同学在她家帮助做煤球，弄得一身臭汗，她并不厌他们，而是为他们凉上白开水。在乡下，他们农村的孩子哪里喝过凉了的白开水，口渴了拿马瓢从缸里舀了凉水，饮驴一样往脖子里灌。一听是凉了的白开水，乐得他们眉头高扬。他看到她的母亲不高兴了，周正白静的脸上看他们的时候蹙着眉，他们从她母亲面前走过去时，他看见她母亲的手不自觉地在鼻子前扇了一下，他的神经绷了绷，仿佛和院子里落下的泡桐树上紫红色的花赌气似的，孩子们全都停止了热闹，其实他未来的丈母娘并没有做什么，连细碎的话都没有说，脸上随着就挂出了笑，那笑在黄昏的亮影下有几分清丽和明净。但是，不知道为什么，孩子们都不喝那凉了的白开水了。也是后来，他知道“势”其实是一种距离。那个夏天的黄昏，他不知道他在县城少了什么，但是，很明确地知道他不喜欢农村，不喜欢父亲常年不刷牙哧着黄锈的牙和裸露的牙床，不喜欢农村人的裹裆裤、黄球鞋，甚至不喜欢母亲累得顾不上梳理的头发。县城，是他梦里生活的背景，他像破了茧的蛾子要飞向县城了。当他向妻子表示要娶她时，她没有激动，她母亲像历史老师上课一样讲了从前、现在，最最主要的是，她不能生孩子，也许一辈子，他得小心呵护她。他还记得当时的一个场景，停电了，县城里的油灯不像农村的，农村里的油灯用孩子们用过的墨水瓶，搓个捻子插进一截洋铁皮卷筒里，添进去煤油就成了。县城里的灯是有灯罩的，她母亲张开她红润的嘴唇往灯罩里哈气，然后撕碎一张书纸，用纤细的手把书纸揉软，伸进两根指头摸着那纸片，很缓慢地一层一层地转，她母亲不停地往灯罩里哈气，之后一遍一遍地擦。直到她伸进去的指头，仿佛透亮起来，她母亲才说，呵护她就应该像呵护这个易碎的玻璃罩子。然后，她母亲用少见的兰花指轻轻捏住灯罩，扣上油灯。屋子里突然一下亮堂了，他看到她的脸在灯光下有两朵红晕染了两腮。她母亲说，我的闺女和乡下的那些个没有教养的女人不一样，你要学会尊重她！

新婚之夜，她那没有丝毫肉感的身体对他来说，说不上喜欢，也说不上不喜欢。丈母娘给他一盒避孕套，毫无廉耻地告诉他，记住，每一次，你都必须戴着它，必须坚持检查它的乳头处有没有破孔。说毕，居然伸出两根手指示范它的操作方法。这让他最早体验了县城给予他的文明。每一次，他都会想起在瓦窑沟翻过山梁的那个水库钓鱼，他总是用蚯蚓当钓饵，他把粗壮的肉红色的蚯蚓放在掌心拍晕，小心地穿到用缝衣针烧弯的鱼钩上，轻轻放到水中打好的窝子里，便有鱼来咬钩，鱼咬钩实在是美妙，他知道鱼总也不会钓上来。他也知道身下人是用了吃奶的劲想迎合他，那一种迎合在一长串的咳嗽中像凉了的白开水一样寡淡，他也只限于鱼咬钩的美妙。

吴玉亭举眼眯缝着看天空，天空没有云，云和太阳光搅和在一起了，这清明，印象中从来没有晴朗过，但他确实听到了过往的日子那跫跫的足音。他该给地下睡的人磕头了，泥土是他膝盖的蒲团，但他却跪不下去，他觉得目前他要做的动作不是跪下去磕头，而是很儒雅地三鞠躬，这样才能有别于他和周围人的物事，有别于一个领导干部在清明这一天的风景。

三鞠躬之后，他长叹了一声：

往事并不如烟啊！

身后被李喜平集中来的村民们，家家都有个难事儿，于是，就有人趁着这机会把想要求办的事说出来。

先是罗锅马必士的儿子马小沁，耸着肩走到吴玉亭面前，小嗓发声说，叔，我爹炕上下不来，要我求你个事情，求你给我在县城找个临工，我爹说你当大官了，有人巴结你，要你可怜可怜我。

李喜平叫了一声，做啥劲呢，把腰杆放展些！你跟着凑什么热闹，说话都没有半毫热气，能给你找个啥工作！退后边，清明上坟是私事，不谈工作。

马小沁急忙朝坟前走，谁也不知道他要做甚，却见他双膝跪下去磕了仨头，嘴里叫着，奶、婶，你们给叔说个好话，我给你磕头了！

接着是跑运输的王海急忙走到吴玉亭面前说，大主任，说个帮忙的事，我的车在县城被交警扣了，官大面子大，求你了，也算咱是一个沟的人，这是我的情况，对于你来说，这是小事，我的车证件全有，就是少了一个尾灯，扣了我冤，烧香找到你这庙门了。

还没有等李喜平抬手指着走近的人喊话，瓦窑沟平良德老汉用烟袋锅子敲了他的手臂一下，他正想发作呢，只见老汉插过人缝挤上前说，侄子，我和你告个状，不怕难为你了我就说。

吴玉亭说，你说。

平良德就用烟袋锅子指着李喜平说，就告龟孙子他！

吴玉亭说，他咋的惹你了？你这气这般冲。

平良德老汉额高面长，悬胆鼻子，说话如和人吵架，处事挺横的，想骂哪个龟孙子就骂哪个龟孙子。他用疑惑的眼睛看着吴玉亭说，剑里头哪一种剑最毒？是舌剑。都觉得非打架不可的事情，我认为舌头能摆平的才叫本事。你跟着县长，怎么说也算朝廷半个太监。你不要觉得这话不好听，瓦窑沟人，你们也不要笑，太监也不是你们这些普通人做得的，也算半个朝廷。我找你就是要叫你来评理，我种的二亩地苗圃，都长到胳臂粗了，村上说修路要占地，把我的苗圃占了，砍了，说我的地是三类地，我的明明是一类地。龟孙子李喜平选举时候说的好，说我当了村长，这事不算事情，小事一桩。我选了龟孙子，龟孙子一当选了，老二不尿老大，说这是政策。我问你，当初光我家就给了他六票对勾，那是有交易的，现在我不同意，能不能按政策说我那六票不算数了？免了他的职务。

吴玉亭没有想到平良德老汉是来翻老账，这事不知道该怎么说好，就拿眼睛瞟了一眼李喜平，李喜平也没有想到平良德会说这事，一早他打发人挨家挨户去煽动，去送纸火，说县政府办的吴玉亭主任回乡烧纸来了，大家也都去坟上给人家送个纸火，乡里乡亲的，说不定以后会有用得着人家的时候，不要见官就看不起。李喜平知道现在的农民和以前不一样了，也不好管了，和你村干部没有啥牵扯，不给人家实惠，谁要按你的意思去办事？他没有想到平良德老汉在这坟头上说这事。

李喜平急忙走近和平良德说，老叔，你是想出难题不是？这事与吴主任有什么关系，当初选我你也是自愿的，说给你条件也是真心的，可结果你的地只能评估三类地，我给你争取了二类地，你的地要是一类地，你不种麦子了，要种树！

平良德说，龟孙子你这不是说屁话吗？大侄子，我要你说，我就看你这个官有多大分量！

吴玉亭方才还觉得瓦窑沟人给足自己面子了，现在就觉得这清明有点吵，只听见自己的弟弟吴玉贵扒开人群喊到：这是我吴家的坟地，我哥是回来上坟的，你们是存心不想让我地下的娘和嫂子安静是不是？谁要再拦我哥，我这个没文化人就一路打上出去了！

吴玉贵说完话，点燃了手里的鞭炮，鞭炮在他的前方炸响，他拖着吴玉亭，吴玉亭踉跄地往前走，眼睛却看到了逐渐开阔的田野。

吴玉亭说，这样走了不好，你要叫瓦窑沟人笑话我，笑话我的能耐！

吴玉贵说，平良德那三亩苗圃地本来就不算地，屁类地也不是，尽是一些石头蛋蛋，能弄成二类地也算是李喜平的功劳，老鼠逮猫，他们是哪一出还不清楚，你不要因为提了个正科就以为自己是个官了，李喜平那才叫官，官不大，特懂行道。

吴玉亭觉得手机有短信响，急忙甩了弟弟拉着的手，翻过来看，是陈小苗的，上面显示了：下午到，晚场八点开。

这几个字像政府文件，没有一个字是跳动的，更没有“除却巫山不是云”的心动。吴玉亭想：陈小苗这个荡妇，看我见了怎么拿捏你!

八

傍晚的时候天上下了一场小雨，斜斜的雨丝打乱了人的头发，瓦窑沟村湿漉漉的，干河沟里的鹅卵石被雨水濡染得加重了颜色，一些鹅黄的茅草在雨丝中生姿，有几只鸟压低了翅膀飞行。吴玉亭的父亲已经来这里望公路望了有几次了，看着鸟飞行心里有几分不快，鸟低飞那是想拣拾雨头儿嘛，天公不作美，这个清明叫人一点也不省心。

吴玉亭上午上坟回来，眼皮子困得眼毛毛都支不住，倒头躺在炕上顾不上想事，一觉睡到天黑了也没有起床。院子里的大锅冒着热气，压好的面条一箅子一箅子放在屋子里等演出的人来了下锅。有雨，天黑得早。吴玉贵几次想叫醒哥哥问演出队为啥还不来？李喜平都不让叫，说要他多睡一会儿。吴玉贵满脸不高兴，觉得自己家的事被这一掺和了，弄得人心和这雨一样，黏乎乎的。

院子里的灯亮了，拉灯绳的人不是别人，是吴玉亭，这时候听到院门外吴丙国老汉一路小跑进来，喊着：快，下面了，演出队的大队人马来了。

院子里的气氛一下热闹了，先是小孩子往院子里跑，接着是演出队的刹车声响，有人抬着箱子进来，说地上潮湿，叫人拿几捆干草来垫地，进进出出闹欢了。吴玉亭在爹的门口站着，什么表情也没有，嘴上叼着根烟，等他要见的想见的人出现。

陈小苗大步跨进院子，看到吴丙国老汉上前就握手，说，来迟了，没办法，吃公家饭就得听人家抓差。叔，你这身体看上去硬朗呢，有几年不见了，还是那样看见了叫人亲切。

看见吴玉贵叫了一声：大兄弟，劳驾你帮忙要他们把场地铺开，看这雨怕是不停了，一些电源见不得潮地。

然后，她指挥下边人架线，往摊了干草的地上铺帆布，泥地上是不能翻跟头的。先演出的人开始吃饭，等大部分演员都吃完了，一切也都弄利落了，陈小苗才问吴玉贵，你哥呢？

吴玉贵告诉她在爹的屋子里。

陈小苗拍着手上的泥往吴丙国老汉的屋子里走，抬脚进门的时候喊了一声：吴主任，你这接待我的态度可不好啊，准备酒了没有？我得喝两口才能唱响，你不陪我？

吴玉亭赶紧从床上起来假装刚睡醒似的说，看看，我昨晚喝多了，一天不清醒，县里的大红人，我敢不接待吗！

陈小苗说，那就走啊，高升了，就着灌面的菜喝两口，我也好祝贺你一下，晚上还有好节目呢。

吴玉亭其实就等着陈小苗主动呢，下酒的菜他早安排人弄好了。

外面雨下着，依旧是细细的，打到人的脸上像雾一样轻，吴玉亭突然觉得自己很清爽，是酒醒后的清爽？是雨天的清爽？好像什么也不是，是见了眼前的这个女人的清爽。心不自觉地跳了几下，惶惑了一阵子，跟着陈小苗走进弟弟的屋子里。菜饭都已经齐全地摆在了桌子上。弟媳妇看到陈小苗进来，一下子不知道该叫什么，当初他们谈对象的时候来过瓦窑沟，她叫人家嫂子，现在叫什么？嘴张了半天合下来时叫了一句：陈团长，你胖了，富贵了，越发好看了。

吴玉亭前倾的胸往起抬了抬，抬胸的当口眼睛扫了一下陈小苗，他觉得和眼前这个女人之间也应该有一种“势”在里面，他不是以前的吴玉亭了，他扶正了。但是，他确实看到这个女人发福了，圆润了，有了一点贵妃的味道。他的脑袋歪了一下游离开视线，给人的感觉他并没有看她，她的圆润和贵妃的味道与他没有多大关系，一个领导干部在女人面前，看到的不应该是异性，她就是你的下级，用口气指挥她行动，和圆润和贵妃都不沾边。

陈小苗说，叫我陈团长我听了别扭呢，当初，差一点就做了你的嫂子，人这一生差一点的事情多了，要不是这年龄差一点啊，你哥哥就当正主任了。

这句话说得吴玉亭有些丈二和尚摸不着头脑，什么意思？难道主任的位置又落空了？不可能，他回乡之前才被习县长叫去谈话，说这一回，你放心，正科是肯定了，也该上个台阶了。怎么说，走了一天就出事情了？

陈小苗发现吴玉亭一下定神了，想不出来是因为什么事，也不管愣在那里的他，顾自拿起倒好的酒喝了一口说，你哥要是觉得我这个嫂子合格，就还叫我嫂子好了。

吴玉亭上前一把抓了陈小苗的手往暗处拉，这个动作让陈小苗一阵喜欢。

吴玉亭嘴角却有点颤抖地说，不可能，政府办主任谁来当？你的意思是不是我？你从哪里听到的？

陈小苗觉得吴玉亭永远是吴玉亭。

她嘴里嚼着一口菜说，给了你正科待遇，上面有政策，县里副科52岁就切，考虑到你的工作时间，县里决定给你正科待遇退下去。我也是下午才清楚，采风团有领导酒桌上说了，我替你高兴呢，你跟了我演出，工资待遇我给你正科的，你就帮着写作品，小品、相声、双簧、三句半，诗歌也行，今晚就有你一个节目，你看了一定会高兴。

吴玉亭一点也高兴不起来，如果说时光倒流三十年，这是他的家庭梦想，时光像什么呢？他脑袋里一片空白，只觉得胸口如一口古井，空得他想哭。

陈小苗说，和你喝三杯，三杯之后吃面，吃了面演出开始。你在我这里干，永远不退休。陈小苗说完这句话还冲着他挤了一下眼睛，是一只眼睛挤，有挑逗的成分在里面。四十几岁的女人做这个，从想象的角度看有点过了，但是，实际上是很可爱的。

吴玉亭依旧装了看不见，这一回看不见是心里乱了，这乱和以往的乱不一样，这等于是共产党炒了他的鱿鱼，他有点失了方寸，为了掩饰只能喝酒。一杯酒下肚，像捅火棍捅了一下火辣，这样反倒好一些，让他有几分清醒：他是男人，不能喜怒于色，就算是巨大的悲痛，三十年了，他都压着，压到现在不能压不住，还得压！

吴丙国老汉忙着把两把太师椅搬出去，做这件事情他不要人帮忙。两把椅子一正一偏放到演出对面，怕雨淋，他在太师椅上顶了两把伞。两个牌位：老伴和儿媳妇。他把她们婆媳放到椅子上，这样的位置是任何人都不能坐过来的位置，他也不能。两张椅子，两把雨伞，两个牌位。她们的身后才是俗世的热闹，俗世的热闹好啊，吴丙国老汉想：俗世的热闹最好的好处是脸上的七窍都能动，有嘴能说话，有眼睛能看人，有鼻子能闻香臭，有耳朵能听人声，什么声音都没有人声好听。吴丙国老汉饭都不想吃，就想听身后瓦窑沟人的说话声，就想听演出队唧唧喳喳的吵闹声。灯光一下打亮了，院子里和白天一样亮，灯光把人脑袋推到院墙上，挤挤撞撞的，人世间的热闹就这般突出来了。

屋子里，被外面的热闹挑逗得心不在焉的弟媳妇，也不管屋子里的人，顾自站在门前一脸喜气，那喜气不是挂在脸上，是挂在嘴上，嘴张了老大，一口牙快要挂不住了，想往下掉。

屋子里的人喝酒没话，这中间团里有人进来请示开演，陈小苗用嘴撅了一下吴玉亭说，问老吴！

从吴主任到老吴，难道自己从此没有主任，就剩下“吴”姓了？因年龄的拉长加了“老”字？吴玉亭咬着后牙根说，老吴要你们开始！

演出开始，一段八音会段子响起，之后该落座的人都落座了，人把院子挤满了，有人骑在墙头上，李喜平和王政林领着各自的孩子、媳妇也都坐下了，吴玉亭却没有出来，他觉得他的面子上挂不住，他和瓦窑沟人许诺了要当政府办主任，既然这主任当不成了，当不成主任好说，许诺下瓦窑沟建学校的事咋办？修路的事情、吃水的问题？扩建办公楼的事情，多了，他不能出来见他们，他的脸上挂不住，一个人的地位决定自己的价值，现在，他等于是一个没有价值的人了。

陈小苗陪着他说，你不想出去看看？你不想出去就听吧，有雨的日子听这个节目怀旧，“春天送你一首诗”的人还说，这个人的才华不得了。你吴玉亭要是认准自己写下去，就不是现在的吴玉亭了，你要听了这个节目能走出去就是大毛蛋了。

这是吴玉亭的小名，谁还记得它？吴玉亭苦着脸笑了笑，他觉得男人其实是很脆弱的，不要看平时想的那些事，遇了事情就觉得自己要马上垮掉，想靠着什么东西支一下，现在，能支他的，就是眼前这个“贵妃”一样的人了。虽然，他一直在心里骂她，嘲笑她，甚至从心里看不起她，鄙视她是荡妇，其实，他是在乎她，她的一举一动一颦一笑，他恨那一举一动一颦一笑不是冲着自己来的，是冲着社会上那些权势去的，他突然觉得他在奋斗的三十年里，他所做的一切又是冲着什么去的？

一口酒闷下肚子，听得外面主持节目的人报：

今天，我们团能够有幸来到瓦窑沟，这也是政府办吴玉亭主任带给我们的福气，让我们有幸和瓦窑沟村的父老乡亲共度这清明，共度这思念的日子。天上的小雨用激动的热泪迎接我们，在座的瓦窑沟村民用热烈的掌声欢迎我们!

这时候，李喜平站起来喊，大家鼓掌!

瓦窑沟村民的掌声爆响了，年轻人的口哨也尖利地切割断雨丝越过院墙，把村里守院的狗叫愤怒了。

接着主持人又说，谢谢父老乡亲的掌声！接下来第一个节目是口技并配乐诗朗诵：《蛤蟆叫》，这个节目是我们政府办吴主任二十年前创作的，借此我们献给他地下有知的母亲和妻子，在此，我们也祝愿吴主任的父亲健康，幸福！同时祝愿瓦窑沟村民健康，幸福!

先是听见一个瞪着眼、鼓着皮囊的蛤蟆阁咕阁咕叫了两声，跟着有蛤蟆唧咕唧咕迎合了几声，一群蛤蟆便群起哄叫，一如人类的热闹，充盈了一条河沟。等蛤蟆叫声弱下来时，有男声开始朗诵：

蛤蟆叫
蛙声如潮带雨来
哪个敢说吵
蛤蟆叫
比风来得早
万里江山我做主
春来背着鸣囊叫
蛤蟆叫
清溪田野随意跳
爱欲满其身，擎着丰收叫
目盼东山月，耳闻溪水声
一如人类抛歌喉
满谷满沟倾心叫

蛤蟆叫

……

吴玉亭觉得，这是他写的吗？是他曾经有过的经历吗？这首小诗能够引领他的，不是天边地平线上的无限奇幻，是他所看到的对面那个女人的眼睛里漫滤出的热爱。一条干河沟里，蛤蟆叫不在了，这个清明，假如他能走出去面对这些热闹，他以后的日子怕得回过头去望了。

狗狗狗

一

大约是1945年7月。

那年夏天，天空少雨。满世界夏阳干裂裂的，茫茫田野一片萧杀。一切绿色的东西都在逐步卷曲或变黄，大风刮来时，哗啦啦的，在听觉上很干燥。王月蛾挽着荆条篮子，在山神凹窑垴地玉茭茬根上捡豆角。她在撩拨额前被风梳下来的刘海儿时，看到了风脉山巅上走下来的高头洋马。

小鬼子进凹了。

王月蛾疯也似的跑回土窑。这当口两个孩子，十二岁的虎庆和五岁的虎昌正在灶火灰烬中扒拉烤芋头。芋头的香气散发出一股揪心的膨松甜味。王月蛾揪起在灶火旁的虎庆和虎昌扭头就走，忽然又想起什么，转身从窑顶梁上挂着的竹篮里取出几个玉米窝头揣进怀里，慌悚悚地和虎庆说：

“东洋鬼子进凹了，你领二子跟娘躲到后山的羊窑内。”

虎庆抬头瞅了一眼窗外，窗外崖头上一纸薄的夕阳，薄淡得失了血性，黄瘪瘪的。他把眼睛耷拉下来，脸上带着迷茫，不清楚日本人进凹要干什么。

日本人占领中国八年了，来山神凹这是第二次。第一次是从风脉岭上过马队，没有拐下山神凹，从岭头上往太行大峡谷方向走了。虎庆那阵儿在旱水池边张着嘴看，娘一把拽了他藏进了树丛中，等了好长一阵，再看岭头上空秃秃的，马队像风一样消失了。

王月娥旋风一样把手伸进灶火，在地锅底上摸了一把锅黑抹在了脸上。虎庆抬头看时，感觉娘的脸就像他手里捧着的烧焦了皮的芋头，在傍晚窑洞收聚的光线下闪烁着铁屑的荧光。

走不了了。

王月娥清楚地听到马蹄的嘎巴声由远而近，心里像掉进了一块石头，那块石头揪住了她的心肺，她感到了莫名的惊恐。

嘎巴声越来越近，在窑门口停下了。

鬼子用刺刀挑开刺槐编结的篱笆，在院当中的枣树上拴了马。

王月娥把两个孩子紧紧搂在怀里。二子虎昌不知道发生了什么事，一小块一小块掰着芋头往嘴里送。王月娥说："还吃！"

怕娘夺了去，二子虎昌一把把芋头全塞进了嘴里，两腮鼓了起来，眼睛看着娘。

虎庆瞪了他一眼。这光景就听得门哗啦一声被什么东西刺开了。

小鬼子进窑了。

留了仁丹胡的鬼子眯了眼睛细细地寻了一遍窑洞，最后眼睛停留在一团阴黑处。鬼子的刺刀闪着银光，在窑洞飞扬的尘埃中划出好看的光影。那一团阴黑似乎蠕动了一下，就听得鬼子的枪栓"咔嚓"一声上了膛。

二子虎昌"哇"地一声哭了，芋头喷了出来。王月娥用手捂住了他的嘴。

鬼子的目光似乎有了答案，在没有进一步用肢体动作表现之前，瞥了一眼土炕上一条叠得方方正正的粗布被子。这一细微的神情很无意地被虎庆发现了，他跑过去一下跳到了被子上。他们一家人就这一条被子，东洋鬼子想打被子的主意？虎庆不干了。鬼子收了枪，裂开嘴居然笑了一下，仁丹胡歪上了脸的左上方，他从口袋里掏出两块糖递过来，虎庆一巴掌把它打掉在地上。鬼子脸上的笑霎时不见了，一把拎起虎庆，王月蛾吓得叫了一声，鬼子松了手，虎庆垂直地被墩到土窑地上。鬼子用枪刺抖了抖被子，人体沾落在被里上的皮屑像雪一样飘起来，鬼子嘟囔了一句什么，转身从水缸的箅子上拿了一只水瓢返身出了窑洞。

山神凹，这里离山外有三个山头，凹里人家不到十户，大小加起来不够二十人，孤落落的一个村庄。鬼子来这儿干什么？王月蛾一时半会儿没想明白。

鬼子走出窑，卸了马鞍牵了马朝不远处的一个旱水池走去。水池旁有一棵上了年纪的正开着花的老槐树，鬼子把马拴在树上，眼睛闪着光看着水。这一池子水是他几天来看到的最好的满足。他本来不是来山神凹的，在风脉岭上看到了亮，就来了。当下他挽起袖管，愉快地笑着走近水池，那笑容在一闪间包上了晚日的余晖。鬼子弯下腰掬起一捧水，在鼻子下嗅了嗅，然后将一瓢水泼在那匹棕黑色的马的马背上。马抖了抖颈部的鬃毛，打着响鼻仰起脖子很惬意地嘶鸣了一阵儿。

这一声惊动了山神凹所有的人，都贴了门缝看，只见一个留了仁丹胡的人赤条条地在池中上下翻飞，池水苍黄。

小鬼子忽略了天光和山神凹的人。

这是山神凹人赖以为生的旱水池，因为山神凹缺水。缺水的原因是地质结构，由于奥陶系石灰岩分布面积厚度在500米以上，致使地表水难以储存，地下水埋得很深。又因为地处太行山系大峡谷的中部，高低相差1300米以上，坡陡、谷深，河涨而易枯，井深而难凿。县志上记载：掘地三千尺犹不为泉。这里的人就只能靠天上的雨水吃饭。这旱水池是凹里人的活命。王月娥掀开缸看了看水，够娘儿仨吃几天。这时候虎庆说：“娘，来看。”王月娥看到小鬼子正掏出物件儿欢叫着将一注黄水射向池中：“嗷，咯咯咯！嗷咯咯！”一腔怒火填满了王月娥的胸膛。王月娥说：“面朝东就是坡，好端儿淫了一池水！”鬼子的这一举动激怒了山神凹所有的人，几乎就在同时，家家户户的门张开了，一凹男女老少举着棍棒朝旱水池冲去。鬼子还没等把那股黄水射尽，一根木棒就落在头上，仰面躺在岸上，围过来的人一阵乱棒，霎时，鬼子赤条条地蹬了几下腿见了阎王。

山神凹的人们抢去了鬼子所有的东西，就在他们拖着鬼子往沟里扔的时候，风脉岭头上又下来一个鬼子。

鬼子是一个一个进山神凹的。在这片土地上，他们已经很习惯了这样的走动，因为没有什么是他们害怕的。又因为一项任务，他们同时在风脉岭上看到了这个旱水池。这是一个小岛上的民族，习惯于和水会合，过惯了水沫飞溅、浪花欢跳的日子，只要几天没有见水了，就会好想好想。

鬼子发现了一群的男女往村里跑，他大叫了一声：“八格！”

山神凹的人没有停下来，乱了阵脚一样跑了起来。鬼子朝天放了一枪，四处奔跑的人叫喊着停了下来。鬼子把他们集中到旱水池边的一块空地上，发现了对面院子里的那匹东洋马，踮起脚尖顺着一溜血迹看到了坡地上躺着的鬼子。鬼子望着鬼子，牙齿咬得嘎巴响，恶狠狠地举起了刀，手起刀落，一个山神凹人就地滚下了旱水池。一个，两个，三个……霎时，山神凹的人的头就像滚冬瓜一样滚到水池边停住，人头张着嘴，瞪了眼，看旱水池，水池沿儿上有一片血散开，像三月桃花开得红艳。

整个过程几乎就是一眨眼的功夫，山神凹的人甚至没来得及反抗。

倒是畜生受了惊吓，挣脱了缰绳长嘶一声蹿了出去。

杀红了眼的鬼子似乎不解恨，挨了家搜索。

为了两个孩子，王月蛾没有出窑。这当口，一股被滚弄得潮腻腻的血气由远而近串进了窑洞，王月蛾心火燎燎地蠕动起来，她明白想不到的事情来了。她把两个孩子打发到地窖里，她说："记住，什么响动都不要出来！不要哭，饿了吃萝卜、芋头。"

石板扣上时漏了一丝天光。

王月蛾看到有一个人要走过来了。

一个东洋鬼子。

王月蛾从缸后抄起了一根顶门棍，猛一顿，立在了鬼子面前。

窑门吹进来一阵凉风，王月蛾感到后背上有蚯蚓在爬动，同时也感到小腿肚子酸困麻刺刺地正朝她的上身漫，双方对峙着。僵持像悬桥样搭在王月蛾和鬼子的目光之上，他们每眨一下眼，那僵持就摇摇晃晃弄出一些惊心的响动来。

僵持比死亡痛苦几倍地消耗着她的体力。王月蛾不敢先动手，因为，那柄战刀闪着银白色的亮光。

鬼子仔细眯了眼睛定定地看着王月蛾的脸，似乎看出了什么内容，就有了念想。欢快地叫了一声，上前想拉过来王月蛾。鬼子想拉王月蛾过来干啥，王月蛾明白，鬼子更明白。王月蛾为了给自己壮胆，手里的棍有力地晃了晃，然后用力打了下去，因用力过猛，顶门棍子打在窑门上，碎成了几节。一刹那里，王月蛾看到鬼子的军刀卷起了很厚的刃，豁豁溜溜，那刀尖儿滴着血一下子插进了她的肚子，王月蛾瘫了下去，闭上了眼睛。

天色苍白，一纸薄的晚日也不见了，半空的血气麻麻乱。东洋皮靴的嘎巴声从凹西走到凹东，之后，两匹马一个鬼子离开了山神凹。

虎庆和虎昌在地窖里看着天光的漏暗了又明了，有阳光拉丝一样落进来，突然的天光就又暗了。什么声音也没有，虎庆对虎昌说：

“二，咱出。”

他们爬出来的时候看到的是天上聚过来一块很厚的云。走进窑内，他们看到了娘躺在地上，肚子漏出了一团曲里拐弯的东西，血干瘪瘪地在土窑地上发着暗红。虎昌大叫了一声：“娘——”

浑身像筛糠，张着个嘴说不出话来。

一场暴雨从天而泼。雷神喊叫着，将地面上山神凹人的死人血聚集在一起流向旱水池。

山洪从风脉山头上蜂拥而下，兄弟俩顶了雨往山头上爬，他们想翻过岭头到后柳沟找一个人，这个人不是别人，是武嘎。

雨下得太大了，红胶泥路胶去了俩兄弟的鞋，他们返身回到了窑坳顶的一个给牲口铡草的窑内。虎昌瑟瑟缩缩拉了哥哥的手，他的手像火炭一样烫，虎昌说：

“哥啊，冷。”

虎庆返身抱了他躺在谷草上，感觉自己是抱了一团火，吓得站了起来，用谷草将虎昌盖起来，一边盖一边说：

“二，不要吓我！二，不要吓我！”

清鼻涕和着泪水一把一把甩在地上。天黑下来时，雨有些见停。虎昌开始呻吟，到后来渐渐变得安静了许多。窑内漆黑一片，虎庆的眼睛望空了，落落寞寞的沉寂便哐当一声砸在了他的心上。只一下，他才灵醒到一凹人就剩下他弟兄俩了。他心里满天满地空旷起来，死寂和恓惶像突然降下的深秋一样弥漫了他全身：

“娘——娘——娘——”

这一声紧一声的黏稠的叫声把山神凹的脉气似要冲荡出来，一些窑檐下落脚的鸟，冷丁儿乱飞，这时，就有回声传来：

娘——娘——娘——

虎庆一觉醒来时，天麻麻亮。雾气积聚在山神凹内，他扒开谷草叫了声：

“二，二，二——”

虎昌无声，已在半夜里断了气。深灰色的山蒙上了浅白色的雾，他的呼喊声像麻绳一样断了下去，心里轰然一声巨响，仿佛窑将倒塌，他疯了一般朝后柳沟跑去。

二

山神凹眼下除了虎庆和虎昌，还有一个人活着，他是放驴汉武嘎。

武嘎是山神凹唯一的一个青皮后生，其他的都给充军走了。他之所以没被充走，是他整日在外放驴，他给外村几个大户合起来放驴，也掺了几只羊，驴是泉沟的驴，羊是山神凹的羊。他不在泉沟放，也不在山神凹放，要到后柳沟放。他说：

“泉沟的山上树稠有狼，后柳沟有一块缓坡地，草厚。这地方十年九旱，哪里有草让驴吃，就把驴放到哪里呗。”

其实，无论是山神凹还是后柳沟的人，都清楚武嘎是想后柳沟拴柱的女人。也就是说，武嘎没有女人，他的女人是拴柱的女人。

拴柱的女人叫秋。

秋是民国十九年拴柱他爹从中原买回来的童养媳。秋被买回来时，10岁的她不及7岁的孩子高。黄皮寡瘦的脸皮儿上扣着一双大眼睛，睁开看一只眼睛比嘴大，两只眼睛占了半个脸。一张小嘴凹进了两颊，两半儿脸蛋上就点出了两个小酒窝。由于旱灾，又因为是闺女，拴柱他爹五尺土布就买回了她。

当春水还异常寒冷时，秋抱了一家大小的衣服到后柳沟的旱水池洗刷。拴柱给她搬一块搓衣石板，石板下有旱瞎子挑了尾巴来回跑，秋就揪住瞎子的尾巴摔在旱水池的石垛上。有人看见了说，河南来的“草灰”杀生，谁也不待见她。没想几年光景下来，秋就像春天潮湿地带长出的小黄菊，灿灿的，像是见到什么就受到了什么的滋润，在青枝绿叶间亮得嫩爽，清朗活泼得像刚脱了蛋皮的小鸡子。

17岁时，拴柱他爹给他们圆了房。圆房只能算是一个结果。因为，打小人们就知道拴柱没有小锤锤，两条细麻腿中间是一个肉球球。秋不知道这意味着什么。星月的阴影挂起来后，她才知道人这一辈子活了个啥。在山沟沟，十五六岁的闺女都抱娃儿了，儿女房事打早婆家人就示范，秋的婆家却从不提及此事。

月黑的夜里，秋摸着那个肉球球，摸着摸着就睡了。到半夜，听得对面炕上有翻迭声，是公公在摸索婆婆。夜很静，他们的出气声却很粗，有响声冒出来一个气泡，那个气泡一下就撞疼了秋的心。她狠命地拧了一下那个肉球，拴柱被拧疼了，听到对面炕上有动作，就拿腔作调地咳了一声。对面炕上那些个冒出来的气泡就飞远了，气息声就小下来，只是喘息声还在，还继续，细小的气泡儿还在冒。拴柱就用嘴咬秋的肩，这一咬倒咬出了秋的痛快。秋感到全身像木炭遇了火星子，热烫地叫道：

“咬啊，咬啊，咬啊，咬——啊——”

后一句“咬啊”如鬼魂的游丝，长长的，悠悠的呵出来，对面土炕上的喘息声像麻绳一样断开了。

白日里，有好事者把秋夜里的音调呵出来，秋听了脸上就好像有耳光掴打后的热疼，心里窝着的羞辱像藏匿了无数串烧红的蚂蚱。

秋扛了锄到坡上的玉米地里锄苗。黄土坡地上因为干旱弥漫着阳光的焦糊味儿。她把锄扔下，坐到地垄的一块石头上生气。风吹来，玉米叶子拥动出哗哗的响哨儿，她把手插进土里揪出一疙瘩野小蒜，放到鼻子下吸吸，香辣青涩的温暖就汪洋了一胸膛，脸上有粉粉的红晕浸出来。

“吆呵——”

远处悠悠的滚雷一样，滚来一声男人的喊叫声。

秋把手蓬在额头上抬了头看，见山梁上墨黑的油松现出紫金，有一层烈烈的烟尘铺在上面，那是夜的地气在日头下生出来的张狂，往下看，看不见吆喝的人影儿。秋呆呆地看着远处，不由得想了心事，她恨爹娘把自己卖了，落脚在这山沟里。落脚在山沟里也罢了，一辈子还拴死了这样一个男人。泪水不听使唤流了下来。

这当口，武嘎赶了驴和羊顺了沟口进了后柳沟。把驴和羊赶到缓坡地，见秋在地垄上坐着，四下望望没见有别的人，绕了一圈走到秋跟前。见秋脸上淌泪，武嘎说：“大白天的，哭个啥？”

秋抹了抹泪看看是山神凹的武嘎，说：“没哭啥，瞎想。”

秋又回头看看，说：“坐吧。山神凹的驴赶到后柳沟来放，也不怕路远？”

武嘎说：“远怕啥，再远的路能远过咱这双脚？什么样的山头登不上，什么样的弯道拐不过。”

武嘎说这话时，眼睛转了一个大大的圈，除瞭了周围的山上，还瞭了秋的脸。

他瞭到秋的脸上贴上了红晕。一个女人要见了一个男人，脸上贴上了红晕，那种事情八成有门。

秋不说话，望着地垄边的深沟，沟中蓄满了燥热，正当晌午，热气涌上来捂烫了秋的脸。

武嘎把身上穿的粗布褂子脱下来，揉成一团在脸上抹了一下说：

“这天闷热得要死。”

秋闻到了武嘎身上的汗臭味儿。

武嘎把布衫夹到腋下，往前坐了一下，想说什么又没有说什么，手在自己的身体上搓来搓去，搓下了一些泥撅撅。武嘎说：

“人住的地方就怕缺水，人要是没有了水气，就和这地一样干得能裂开个纹儿。”

秋说：

“裂就裂，遇了雨水倒好，灌得猛。”

武嘎说：

“你就是旱得干裂的地。”

秋没有言语，好像在品咂着武嘎的话。

武嘎用手轻轻擦了一下秋的胳臂肘，秋就一蹶趔，双手往腿中间夹了一夹，顺口叫了一声：“驴。”

武嘎说：

“驴还知道个跳马，鸡还知道个打鸣儿，猫狗都知道个二八月，是吧？人就这么个日哄日哄算了事啦！”

秋的心里浸浸地淫起了一团热燥，一团火。

武嘎进一步说：

“咱打个比方吧，要是你就是那个芦花儿母鸡，咱就是那个黑花儿公鸡，我追着你打鸣儿，你撅屁股不？”

“没皮脸。”

秋抬起头又低下头笑，把双手抽起来捂了脸。粉嫩的指尖尖上沾了黄土，野蒜汁味儿散开来，秋歪了脸看玉茭地的青苗儿。

武嘎对着远处叫了一声：

“黑——”

岭尖上闪过来一条黑毛狗。

武嘎站起身看着秋，看着看着弯下腰“嗨”了一声，抱起秋走进玉茭地深处。

黑在玉茭地外面四下里吐了血红的舌张望着。看人。

多少日子燥闷焦枯的山梁上，开始有了一些别样的味道。玉茭的动荡似乎是洪水卷流的头，上下起落，把山脉撞得一片洪荒汪洋。

玉茭熟时，武嘎和秋转移到了后柳沟的羊窑内。天寒窑暖，天热窑凉。铺了干草，秋天的草厚，厚厚的草把驴和羊养得肥腻。武嘎把羊毛薅下来捻成线，削了荆条针绾毛裤，生羊毛织出来的毛裤硬邦邦的，武嘎织了要给秋穿。秋说：

“裤裆中间留下个口，我添了布，生羊毛磨得裆疼，也痒。”

武嘎就笑了说：

“那活儿就是绝痒。”

十几只羊和十几头驴在窑口聚成团，日照的光影从畜生的皮毛中间漏进来，有青白色的滴答滴答声响起，秋知道那不是水声，也不是树声、草声，间或虫鸣声，是羊屎的吧嗒声。

三

武嘎是鬼子进村的前十天出后柳沟的。武嘎出凹有一件事情要紧着办，他想给秋扯二尺水红洋布。秋说：“武嘎，你到山外给我扯二尺水红洋布，我想做个肚兜。”武嘎就去山外给她扯水红洋布。这一去就是十天。这十天里发生了好多事情，对武嘎来说，这十天他是一生都不会忘记的。

武嘎翻了两座山到一个叫王壁的村里扯布。这里平常是有货郎挑了货进山的，因为兵荒马乱，货郎不得不在自己的村子里隐下来。武嘎找到货郎扯了二尺布揣进怀里往回走。也该他倒霉，走着走着就遇上了一队日本鬼子。

这是1945年的6月底，日本小岛上从天空掉下来一个炸弹，它不是普通的炸弹，很怕，让这个不知道什么叫怕的民族怕了。驻扎在晋东南的日军接到上级的命令要撤出山外，一小股撤退的日军在山里迷了路，就在他们像个无头苍蝇在大山里乱转的时候，遇见了武嘎。日本兵要武嘎带路，还把一挑担子架到了他的肩上。担子说重也不太重，一路走去离山神凹远了，离后柳沟也远了。武嘎肩上的挑子就重起来，他想这样下去不是个办法，得跑。就这样走走停停，停停走走，武嘎始终没逮个机会。他看到日本人只要歇下来，就没完没了地修理挑子里的一个铁疙瘩，还不时拿了一个像算卦的罗盘一样的东西对方向。机会终于来了，到了晚上，武嘎乘鬼子换岗的当口，跑了。

武嘎没有白跑，他背了铁疙瘩还拿了那个很像罗盘的东西跑，绕了山梁，不走正路。

武嘎拿走的是日本人的电台和军用指南针，当然他并不知道它对于日本人的作用。他一边跑一边骂：

“日你娘，让老子给你带路，还给你当挑夫，越走越远，好好的一个人就这么说走就和你们走了，了得！日你娘，来这山沟里干啥来了，我偏让你想干啥干俅不成啥！”

铁疙瘩很重，武嘎本来想抱了它回沟里找铁匠打两把锄，但走着走着就嫌碍事，抱着它跑到山梁上把它扔到山梁下了。怀里揣了罗盘和二尺水红洋布走回了后柳沟。

武嘎回到后柳沟的第二天就下了一场大雨。雨铺天盖地而来。武嘎望着对面的山上冲下来的石头蛋子，想：东洋鬼子完蛋了，尸体明天一早就刮到了峡谷外的林州，武嘎大声地笑了起来，窑口的驴因为武嘎的笑也对着外面的雨嘹亮地叫起来。

第二天雨歇了，武嘎打发黑去叫秋。黑在秋的土坯房前叫了两声，秋就会意了。但她偏偏不表示：人走了这么长时间，一回来就让狗来叫，想得好！就没有了想出门的意思。

黑跑回羊窑哼哼了两声也反映不出个什么来，武嘎和黑说："心里明白就是说不出话是不是？"

黑哼哼了两声。

武嘎取了一个包袱夹到腋下，往秋的土坯房子走去。他不从村上的正道走，而是溜着墙根走。来回绕着闪了几下就走进了秋的院子。在门口碰见了秋的公公，武嘎立马咧开嘴笑，秋的公公说："出了趟远门？"

武嘎说："出了趟远门。我薅了些羊毛给你做褥芯，哝。"

武嘎递过去包袱，秋的公公接过来翻看羊毛的成色。这间隙儿，武嘎的眼睛绕了一圈，看见秋在炕上坐着正瞅着窗外，拴柱在给他娘捶背，咚咚咚捶背的声音缭绕了满院子。因为是夏天，闷热的天气让沟里人摘下了窗户透凉，武嘎这么着就把所有的景致看了个透。

秋的公公说："进屋子里去吧。"

一听这话反倒让武嘎不大自在了。他用手挠了挠后脖子，挠了一指甲泥撅撅，泥撅撅像丸药蛋子一样在手指上卵了卵，弹了出去。

武嘎能走进秋的屋子里与拴柱自身有很大关系，拴柱是家里的独根苗苗，却又是个二椅子。他爹一直想要个后，那年头想要后是没有办法人工造就的，必须依靠他人自身的器官帮助来解决。拴柱他爹和他娘私下里商量了一下，对待儿媳要睁一只眼闭一只眼，意思上是想要别人代替拴柱来实现，不管是谁的种，生在了老宋家，就是老宋家的种。武嘎成了首选第一人选。当时拴柱心里很憋屈，直到秋背着他和武嘎偷情，自己干着急又行不成事，觉得自己的能耐确实不大，才稍稍想通了。就是说：一些事情只要一下想通了，很重要的事情搬出来也就很顺当了。

武嘎进了屋：靠窗的炕上秋在做针线活；靠墙的炕上，拴柱卧着给他娘捣背。

就算是人家放松了，武嘎也还是不大志气，首先想到的是要讨得宋家人的笑脸，才能行事。撩起屁股坐到秋的炕上说："拴柱，给你个耍子。"

他从怀中掏出了那个很像罗盘的东西，并捎带出了二尺水红洋布，顺手就给了秋。拴柱接了武嘎扔过来的那东西，翻来覆去看了半天，那尖尖的红针针怎么样转都是一个方向，不知道是个啥，稀罕得很。拴柱跳下炕挨到秋的身边要秋看，那个红针针就指着秋的胸脯。

拴柱稀罕地说："秋，快看，它指了你的妈妈穗。"

这地方的人管女人的乳房叫妈妈穗。秋就挺了挺要它指。武嘎的心一下子弄得很是不自在：撩啥吗？让心火燎燎。十天了一下子也没有接挨到实处，指着个那东西算个啥。

武嘎斜了眼珠子暗示了秋一下说："没啥说了，就这，我走了。"

秋马上明白了。看武嘎一走，就指着那个很像罗盘的物件和拴柱说：

"你拿了它去问问看坟地懂阴阳的沟西的刘来法，这和他那个罗盘一样不一样？他要是想要你就卖给他，讨他几个钱花。"

拴柱他娘很赞成儿媳的聪明，也催促儿快去。拴柱跳下炕，趿拉了鞋提了提裤说：“那鸟？比鳖都精。”咳嗽了两声出门走了。秋在身后说：“货在你手上，卖不卖他看价钱。再精，再精他也是个乌龟。”

拴柱找见刘来法给他看武嘎给他的东西。拴柱说：

“这个东西你不要小看了，它是从大地方带回来的。你不要问是谁带回来的，在我手上，就是我带回来的。我是看得起你才让你看，想想咱后柳沟有几个人配看这么高级的东西。这东西你一定用得着，是吧？不过我是舍不得卖它的。你只能看看，看看你就清楚了它的分量。”

刘来法接过来看了半天心中大喜，脸上露出来的笑却很是寡淡。说：

“这么个东西有啥值钱的，铁片儿落在了潮湿地方，再好也是个锈。你说我要是拿了这么个东西去给人家看风水，谁能信我？不看也罢。不过，这么着吧，既然你拿来了让我看，我也看了，看了就不能白看，你领我到你家的老坟上看看，我给你解解毛病。你家的后人稀，不仅稀还少东西。你爹找了我几次想去看，都没有空，现在有个空咱去看看，这洋东西还是给你，给。”

他们一起到了拴柱家的老坟上。刘来法说：

“我掏出我的家什来，你掏出你的家什来，看看就清楚了，我的家什上啥没有：金木水火土，这么着由外向内看，乾一、兑二、离三、震四、巽五、坎六、艮七、坤八，寅丑、亥戌、申未、丁午丙，说多了你也不大清楚。你那家什上有吗？这么个东西还不如你家坟上的一块石头有用，一块石头真要摆对了地方你准兴旺。”

拴柱本来想着要卖个好价钱的，听这么说来倒觉得这东西放在自己手上真是没什么用处，顺手把东西递给刘来法：

“啥也没用了，还说个啥，白给你也没有用，还是你拿着吧。”

刘来法有些窃喜：这么着就把这个东西弄到手了。他确实喜欢这东西，因为它指着个南正正的，一点也不偏。自己的罗盘要拉了红线转，麻烦又不准确。刘来法在坟上来回走了几圈，说：

“坟是块好坟地啊，要说后人有毛病，怕是住的屋子宅基有小毛病，今儿咱就不看了，隔天给你看看去。”

秋下了地，把针线活绕了几绕撩起来袄放进了肚兜。照着镜子吐了口唾沫抿了抿刘海儿说了声：“娘，我去村上绕一圈子。听听有什么稀罕事。”拴柱他娘也吐了唾沫，只是，她吐到了地上，是很重的一口。看着秋的背影说：“浪死你。”

秋走进羊窑时听到窑掌深处有二胡声传出来。二胡是武嘎自己做的，做这把二胡他费了很大的劲。先是从山外的戏班子里偷了丝弦，又用粗一点的荆条做了杆，细一些的荆条做了弓。武嘎的二胡拉出的音不大正，主要是二胡的筒是一块核桃木挖出来的，闷得拉出来的音儿走形。就听得武嘎凉腔走调的唱挤出窑来：

上一回庙来打一回钟，
看着个你来伤一回心。
人人都说我和你有啊，
说有就有你怕他个甚？
天塌下来有高人人顶，
怕就怕你和咱不一心。
狼来了有咱的黑羊顶，
咱硬棒棒顶你行不行？

秋走进羊窑，觉得窑中有一股子潮气扑面而来。武嘎看到窑口上闪出个影来，知道是谁来了，来回锯了两下弓收了二胡。武嘎一把拉过来秋按到了自己的身体下，秋一张粉脸仰着要武嘎吸吃她的舌头，武嘎吸溜了两下，急慌慌地拽开了秋的红裤带，秋软软地倒在了草铺上。秋的手在武嘎的胸脯上摸，像水一样顺着欲望的沟往下流，就摸到了他的痒处。天光的阴暗之间，那东西如出檐的椽挑挂起来，湿润润的，灼热悄然间浸满了全身。

秋听到羊屎吧嗒、吧嗒往下掉，一听到这响儿秋就开始绝痒了。

这当口，一个人就闯进了羊窑，因惯性的冲力，身体重重跌爬下去，随即传来嘶哑的声音：

“狗、狗、狗——”

这个人是山神凹活下来的虎庆。

武嘎赶紧挽起裤带，扒开畜生群把虎庆抱进来。虎庆脸上干净得没有一丝儿血色，身子干瘪瘪硬硬挺在武嘎怀里。武嘎抱紧了虎庆说：

“孩，不要抖，你给咱说。”

秋光了身子散乱在草铺上，坐起来要穿衣，听得武嘎说：

“不要穿褂子，抱了暖热咱孩。”

秋把虎庆接过来搂紧，软软的身子贴紧了虎庆湿漉漉的身体。半晌，虎庆缓过一口气来，指着窑口瞪着眼说：

“狗、狗日的东洋鬼子！”

武嘎把秋残留在他嘴里的口水唾到窑墙上，说：

“狗都不日！虎庆孩，慢慢给咱往下说。”

武嘎要秋暖着虎庆，他就出门了。一边走一边喊着：“狗、狗日的咋就不绝了种？”

后柳沟的人不知道他在骂谁，想来想去很符合骂拴柱，就想好戏来了。这日子蝗灾旱灾天灾不断骚扰，人眼看着都活不下去了，还有人有力气骂。被苦难困扰的后柳沟人就想看这个稀罕。骂着骂着武嘎的叫骂声像炸雷一样跌落在了人们的头上：

“山神凹，一凹人被狗日的东洋鬼子杀光了——后柳沟的人听见了吗——我日啊——我日狗日的日本人的祖宗！”

人们的神态一下紧张了起来，看到武嘎跌坐在地上拍着地，满脸的泪水哗哗往下流。

武嘎和后柳沟的人们进了山神凹。进凹前，秋给武嘎灌了一壶米酒，取了一些黄表纸。要武嘎见到死人的时候了个心意，就算是屈死的，临上路也能喝一口汤水。一进山神凹就看到旱水池里的水泛出红光，有黑乌鸦盘旋在头顶上叫。武嘎揪开酒壶塞子，先是自己灌了一口，要后柳沟的人都灌了一口。武嘎说：“大伙喝一口壮个胆，我替山神凹鬼们先给你们磕三个响头。”

武嘎说完跪下来重重把头磕在地上，抬起来的时候后柳沟的人看到他的额头上有一个血红的印子。埋人的动作快速麻利。旱水池的半坡上耸起了一个大土堆堆，武嘎点燃黄表纸，纸灰儿乱飞，一种想喊想叫的冲动撞击着他，但他就是喊不出也叫不出。埋了山神凹的人回到后柳沟，把驴送回了泉庄的主家。他要秋把虎庆带回家看好，赶了羊上了山岭岭上。武嘎在山岭上望着山神凹的窑洞哭了起来，一凹人对付不了一个人，山神凹的血白白地染了那一池子水。

山岭岭上看到远处一清二楚。这么着就看到了一长溜儿日本人从远处骑了马走来。武嘎倒吸一口凉气蹿下了山，黑跟了他跑。武嘎骂道：“回，守着羊去。”

黑刹住了后腿，不大情愿地站住了看着武嘎往下蹿。

武嘎往山下蹿得有些猛，半山腰上的一棵松树拦了他一下，他倒了下去滚着往山下掉进了沟里。黑看到武嘎掉到了沟里，箭一样地蹿下了山。

它跑到秋的门前对着秋叫。

秋想武嘎刚上了山就回窑了，刚从山神凹干了那么重的活回来，就又想那事情了，没时没晌的，人就是个人，不是个铁蛋子。秋顾不得多想，拉了虎庆往羊窑走。秋想我拉了虎庆，武嘎你就只能歇息了。

羊窑内没有武嘎。

黑对了羊窑叫，秋拉了虎庆跟了黑往山里走。这么着走着，秋就听到身后的马蹄声，那声音听起来像敲鼓声，虎庆回头看了一眼就说话了："狗——"

秋捂住了虎庆大张的嘴往前跑，跑到山包包上武嘎掉下的地方，黑停下来看前面的沟，秋顾不上看黑，找了一处藏身地方看着山下。

日本人一进村，举了枪朝天往出冒火，四处逃跑的后柳沟人尖叫着。黑叫着往山下跑去，秋张着嘴说不出话来。秋看到四下里逃跑的人停了下来往一起聚，有一个人不大听话想逮着个空往外跑，一个日本人刺刀片儿一挥他倒了下去，是谁呢，认了半天是自己的公公。

秋看到黑呼地扑上去咬住了日本人提刀的手，她感觉那把刀和那只手是一起掉下来的，枪响了两声，黑倒在了地上。

这时候有一个穿了皇军马裤拿了喇叭的人说话了，他说的不是日本话，是中国话。秋想：日本人里面怎么会有中国人呢？

穿了皇军马裤的那个中国人说：

"乡亲们，我们大日本帝国的皇军是开明的部队，我们现在是想绕道出山，就是说要离开这个美丽的国家了，我们不想伤害大家。今天，之所以到这里来，是因为几日前有一个八路，他借着给皇军当挑夫的名义，偷了皇军的电台和指南针，皇军想知道那个人是不是这个村里的人，只要是这个村的人，只要把东西交出来，皇军就放了你们，并且有赏，大大的赏金。有知情不报者，皇军的刀是不吃素的，有谁说出了他，皇军一样的大大有赏。”

后柳沟的人静悄悄的不说话。拴柱眼睛一亮，不由得扭头盯紧了沟西的阴阳刘来法。因为，那个叫指南针的东西在他手上。不知道是不是说的那个能领了赏金的东西。

穿皇军马裤的显然注意到拴柱的神情，指了一下刘来法，说：“你，出来。”

刘来法抖动着身子边往出走，边从怀里掏出那个指南针。一个东洋鬼子看了一眼就明白了，挥起刀，刘来法的胳膊掉在了地上。刘来法不觉得疼，盯了地上的胳膊看，又扭回头看看自己的肩，骨头白皮肉红。哇地尖叫了一声抬脚就朝一个地方跑，他跑的方向是拴柱站着的地方，他想：我把你个拴柱，我不撕吃你就不叫刘来法！没等他跑几步就倒下了。

拴柱心里想着两个字：活该。叫你拿了值钱的东西不给钱。

刘来法的闺女脸上抹了锅黑，大叫着跑出来扑到她爹身上，指着拴柱骂起来。那个穿皇军马裤的人指着拴柱说：“你的，出来。”

拴柱就出来了。拴柱出来的时候在刘来法身边停住了，蹲下身子从刘来法掉到地上的手里，掰出了那个叫指南针的东西。伏在刘来法身上的闺女猛地扬起手掴了他一个巴掌，犹不解气站起来要和拴柱拼命。

穿皇军马裤的和马上的一个留了仁丹胡子的日本鬼子说：“太君，女人的干活。”

太君挥起了军刀，后柳沟的人们就闭上了眼睛。太君的军刀没有砍下来，在空中划了很大一个弧，随即刷地插进了刀鞘，示意几个小日本兵拖了刘来法的闺女走了。

没等穿皇军马裤的人说话，拴柱扑通一声跪下说：“这个指南的针，是我的，不是他的，他把我的骗了去，我把它给了你们，我应该得大大的赏金。”

穿皇军马裤的人上下打量着拴柱说：“你从哪里弄来的？要如实说，不得有半点虚话。怎么弄到这个东西的，和这个东西一起的还有电台，你，弄到哪里了？”

拴柱有些傻了，怎么又冒出那么个东西？拴柱摇了摇了头说：“没有见那么个东西，不知道是个啥。”

穿皇军马裤的人说：“不知道？那么，你说你是从哪里弄来这个的？”

马上的太君抽出军刀叫了声：“八格！”拴柱一下子抱了头坐在了地上，裤裆里一热，黄尿顺着裤管往出洇。

拴柱埋了头抬起胳膊指着对面山上说：“岭尖上，放羊人，武嘎。”

太君指着穿皇军马裤的人说：“你的，上山的干活！”

穿皇军马裤的人立马点了头说：“是是是，太君。”穿皇军马裤的人迈动八字腿往山上走，他身后传来刘来法闺女撕心裂肺的喊叫声。几个日本兵过去把扑在拴柱爹身上的拴柱娘拖走。从人群中又找出几个女人。拴柱想：我怎么没有看见秋？抬了头看着娘和后柳沟的女人们被拖走了，拴柱埋下了头，他的脑海里空洞洞的啥也没有，填满了一股子尿臊味。

马上的太君拿起望远镜看山头。

山头上是山尖，山尖上是天空，天空中有白云悠悠，往下看是如刀削下来的山崖，山崖上灰秃秃的，偶儿斜出来一棵小树，再往下看就看到了羊，很自在地吃草。再往下看怎么也看不到人，尽是一些松树，松树上跑着几只松鼠。太君咧开嘴笑，他是太喜欢这大自然了。放下望远镜揉了揉了眼睛，生疼的眼睛里就揉进了一座山，是富士山。山下开满了樱花，他的那个叫杏子的姑娘在樱花树下走，像一朵大樱花。他很快就要见到这朵大樱花了。他是在接到撤退命令时准备出山的，没承想半路上电台发生故障，与外界失去了联系，已经在大山里转了十几天了。他们是日军三十六师团二二二联队一大队编组了两个放火中队的其中一个中队的一小股。日军华北方面军对他们此行下达了这样的命令："凡是敌人区域内的人，不问男女老少，撤退前应全部杀死，所有房屋，应一律烧毁，所有粮秣，其不能搬运的，亦一律烧毁，锅碗要一律打碎，井要一律埋死或投下毒药……"这是他们对这个国家实施"强化治安"的最后凯旋。

太君又举起了望远镜，接着往下看：山坡上开满了黄色的小花，拉近拉近，黄色的花上有蝴蝶飞来飞去。再往下看，就看到了一个人，不是一个是两个，前边走着一个后边跟着一个，前边的走得松松垮垮，后边的屁股蛋子上挎了刀，是个瘸子。后边的不用枪和刀对付前边的那个，用一个细长的家伙顶着前边那个人的后脑勺子。太君叫了声："八格！"

鬼子的枪尖尖一起掉转了身体朝那两个人指去。前边的人是穿皇军马裤的，后边的人正是武嘎。

武嘎拿了羊铲顶了前边的后脑勺，他不相信他的羊铲不如那军刀快。前边的人叫喊到："太君，太君，我的大大的立功了，找到了要找的人，你的不要朝这边开枪。"

武嘎说："把沟里的人都放了，我告诉那个东西在哪儿。"

太君拿了望远镜拉近看看，看清楚了是那个挑夫，要找的人。太君抬起刀指着穿皇军马裤的人说："死啦死啦的，讲！"

穿皇军马裤的扭不回头来，不知道要讲啥。好在太君很快就明白了，示意旁边的一个日本兵放枪，日本兵痒痒得早就想放了，举起来瞄准就放，太君拿军刀挑起了他的枪，意思是吓唬一下。枪朝天响了。

穿皇军马裤的一听枪响掉头就跑，武嘎往前用劲儿一铲，穿皇军马裤的头朝前倒了地，羊铲嵌进了他的喉骨中间，竖直了还频率很高地晃了一会儿。

太君从马上跳了下来，小脸儿抽成一团黑说："你的，把那个东西藏哪里了？"

"你也会说中国话嘛。好，我告诉你吧，我把你们要的那个东西放到了一个山崖下，你明白的？把他们放了我就领你们去取。"武嘎指着身后的人说。

太君狞着笑，把眼睛眯成一条缝，细柔得瘆人："狡猾狡猾的，你的八路？"

武嘎说："你说八路咱就八路，你把他们放了。"

太君没有放人的意思："你的，把东西还给我，我就放人，不然全部死啦！"

突然听到刘来法的闺女喊叫着从屋子里跑出来，武嘎回头看时，看到她光着身体，胸前的两个妈妈穗被割掉了流着血，披散着头发，跑到前面的崖上纵身跳了下去。武嘎想怎么没有见到虎庆和秋？拴柱看到刘来法闺女的样子吓得倒头大叫："我有良民证，我是维持皇军的，我不想死啦！"武嘎说："孬种！"然后对日本人说："日你娘，狗，叫几个跟你爹走！"

秋看着日本人押了武嘎走了。可怜的武嘎不知道日本人要把他往哪里押。她是看到武嘎拐着腿从山崖下爬上来的，不知道他为什么摔了下去，武嘎被摔得鼻青脸肿，爬上来时遇见那个穿皇军马裤的人，三下两下武嘎就绑了他。因为距离远，秋和武嘎没有说上话。阳光背过了山那边，秋不想让虎庆多看山下的血腥，又不放心山上的羊，拉了虎庆躲开后柳沟人的视线往山尖尖上走。秋对虎庆说：“不要害怕，你大小也是个男人，不要怕。”虎庆不说话，12岁的男人能说个啥！秋看到武嘎织好的生羊毛裤在青草地上好好放着，他们找了一个地方坐下来。虎庆的嘴张着说不出话，被风吹得起了一层干皮子，秋揪了一把青草要他嚼。虎庆嚼着青草，嘴角上流下来淡绿色的沫子，他的身体瑟瑟缩缩抖得像筛糠，秋把他搂过来用袖口擦干净他的嘴角，说：“日本人他绝不了咱。”

四

五个日本兵押了武嘎走。准确地说是五匹马拖了武嘎走。武嘎不走正道，走的是羊肠坂。铁青色的山脉像一只肌肉虬结的巨臂把羊肠坂抱在怀中，武嘎不怕走，武嘎就怕不走。羊肠坂不是一条普通的小道，在历史上它走过一个很有意思的人——曹操。曹操北上太行山，是因为他坚决要讨伐一个叫高干的人。群雄争霸，曹操想问鼎中原。那应该是个冬天，天低云暗，大雪下得正紧，无边的山道上，长长的马队驮着悲壮的曹兵一步一步朝北方走来，这么着走着，曹操的心灵就经历了一次苦难冲击。因为要想从羊肠坂上走，就不能骑了马走，必须要人下来步行，曹操是一个不善步行的人。武嘎听说书人说起过曹操，曹操步行的地方是一条古栈道。快要到攀栈道的地方了，武嘎不由得产生了一个念想：自己要在曹操走过的这地方做一件很有意思的事情。马拴在了栈道下的一棵松树上，武嘎领了他们攀，攀到一小段平地处，武嘎停下来，指着崖下说：“那东西就在这下面。”

鬼子要武嘎下去取，武嘎就往下走。鬼子觉得不是那么回事，要是他一个人下去跑掉了怎么办，就商量着一个一个跟了武嘎一起下。武嘎走一走等一等，鬼子的皮鞋不时把一些石头蛋子踩得掉下来，心里惊惊的抬起头叫后面的鬼子拉起手。武嘎开始动作了，武嘎开始动作前想的是刘来法的闺女。那闺女武嘎曾经打过主意。春耕时节，野花遍地犹如是，布谷声声犹如是，武嘎把刘来法的闺女看在了眼里，但那闺女哪是闺女啊，是一朵纤细娇美的花，开放着，放送着清香诱人的气息，还是一块月白风清的地，武嘎最终不敢下手。倒让日本人下了手，下了手不说，怎么就把妈妈穗割丢了呢！你们这样的兽行连太行山都要震得发抖，武嘎愤怒了。他假装回头扶那个后边的鬼子，他们的手牵着，一链子这么着一拽，一串儿鬼子就掉下了谷。武嘎朝上面吼着最后一个鬼子："下来啊，狗！"最上面的那个发现不对劲，扭了头往回跑，边跑边往后放枪。

黑被东洋鬼子吊起来剥了皮在火上烤。一池旱水里早有几个兵下了水，水被搅得泛黄，有一些个小青蛙跳上了岸，它们还没有学会唱歌，很哑巴地一跳一跳的就跳走了。东洋鬼子在旱水池子里唱着歌，歌声很好听，串串的在沟里缭绕。

秋想，这歌是如何从那样的嘴里挤出来的？那样的嘴也会唱这样的歌？

秋看到拴柱从自己家里端来了锅，挑来了水，把家里的一只芦花鸡也捉来了，一个鬼子在他面前竖了大拇指，然后一扭鸡脖子，嘎嘎叫的鸡就不叫了。秋看到地上死去的公公，看着他的儿拿了自己家的鸡讨好日本人，心里就恨上了：你怎么就这么轻贱，这么不值钱，这么命重而骨轻，这么的叫人不想看你！

拴柱家院门口地上横躺着的几个死人，依旧那么个姿势躺着，其中一个就是拴柱的爹，一群苍蝇围绕着飞舞。拴柱对鬼子说：“求你们让我把爹埋了吧！他的大大的良民！”

鬼子指着山崖对拴柱说：“你的，把他们扔下去。”鬼子咔哒上了栓，枪口对着拴柱。拴柱浑身一颤，裆里就涌出了水。

拴柱张着失神的眼睛走到尸体前，闭住眼拖起了一具尸体，他不知道自己是如何把尸体扔到悬崖下的。拴柱拖他爹时看到爹裤带上的旱烟袋，他拽下旱烟袋，心里对爹说：爹，孩儿不孝，儿取了你的烟袋嘴儿留个念想。当爹的身体打着旋跌落到崖底，传出空洞的响声时，拴柱心里有细长的泪水流下来，谁也不知道，只有拴柱自己知道。

拴柱的裤裆湿透了，脱下穿皇军马裤人的皇军马裤穿在自己身上。

这时候从羊肠坂跑回来的日本兵打老远就叫喊着什么，马上的太君叫了声：“八格！”要其余的日本兵把后柳沟的人前后排成队，听得他说：“你们中国人不是很喜欢吃糖葫芦吗，吆唏，要你们吃一串糖葫芦。”只见机枪顶着前一个人的脑袋，扣动扳机，一串儿后柳沟人倒在了地上。天上正好挂了一轮月亮，亮汪汪的月光下面，枪声“哒哒哒”响，四周围的房屋燃起了冲天大火。秋想：月亮，你怎么就不知道藏藏自己的脸！

这一场枪杀中活下来一个人，拴柱。

鬼子要拴柱领路，夜晚的山路上拴柱领了鬼子出山。亮汪汪的月光下拴柱穿了皇军马裤在前面走，他的脸拉了很长，眼睛干涩得眼珠子都要掉出来了。就这么看着路走，白雪雪的一条路曲里拐弯延伸，月光下他的影子一耸一耸。拴柱心里有一个温暖暖、湿漉漉的故事荡起，细节因故事的荡起而丰富，像人体里的毛细血管，有太多的敏感末梢，拴柱便想哭，便想笑，便有说不完的无奈和辛酸。但现在他是什么也说不出来了，他所想象的那种美好的东西对于他来说很脆，像是打春旱水池里结的那层儿薄冰，用小棍儿划一下也能把它划裂。拴柱想来想去就想了一句话：我日他娘怎么就活了一个人！

岭头上秋和虎庆跪着看山下，虎庆张着绿汪汪的嘴，空洞洞的风刮过去，他的嘴里发出阵阵啊啊声。看到后柳沟人静悄悄地躺着，秋和虎庆哭着不说话赶了羊往山神凹走。虎庆穿了生羊毛裤，脑袋从裤裆留出的窟窿里钻出，双手缩在两个裤腿里。木然地走，山上的石头绊他一下两下，脚指头的指甲盖被绊掉了也不知道疼，是不是伤得重时人就没有知觉了！

月光下，虎庆看上去很像一头羊。

羊肠坂的古栈道上，武嘎捂着脸呜呜地哭。哭什么？哭山。这么大的山怎么就挡不住个东洋鬼子，站起来没有咱的个高，躺下没有咱的个长，怎么就这么个日能法？爹早死，娘早死，那是命。要死的人你想拽他回来，不可能。武嘎想自己天生是要来这个世上一个人活的，一个人活便罢，怎么就一凹人都没了呢？秋和虎庆现在不知道怎么样了，还有山上的羊。月光下他的哭声像狼嚎。他就听到了有动静，抬起头来，看到离他不远的地方闪着一对对绿眼睛。武嘎起来在一棵松树下站定发了狠用足气嚎，边嚎边摇，树摇得哗哗响，伴着人的嚎叫声在空阔的山谷里回荡，把那些个狼吓得往后跳了一下子，又跳了一下子，绿眼珠子闪了几闪，寻了谷下的死人味去了。

武嘎决定返回后柳沟。他想知道秋怎么样了，整个一天没有看见秋和虎庆的影子，人是死是活说不清楚。武嘎突然很想后柳沟的人，想拴柱，也想拴柱他娘他爹，就是他娘见了武嘎黑眉醋眼的，武嘎也想。后柳沟人被东洋鬼子困着，困着的人们吃啥喝啥？那些个躺在地上的死人还有黑。武嘎还想羊窑里的事情，想那把二胡，这么着一想武嘎日他娘什么都不怕了，这世上好人一天一天的见少，咱算个啥，和东洋鬼子拼了去。武嘎就对了大山吼上了：

我吼你了，听见了吗？
你出来啊，山神老爷！
你说给咱百姓保平安的，
怎么没有平安尽是灾啊！
啊——

突然有火光闪了几下，“突突突”是机关枪的声音，枪声从山凹里冒出来，脆裂裂的响。武嘎不吼了，收住了往回走的脚步，扭了身往羊肠坂高处爬。这么爬着，听到了有人喊：“武嘎，日你娘武嘎，后柳沟人绝了，你跑吧，我给东洋鬼子带路——走不出这谷，我就死不了，走出这谷，我就死了，给我报仇啊，你跑啊——”

从沟底冒出来拴柱的声音，接着是两声“呱呱”的掴耳瓜声。

夜戛然而止，月光从高处投射下来，羊肠坂一半儿在黑影中，一半儿在亮光中，武嘎摔瘸了的影子在大峡谷上拉出了很长。武嘎喊道：“秋她还活着吧——还有虎庆——”一串儿“哒哒哒”声响过来，武嘎的一丝儿想望突然地就这么破灭了。

武嘎往中原方向拄了棍大步走，拴柱带着日本人也往中原方向走。

日本人在进入林州境内时遇上了八路军的阻击。

八路军首先获取了情报，知道这几日有一小股日军在太行山峡谷中和外界失去了联系想靠近公路撤退。可是这么守着几天了也不见一个人影，又怀疑会不会北上往太原方向走？这么着等着武嘎就走进了他们的视线。他们看到一个人走过来，这个人走得急有些瘸，浑身上下的衣裤被什么东西划得像布条子。武嘎被两个八路军扭上了山。获悉了后边的情况，八路军知道日军押着个老百姓带路，怕伤了自己人，有意放过了前面的几个人，也就是走出了包围圈的不远一段路，就抄了日军的后路。趁着个乱儿，拴柱顺着一条小路跑了，往哪里跑？往后柳沟跑。

拴柱边跑边想：秋她哪里了，我怎么在后柳沟没见过她？她就是在死人堆里压着，我也要把她刨出来。我现在活了个啥？就活了个秋。

五

山神凹王月娥的土窑洞里住进了两个人，一个是秋，一个是虎庆。

秋17岁。秋把羊赶到一眼绝了人的土窑内，拉了虎庆坐到窑垴上看月光隐去。时间如沙漏，眼看着暗了下来，就在这暗下来的瞬间，秋想到这山就这么样绝了人了。山好大，自己憋屈的心情像一块石头坐在胸脯里，哀巴巴的，泪在肚子里蓄得如旱水池子，汪着却哭不出来。夜晚降临的时候，虎庆不敢一个人睡，要秋搂了他睡。虎庆在秋的两个妈妈穗中间暖暖地睡去，秋大睁着个眼睛睡不着。

看着窗外，窗外有星星，有月光，有风呼呼地刮，还是睡不着，觉得每动一下身后都会有一个影子在动。起来壮了胆把隔壁窑里的羊赶进来。人睡在炕上，羊睡在地上。秋想：羊就是人，山神凹没人了，山神凹的羊就是山神凹的人，羊能给她壮胆。狼闻到了死人的气味，在山上呜呜地嚎。秋想：明天说什么也得回后柳沟把那些人埋掉，狼要是吃了死人，狼就真的要吃人了。

第二天，秋和虎庆赶了羊从风脉岭上回到了后柳沟。

后柳沟的人在地上躺着静悄悄的，生死隔绝的悲凉如刀子一样在秋的心里横着。秋要虎庆从旱水池子里提来水，她用手巾把后柳沟的人一个一个整理干净，然后埋掉。秋找了半天也没有找到她的公公，无意间往山下看了一眼，就看到崖底的几个人，她绕着山路走到崖下，看到公公挂在崖边的树上，秋把公公从树上放下来，看到公公扭曲的脸上脱落的一只眼睛珠子垂掉在额间，像天眼在瞪着她。秋身子颤了一下，赶忙闭了眼哆嗦地用手将其按进眼眶里。心里说：爹，你就瞪着眼睛看看这世道吧！这大山里的人绝了，你当初领我来这山里，你说，大山里养人，养得满沟沟笑声，你要我给你生一个带锤锤的孩娃儿，要我和人野合，那野合的人都撒开手去了阴间，我和谁去怀娃落草？爹，小日本他灭了咱！老天要我活着，爹，你和后柳沟的人就保佑我和虎庆见风长高吧，这大山里的山弯得有个窍道，曲得有个平直，是吧？立户过日子，我要他狗日的日本人杀不绝咱！

汗把秋的头发洗得水淋淋的，她撩起衣襟擦了擦脸上的汗水和泪水，拄了羊铲拉了虎庆进了一躺羊窑。羊窑口风刮得起哨。秋想后柳沟的人来和她告别来了，她冲着窑口跪下磕了仨头，站起来扭身往窑掌走。出来时虎庆的肩上挂了一把二胡。秋看着虎庆细瘦的身体有些心酸，蹲下来抱起虎庆，最后回头看了一眼后柳沟，就看到了一个穿皇军马裤的人从对面的山上摇摇晃晃走下来。

虎庆指着对面说：“狗！”

秋看到穿皇军马裤的人是拴柱。

拴柱紧着跑了几步，几步远的路让拴柱好长时间跑不过来，干脆扑到地上爬了过来。拴柱说：“咱活着，秋。咱还活着，秋。”

秋看着地上的拴柱清鼻涕挂了满脸，一边哭一边又笑着，看着看着拴柱的脸就不是脸了，是一团阴黑。她弯下腰，摸着那张涩凉的脸想起了在山上看到的那些个事情，秋不说话，放下虎庆拉了掉头就走。拴柱说：“秋，沟里就咱了，活下来容易吗？”

秋停了一下，眼泪往下掉，虎庆看到秋胸前浅黑色的布衫上被泪水洒成了深黑。拴柱说：“秋，咱回家，有山神凹的羊，有你有孩，咱就是一个家，不怕他东洋鬼子龟孙子。”

秋说：“你不怕他怎么还要给他下跪？”

拴柱说：“你是爹用五尺土布给我买回来的，你不能不听我的话，现在谁说了算，我说了算。人都绝了！”

秋慢慢转过了身体，拴柱看到她眼睛里汪着泪水，汪着的泪水没有掉下来。秋说：“是爹用五尺土布买回来的，爹他哪去了？你把爹找回来，我还他五尺土布，有哪个给东洋鬼子下跪了？现在朝着后柳沟人埋的地方给你爹跪下求他要我留下来，他要是能说话了，我听你的，留！”

虎庆掉转了头，盯着拴柱的皇军马裤鼓起眼睛喊了一声：“狗！”

拴柱一下子就坐在了地上，张了嘴哭了起来。

拴柱从太行大峡谷走回来的希望和热情，顿时觉得有什么东西打了他一下，比鬼子掴他耳光还要疼，这么着就什么也没有了。他捡起身边的一小块石头蛋子，照着秋的后身掷出去，石头蛋子越过秋和虎庆的头，落入了一丛草中间，秋看也没有看它。拴柱彻底失望了，用一种尖锐的声音喊道：

“秋，留下来，留下来黑里我咬你的肩，我咬得你鬼魂一样叫——”

秋很决绝地往凹里走。

拴柱听到二胡甩在虎庆的屁股蛋子上垮垮响。望远了，对面的山腰上几只白色的羊像云彩一样，飘飘飘过了山堆堆不见了，拴柱喊了声：“我怎么就活了个人啊！”

秋领了虎庆收山神凹人留下来的粮食。地大部分是山地，一小块一小块散铺在山上。谷子黄黄的倒伏在地上，秋割下来用谷草拧了一个小捆，要虎庆扛回土窑院子里。下山的路埋没在草丛中，看不见虎庆，只看见了一捆谷子擦着两边的灌木走，秋不忍心看，低下头搂了谷子狠命的割。两个来回下来，虎庆坐在地垄上看山上的羊，秋走过去伸出手摸他干黄的头发，透着一种爱抚之情。这爱抚是秋想把幸福送进虎庆的心里，秋清楚，她的心里再苦，也没有这个孩子的心里苦。她想借助手指的拨弄，表达自己的内心。山里绝了人了，这孩子是这山里唯一的一个真正的男人。她有义务把他抚养成人。

秋看到对面的风脉岭下的玉米地里闪着一个人，是拴柱。

拴柱没有往山神凹走，停留在一些小块地里收割玉茭。

秋就想起了武嘎，蓄留在她体内的一丝儿欲望让她战栗了一下。这段孤寂悠长的时间里，萦回在她心头的欲念全消散了，怎么看见了玉茭地就想起了他呢？她的心里不大平静了。秋觉得有一种不言而喻的感情在她的内心透出了一个芽，化作了她心中不言而喻的感情的一部分，是一种奇怪的狂野和激情，她的脸上流下了泪水。秋想，你个怨鬼，你是死是活，你怎么就这么长时间也没有给我种下一个发芽的籽？秋看到天地皆绿黄，风过天晴，山里显出来黄褐相间的条纹，黄的是成熟的粮食，褐的是裸露的土地，自眼前一直延伸到山的尽头。裸体的土地上现出生命的旺盛，在生命的旺盛衬托下的荒凉让秋情涌心颤，这么大的山，这么好的土地，就这么生生被日本人绝了，天你睁了眼睛看啊！

看着虎庆又扛了一捆谷子走下了山，秋朝他走去的地方跪下，她要向长天做一个仪式，一半是发狠誓，一半是祷告。她发誓要把她生命的一部分，再现在这个孩子身上。这么大的山要谁来统治它，东洋鬼子你能杀绝我们吗？山里的生灵是杀不绝的啊，我要他重新生长起来。秋全身都战栗着，眼睛灼灼发光，她重重地磕了一个头，抬起来时，对着大山喊了一声：啊——啊——啊——

山下的玉米地里秋的声音脆生生地震过，好像上苍开了天眼滚过的一声雷音。

六

虎庆从来没有说过话，冷冷的眼神要么望着旱水池子出神，要么就看天空，怅怅地看，然后狠狠地往下咽一口唾沫。夜里秋搂了虎庆睡。秋说：“虎庆，说句话我听听，不说憋在肚里的话是要把你憋坏的。”

虎庆不说话。

“你娘就死在这窑里地上的，我不是你娘，你有娘，对吧？”

虎庆不说话，望着窑梁，窑梁上挂了收割下来的玉茭穗。

秋说：“我做不了你娘，只有娘才能这样搂了你睡，你到对面炕上睡吧。”

秋想将一将虎庆。虎庆不说话，翻起身下了炕到对面的炕上去睡。这时候他突然看到窑梁上吊着的玉茭不是玉茭是娘，拖下来的穗子不是穗子，像娘的肠子麻绳一样疙疙瘩瘩坠下来，看到地上涌流的血，血地上躺着娘；一个日本人他败坏了一池水，一池水里躺着全凹的人。他开始呼吸急促起来，霎时面色如土，痛苦地将扭曲的头颅歪向一边。他一下翻起身跳到了对面炕上，把头埋到了秋的妈妈穗中间，闭上了眼睛。秋叹了口气，搂紧了虎庆。秋睡不着了，想以往。

以往的事情里老有一个人影晃，是武嘎。这人要是他在外面的大山里被杀了，这山沟里的狼也早就该把他吃了，不想武嘎也罢，越想就越觉得他人是死了。武嘎的二胡在窑墙上挂着，蒙了很厚的尘，秋等虎庆睡熟了起身摘下它，透着窗户漏过来的光吹了几下。秋听到了羊屎蛋吧嗒、吧嗒往下掉，秋的脸就热了一下，返身把二胡挂到了墙上睡下了。秋用手搂了搂虎庆，虎庆瘦小的身体像干柴棍子。秋摸着他的头，干瘦脸儿，背和屁股蛋子，胸脯上的骨头横排着秃显出来，往下摸就摸到了他的小锤锤。大拇指长的一个肉虫儿，摸着摸着，就一挺一挺长出来一截子，秋的心喜了一下，那个小锤锤就越发的挺了起来。你见水儿就长，见风儿就扬吧，它果真就长就扬了，一股水射出来，射了秋一肚子。秋笑了一下，挺起肚子让它射，等它不射了，就把虎庆挪了挪，自己暖着那一片湿，秋的心里也是一片湿。

拴柱在后柳沟住，后柳沟的房屋被日本人烧了，烟熏的屋子里漏着天光，他趴在灶火前用嘴吹火，结果锅溢了，稀汤灌了他一脸，拴柱有些愤怒了，拣了块石头把铁锅砸了个大窟窿。拴柱肩了铁锅往山神凹走，他要秋看看，他的日子叫什么日子。明明有媳妇，媳妇突然的就和自己没有了一点关系，日本人杀得就剩咱了，咱不疼咱谁疼咱？咱是死人堆里爬出来的，能从死人堆里爬出来的有几个？山神凹、后柳沟也不过就我一个，我怕他谁了，我背了锅找你，一个透了窟窿的锅，你得养我，给我做饭，你不给我饭吃，我背着个烂锅坐在你窑门口。

拴柱是个没有欲望的人，但并不等于说他没有念想。他的念想使他梦想着生活，他的念想使他的梦想看见的永远是另一个现实。也就是说他的身体和以往的行为方式已经超越和瓦解了他的生存秩序。拴柱想，秋你是我的媳妇，可是我干不了男人干的事情。秋，你不是我的媳妇是谁的媳妇？武嘎的？不对。秋你明摆着就是我的媳妇嘛，我要去找你。拴柱肩了铁锅从风脉山上下来，拐了个小坡坡就看到了秋在院子里给羊剪毛。羊很舒服地躺在秋的腿圪旯，被秋剪了毛的羊在院中央吃着一堆青草，秋的脸红扑扑的，湿濡濡的、很暧昧的气味，给拴柱一种好似到了秋天的梨树下，闻到了烂梨的味道，女人的味道就是烂梨的味道，那些羊闻着这样的味道它们肯定的舒服死了，我拴柱也要闻这样的味道。

虎庆看见了他，拿了羊铲出了篱笆院站到了小坡坡下。

“狗！”

虎庆提起羊铲对正了拴柱，不说话，那目光像皇军的刀一样敌视着他。拴柱身上的汗毛孔就大了，看到深深凹下去的两腮像两张黄纸紧紧地贴在骨头上，拴柱想，这个孩子他怎么就长了这么个样样呢？拴柱紧了一下子尿扭了头想走，又想，我来干啥来了，找秋，一个娃娃家敢来管我！

东洋鬼子给他留下个很不好的毛病，见不得有个事，一有个事就尿紧。拴柱就想骂，骂谁？骂东洋鬼子：

“我日你妈，东洋鬼子，你要再敢来一趟山神凹，再敢来一趟后柳沟，老子要再给你下跪，就不做这人了！”拴柱把铁锅放到地上说：“秋，我的锅烂了，你看着怎么办吧？”秋抬起头说：“后柳沟的房屋烧了，锅又炼不成铁疙瘩，后柳沟十二户人家的铁锅，够你用，你一下子砸也砸不完！”拴柱想：我是天底下最贱的活物了，我活得还不如一头羊！拴柱的屁股蛋上潮湿得淌水，扭了头回了后柳沟。

夜里秋搂了虎庆躺在枕上说话。

虎庆无话。

秋说：

“他来了，就让他进来嘛，他也是个可怜人儿。”

虎庆咽了口唾沫。

秋说：

“活过来的不易啊，像狗一样爬着活过来的能有几个？也就是咱吧。那么多人在你眼睛里现在还有吗？没有了，就连一条黑也没有放过，那些个不仁慈的日本人，你要和那些个禽兽计较吗？孩，你得说话。”

虎庆不说话，埋在秋胸前的脸上有些潮湿。

秋说：

“他是我的男人，我现在要不理他了，他活着还有个啥意思。”

虎庆把身子掉了一下扭到了墙前。

秋说：

“你还小，有些事情不懂，人是懂情分的，恨一个人，只要和这个人在一起睡了就不会恨一辈子。”

虎庆不出声，有一会儿，他扭过来身子搂住了秋。

秋说：

“我不恨他，他活着也是个人，可就是和别人不一样。”

秋的脸上有泪水流下来，濡湿了虎庆的头发。虎庆摸着秋脸上的泪扯起被子擦了一下。秋就抬起手抓住了他的手放进被子里，她要他在自己的身体上划行，她要给他的生长新添一种冲动。

夜是多云的，秋在黑暗里无法看清，但她等待着他的抚摸的时候，仿佛听得见一种轻微的声音，她希望抚摸能给他带来意气扬扬的情感，秋希望他在行将踏入成年的时候，那种冲动因他的长大而使绝了的人口兴旺。秋感觉到了他的心跳，她让自己的心跳慢些，她要慢慢地将深长的意味传递给他，她要撕破她一切天生的羞怯和庄重来纵容自己的激荡。她说：

“虎庆，撩开被子看看，看看我长了个什么样儿。山神凹就咱俩，我不是你娘，但现在到老我们都得在一起，都得相依为命，我要你长大，你要快些长啊。”

虎庆停顿了有一会儿，坐起来掀开被子，微弱的星光下他看到秋白色的人体像一条鱼。这么一想他咬了下嘴唇开始机械地抚摸，他的抚摸迎合了秋内心愈来愈响亮的呼声，秋抬起身体一下把他搂进了怀里。

拴柱把黑的皮子搭在柴上翻晒，毒毒的阳光把黑的皮晒得淌油。他翻晒皮子的那份专注神态仿佛是有一件大事等着要办，那目光里满含了看到了神仙的光芒。就是吃饭的时候他也端了碗坐到柴下的石头上看，饭吃完了他看着黑的皮舔着空碗，舔完了对着太阳照照，放下来看着黑的皮继续舔。

拴柱想：狗皮褥子铺到秋的身板下面软软的，秋呵出来的小音会拖得很长。秋的妈妈穗卧在它的上面就像两小鸡子，刚刚拱出了蛋壳壳，他这么着揉着秋的妈妈穗，秋会叫道：揉，揉，揉呵——

拴柱就卷了狗皮褥子往山神凹走。走着走着就想唱了：

闺女好，好个啥？
好了一个下身子。

拴柱不唱了。自己是啥也不懂的人，瞎唱个啥？

拴柱从风脉岭上走下来，没等下了坡就看到了秋。秋挑着两桶水从旱水池子里上来，拴柱说：

“秋，我来给你送黑的皮，天凉了铺在身子下暖和。要不我来给你暖吧？”

秋说：

“放窑里吧。你回你的后柳沟住去，我不要你暖。窑炕上有给你做好的棉裤你拿了去。”

拴柱说：

“虎庆他人在不在？”

秋挑着水喘着气说：

“在不在你进去拿了走人，没有人拦你。”

拴柱一听觉得满胸脯都是底气，梗了梗了脖子往窑门口走。

“狗！”

山垴垴上的羊群里传来一声吼！

拴柱吓得后退了一步，裤裆里一下子没紧住出了水儿，扔下狗皮褥子就往回走。

秋挑了水倒进水缸里，返回身叫拴柱，看见了黄土小坡坡上漏下了一长溜儿湿，拴柱搂了肚蹲在窑垴上愁着脸想骂娘。秋进屋拿了棉裤递给他，看他那可怜样儿，伸了手拽起了他。

拴柱也不管裤裆湿不湿，拿了棉裤就往后柳沟走。

秋在他背后撂了一句话：

“你要是缺甚想要就来吧。”

拴柱没有回头，朝前喊着：“我就是缺你，你就是不回后柳沟。”

虎庆在旱水池槐枝低垂的浓影处坐着，对面秋提了桶给羊饮水，她的背后是几眼空洞洞的窑洞，窑里的人就死在这个旱水池边，他亲眼看见鲜红的人血流着积聚在了池子里，他现在就吃这里的水，羊也吃。想到这些的时候虎庆是孤独的。在后柳沟看到最后的枪声静下来，看到人像跳大神一样倒下去时，他发现他张着的嘴说不出话了。虎庆在秋的臂弯里几次张了嘴想说，可就是说不出。唯一说出口的一个字是“狗”。

虎庆把眼睛拉向秋的脸，他觉得秋的脸就像五爷庙里供的那个观音菩萨的脸。

这时候他看到秋把刚生下来的一个羊羔子剥了皮，在旱水池边用桶冲洗干净，他知道这是秋给自己煮肉吃，秋要他快快长，他也想快快长。他在秋的身上发现了娘身上看不到的东西，这样想着脑海里就滑进了古怪的恍惚之境，想起窑洞里武嘎抱着她在努力做一件很剧烈的运动，秋裸露着上身扭头看羊窑口爬进来的自己时，面色红润。虎庆想，真是像一条滑溜溜的鱼啊。她脸蛋子朝上，脸上淌着泪，还用拳头打着枕头哭。他走近她身边时，她返身抱起了自己，紧紧地抱在怀里，嘴里叫着：“你怎么还不长大呢？长大，长大！”

虎庆喃喃说了一声：

“长大！”

发出来的音却是：“狗狗。”

夜里秋搂了虎庆说：“你枕着我的胳膊怎这样重？”

虎庆抬起头让秋抽出胳膊。

秋说：

“你一来一来就长大了。”

秋把手放在他的头上摩挲着。

窑洞里透着冰霜将至的寒意。天下雪了，雪落无声，秋偏偏就听到了雪落的声音。雪从黝黑的窑垴上落下来，落在院子里的枣树上，又被风吹落到突出地面的树根上。干瘪枯萎的芋头秧子散乱地爬在院中央，雪这时候落在上面就比雨的声音浅。

窑地上的羊卧着，自从羊和人住在一起了，秋就没有把它们再赶出去。羊不断地增加，她不要增加，她把那些个生下来的羊羔子弄死煮了给虎庆吃，她要他长个儿。地上飘起来羊身体上的膻味儿，一下唤醒了她脑子里使她兴奋的东西，在这种兴奋的情绪之下，她开始抚摸他的脸，他的身体，口中想说什么却又说不出，想说的话在胸口反复滚动着。秋的手再一次滑下到他的下体时，她惊异地发现了上面细小的绒毛。秋越过黑暗看他的脸，然后在他的耳朵眼里悄声说了句：“你真的要长大了。”

秋仰面躺着，不看虎庆看窑顶子，窑顶子上有个啥，有个未来。就听得窑门外有脚步声走来，秋知道是拴柱。拴柱夜里不睡，起来捉麻雀。麻雀到天暗下来宿窑檐儿，从窑洞上的麻眼钻进来，扑入草料堆过夜。拴柱知道秋爱吃，用料叉赶麻雀飞起来，飞起来的麻雀往马灯的地方躲，马灯下早有拴柱用小棍儿支起来的荆条筛子，麻雀乱飞撞翻了小棍儿，筛子兜头扣下去，一回能扣住十来只麻雀。用红胶土糊了烧得土裂开缝，把它们一只一只放进篮子里，提了到山神凹，放到窑窗户上，要秋吃。秋不吃，要虎庆吃，拴柱不知道他送去的麻雀都让虎庆吃了，拴柱要是知道了，会生气，一生气就会坐到旱水池子边上骂，骂日本龟孙子把他的日子搞得人不是个人，鬼不是个鬼。拴柱就是不知道秋那个心头恨，秋心头的那个恨是要用一辈子和几辈子来对抗的，拴柱就是知道了也只能垂头耷脑。

七

夏夜是很凉爽的。在窑院的枣树下，秋铺了一片苇席，虎庆坐在苇席上望着天空数星星，天上的星星尚来不及数上几颗，就被习习凉风吹进了梦乡。秋怕虎庆着凉，叫他起来回窑睡，虎庆睡意朦胧之中，不忘站起来对着枣树，哗啦哗啦地撒上一泡尿，秋听着这尿声知道虎庆的少年时代就要过了。

有些等待看起来很慢，实际上他在快速成长。

秋天到了的时候，一个又圆又大的南瓜不知道什么时候来到了院子里。院子里扫得干干净净，南瓜躺在地上很显眼。虎庆肘窝夹了羊铲回来看到了，死死地盯了一会儿，拿起那个南瓜往怀里一抱，拐上小坡坡走了。虎庆步子迈得像拉风箱，一小会儿就进了后柳沟。

后柳沟的拴柱正在院子里喂鸡，抬眼就看见虎庆抱了南瓜往自己院子里走，那个南瓜好生面熟。

虎庆越走越近。拴柱发现这个孩子和以前不大一样了，以前的脸皮贴在骨头上，针尖剜不出一块肉来。现在看上去，有肉了，个头也长高了，看着不像个孩子，像个什么呢？想来想去想不出。

拴柱迎了虎庆的目光笑了笑，心里很想和他坐下来好好说说话。说什么呢？最想说的一句是：你还想要秋搂了你睡多久？秋是你什么人？她不是你娘，只比你大五岁，哪有不是娘的搂了睡！秋从年龄上说只是你的姐，我应该是你的姐夫，我这个姐夫自从东洋鬼子从咱这沟里绝了人跑出去，我当过一天姐夫吗？没有。为什么没有呢？因为你，因为你绝了话，因为你不敢一个人睡，一个人一睡下就会看到东洋鬼子砍死的山神凹人。我一个人在后柳沟，我就不怕？我也怕啊，我看到后柳沟的人瞪着眼睛看着我，我看到我爹被我丢下沟时的样子，他是断了气，可他的眼睛是睁着的。我爹给我弄回来了媳妇，我却把他老人家丢进了沟里，他老人家给我弄回来了媳妇，你却搂了睡，你说我苦不苦？那个苦在心里都沤酸臭了啊！

没等拴柱把想要说的话说出口，走进院里的虎庆就把南瓜往地上一摞，南瓜就开了花，黄黄的瓤子，白白的瓜子，五六瓣儿铺了一地，两只母鸡叫着呱呱飞上了天。

拴柱跌坐在地上，屁股下的石头寒凉得很，和以往不一样的是，没有一股热出来。

虎庆回头拽着一股火气走了。

拴柱很恼怒地站起来，想骂他几句，可话到嘴边又收回去了。他收拾干净院子，抖了抖肩膀扭转头哼了小曲出了院子。在村子里绕了一圈，脑袋扬得高高的，小调儿哼得欢欢的。怕啥？是咱的它迟早是咱的。一个小孩子长了半腿高就想来诈唬我，我把媳妇都搭给你了，你牛逼我个啥！日本人嘘呼我我尿裤子，你嘘呼我我偏不尿裤子。拴柱在村子里转了一圈，找了两块好一些的硬木头扛回院子里。找出他爹曾经用过的一个墨斗，搬起地锅刮了些锅黑，扯出墨线拉紧了提到一定的高度，一眯眼瞄准，“啪”地弹到了木头上。拴柱想：我要做一个柜子，放后柳沟地里收回来的细粮食，要攒足了等秋回来吃。你虎庆总有一天要长大吧，总有一天不搂了秋睡吧，秋一回来，我的日子还能回到日本人没有进沟以前。

秋在岭头上碰见拴柱，知道拴柱做柜子，秋要他多做几个。秋说：“做二十个柜子，要硬木头，梨木、黑桃木、花椒木，不要柳木、杨木、杨槐木。没有铁钉子，赶一头羊出山去卖了买。”拴柱说：“要那么多柜子做啥，顶多多做两个给虎庆留着用。”秋说：“听我的话做就是了，把山神凹的窑摆满，窑里得住人，窑里要是没有这人气养着容易塌。就像这大山一样，山里要是绝了人了，山就空了，容易生虎狼。”

秋凉了，夜里睡觉的时候觉得炕上凉冰冰的，秋翻出黑的皮铺到炕上，人躺在炕上暖和柔软了好多。秋在枕头旁边又加了一个枕头，一床被子成了两床，各人拱进各人的被子里面。秋想试探一下虎庆到底对一些渴望懂不懂。秋说：“虎庆，泉庄有仨闺女，人勤快，你白天赶了羊翻过岭去看看，假装下山讨水喝，看中了谁家的回来言语一声，我托了人去牵个红线。”

虎庆不说话看地上的羊。羊站着不睡觉，嘴里嚼了草，这么嚼着屁股上就有羊屎蛋子拉出来，一串儿，一串儿：啪嗒嗒，啪嗒嗒。

秋叹了口气说：“你到底还是个孩子，啥也不懂，吹灭灯睡啦。”

灯一灭，虎庆就看到了娘，娘拖了血肠子站在他面前，脸上抹了锅黑泛着青光，像风中的黑布衫没有个形儿鼓着来回跑，虎庆叫了一声“狗”，掀开秋的被子钻进来。

不吹灯不怕，一吹灯虎庆就害怕，一害怕就想和秋合盖一条被子。

虎庆进来一下就搂住了秋，秋感觉虎庆今儿的搂法和往常不一样，觉得他惶惶惑惑、莫名其妙，以一种冲动的姿势搂着她的脖子，那种男人的躁动与少年的慌乱混成一片，一下就骚动了秋的心。炕上的狗皮褥子因为是狗的形状，要按人的形状躺上去，有些地方不大展刮。秋往里挪了挪，撅起屁股伸下手拽了拽，这么着一拽就发现了有个地方不对劲。那个不对劲的地方是秋往前挺肚子的时候发现的，一下子秋就弹了回来。秋激灵了一下，血液涌上脑门。这么些年了，自己这样忍辱负重为了个啥？不就是想要他懂得活的意义，懂得她真实而又无奈的强烈欲望吗？秋俯身向前，她的嘴唇刷了一下他的面颊，与此同时，虎庆第一回感到了她的不一样，他窘了一下子。秋为了掩饰自己情感临近爆发的幸福，变得粗暴起来，秋说：“六年了，你懂得我为你所做的一切吗？”

虎庆往里动了动，正确地说是探了探。秋的心越发地幸福得不可收拾了，秋知道她想要做的事是有教养和有信条的人不能赞许的，然而她又无论如何无法和人说出她的仇恨，她的仇恨像一匹母马一样甘愿套上羁轭，她心甘情愿为此而劳作、劳作。东洋鬼子不是要想杀绝咱吗？看吧，哪有大山里的生灵能杀绝啊！

虎庆侧着个身子，那地方像一个快乐羞涩的鱼时起时跃试图想去摸高处的岸。岸没有探到，探了一下树梢就缩了回来，缩回来又不死心的探了出来。这么着一探出来，似乎不明白是怎么回事，挺着脑袋不敢走近。虎庆就开始大口喘气了，一些羊膻味儿，狗皮的酸臭味儿，秋的肉味儿，趁着夜的风一起涌来，在他嘴里集体做着一件事，弄得虎庆就想咳嗽，一咳嗽就不断头了，越咳越厉害，以至喘不上气，脸憋了通红。秋坐起来用手在他的胸口上往下搓了几下，虎庆就不咳嗽了。还有些羞涩的小锤锤不敢再探了，歪过脑袋平静地睡去。

秋坐起来看着窗外，狗皮褥子在屁股下面热起来，秋缩回身子躺下了，外面的风刮过去，刮过来，四季的风多有不同，来了复去，去了复来，没有影迹，却给秋的心里留下了不同的印记。她敏感的想望在风中悄悄就要到来了，她日日里望着这山，这山上啁啾跳跃的小鸟，这个荒凉广大而人迹稀少之地，自然万物都在生长，你日本人怎么就敢绝了这地方的灵性呢！生命的缺失体验让她的仇恨不断增生而不是消减。她想明天要拴柱把做好的柜子用车拉进凹里来，她要把每一个柜子填满粮食，粮食是人的命，命的延续让秋坚定着自己，坚定着理想，也坚定着未来。

这一夜虎庆遗精了。秋的渴望在狗皮褥子黏稠的精液上风狂雨骤。这一夜该发生的事情没有发生，各人的心里都怀了心事。那个心事对于秋来说它不仅仅是绝痒。

一个季节和一个季节过渡绝大多数时候会有事发生，比如这个季节风就刮得很大。夜晚降落的时候，火炉上的水壶开始冒着热气，外面的风响着哨子。秋赶回羊笑着说：“风好大。”

虎庆瞥了一眼外面，想，风大就大吧。他看见了秋的笑心里很难过，一个活生生的人从12岁养了你这么大，在关于自己的成长中她充当了什么样的一个角色？当自己已经长大了，母亲无影父亲无踪，多亏还有她的存在，慰藉着自己的伤痛，那么这个和自己年龄不差几岁的人，她是自己的什么人？该是自己的母亲！虎庆想不通，不想了，决计夜里自己到对面炕上睡。

他的这个举动很让秋不安。秋不铺狗皮褥子了，她给对面的炕上铺上。夜的墙上亮着发黄的灯，外面的风影响了灯的火苗，火苗里飘着秋的失落。

火苗儿“噗”一声灭了。

夜的声音比白天的声音更孤独。

虎庆尖叫着一下跳起来，过去钻到了秋的被窝里。

这个夜就把未来改变了。秋的喘息声，羊的“吧嗒”声，黏嗒嗒的气泡，一串儿一串儿往出冒，没有狗皮褥子的炕上冒出了热气，冒出了秋的希望。

拴柱把做好的柜子送进山神凹，摆到空着的窑内。怕窑内潮湿，又把柜子抬到闲着的炕上。秋要拴柱出山一趟，买回来一些油漆，用油漆刷了的柜子不生虫，不怕木头变形。拴柱说：“我不想在后柳沟住了，想来山神凹住。”

秋说：“后柳沟好，将来山神凹住不下人了往后柳沟迁，迁过去的孩子们从山外领回来媳妇，这两条沟里的人就多了，人一多就不怕他日本人杀，沟里人祖祖辈辈是杀不绝的。”

拴柱没有明白秋的意思，想来她是说虎庆了，虎庆一成家，秋就回后柳沟和我住了，他不怕等。拴柱想既然不想让我到凹里来住，那就算了，咱活得已经不算个人了嘛，像一个泥团子，谁想捏就捏，捏成方就方，捏成圆就圆。拴柱想：一个人在后柳沟守着黑糊糊的房子算啥？出山找个活做，不能老是需要什么了就来山神凹牵羊，虎庆那一声“狗”叫得人辛酸。要知道回后柳沟落这么个待遇，还不如让“八路”逮了去，也做个“八路”当当。拴柱说：“秋，我再牵了一头羊出山去，我想出去挑个货郎串串山，看能不能赚俩钱，贴补贴补生活。”

秋要他赶了一只羊走了，虎庆看着他牵了羊走，不说话，眼珠子盯得拴柱差一点就湿了裤裆。

春打六九头的时候，宽荡荡的黑夹袄穿在秋身上没有个腰身儿。五黄六月天脱了夹袄穿了个花褂子，秋凸起的肚子像秋天的萝卜。秋要虎庆用荆条筛子扣麻雀，用红胶泥烧熟了自己吃。虎庆笑着看秋吃，秋能吃二十只麻雀，吃完麻雀秋一抹嘴开始吃萝卜，水分和养分都补充够了秋才下地干活。虽然虎庆不说话，秋已经知道虎庆的意思了，虎庆的悲伤和快乐都在秋隆起的肚子上。

拴柱已经一冬一春没有来山神凹了。挑了货郎的拴柱想把泉庄的一个闺女给虎庆提提。他去找人家闺女问话时，人家的老子说话了：

“拴柱你是真不知道还是装傻，都新社会了，还兴咱闺女做小？”

拴柱碰了一鼻子灰也没有想通这个事情，又不是我讨你闺女，我要有那本事讨小，我就不是拴柱了。

拴柱往山神凹走，一路上想着虎庆的事，虎庆的亲事要是一旦做成，秋她肯定要回后柳沟，只要回到咱后柳沟，就是咱的人了。拴柱想着想着就对着这山唱起来：

> 红花花红，白花花白，
> 爬山越岭找你来，
> 妹子呀，
> 白牙牙咬开你的红裤带……

这么走着走下了风脉岭，走进了山神凹。下了小坡坡，拴柱肩上挑了货郎，手里摇了拨浪鼓，叮叮当当就想见秋。看到窑门口站着一个大肚子女人，那个女人的后身板很面熟，一时想不起来是谁家的女人。大肚子女人她来这山凹里干啥来了？

虎庆在院子里磨盘上编着一个荆条篮，看着院边边的女人笑。

拴柱想：日他娘，虎庆都会笑了。

虎庆笑着笑着，脸上就挂上了黄，一下子站了起来看那个女人的身后。

那个女人扭回了头看。拴柱猛地发现这个女人是秋，他简直就不敢相信自己的眼睛，用劲揉了揉眼睛，没错，是秋，是咱爹五尺土布买回来的女人，是咱拴柱的媳妇！拴柱鼓了眼睛，冲着正前方重重的摇了一下拨浪鼓吼了一嗓子：

狗！狗！！狗！！！

八

秋生孩子生得面黄肌瘦，形容枯槁，五十二岁最后一个孩子结束了她的生育。秋越到后来越没有奶汁了，妈妈穗耷拉在胸脯上，孩子的嘴揪着奶头扯多长。秋要虎庆用南瓜根煎汤给自己服用，一次又一次的催自己淌出奶汁，然而催一次奶，自己就消瘦几分。秋不怕瘦，就怕不能生育。山神凹被日本人绝了的窑洞里有了人气，窑垴上的青烟缭绕着，打山头上就看到了有一片青云悠悠的荡来荡去。

若干年后，有一个姓武的大干部回了趟太行山，因为路不好走就住在了县城里。武干部问起了山神凹和后柳沟的事情，县长汇报说："那沟里的人四五年被鬼子斩尽杀绝了，不过那次大屠杀过后还是留下了人。"

武干部摇着头说：

"不可能，不可能了！"

县长说：

"是真的，还留下一个女人和两个男人，说来这事情也怪，那女人到现在都清楚那场屠杀。女人养了一群儿女，是闺女就一定要招女婿，可她明明生有儿子。也算是个迷吧。"武干部听说还有个女人留了下来，眼睛一亮马上就问："那是个啥样儿的女人？"

县长笑了一下说："我都没有进过那沟，路不好，都是道听途说，要想往里走很费劲。那年头小日本鬼子不知道为了啥就进了那沟沟。"

武干部就想进一回那沟。因为路不好只能骑驴进山，县长不敢怠慢，备了驴，一干人骑了驴走上了山道。

路过羊肠坂的口口上，武干部下了驴，坐在石头上掏出烟来抽了两根。很久很久站起身看着周围的一干人说："这个羊肠坂它曾经走过一个人，叫曹操，是一个大奸雄，还留下来一首诗，你们去找找，看他到底写了个啥。"

县长就扭回头和后面的人说："听见了吗？回去以后去找找曹操的东西，看他写了个啥。"

一干人骑了驴继续走，走到晚霞快要落下山时到了山神凹的风脉岭上。武干部下了驴，有些激动地望着山下，山下的窑洞，窑顶的烟囱里正往出冒烟，袅娜的炊烟漫到半空溶进云雾，扎有篱笆的院子里有一群孩子围着个妇女转圈圈。县长赶忙说：“这是狼吃小羊的游戏，那个妇女扮了个狼。”

武干部说：“知道。狼是良犬啊。”

武干部眼眶一热，跌跌撞撞地朝坡下跑。山下院子里的孩子们抬起头来看山上，发现驴跑得欢，却连个人都撵不住。

都说这武干部喜欢拉二胡，也不懂谱，瞎拉。拉得累了，就要过夫人的毛活来织。夫人织的毛裤，他常执意要露个裤裆，夫人也不知道因为啥，反正不听他的话，他就骂。

常骂的一个字是：“狗”。

凉月

一

她的身形在我凝视她背影时落下印象。她的个子很高，穿平跟鞋，告别时轻搂了她的丈夫阿银一下，然后风一样如流星般远去了。

“你老婆吗？”

很突兀的语言，也不是我通常习惯的语言，或许是因为在海德堡。早听说阿银娶了德国女人，我怀疑眼前这个女人不是阿银的老婆。阿银何以娶得如此美丽的女人？阿银，我的同学，广东潮汕人，北大物理系毕业，二十年前公费出国。我印象中阿银拘谨，如字一样，安分守己躺在纸上，你不看他，他便不入你眼。那时候的阿银瘦小，不足一米六零的个子，从不见他和人坦露心迹，学习惊人的好。记得有一次看电影，他和周围的男生坐一起，整个儿不由分说地陷入下去，一同陷入的还有身体落下去的漆黑。谁也不认为那是阿银，还以为是哪个大胆坐在男生中间的开放女生。电影散场后所有女生看过去，知是阿银，特定场所的深刻记忆多少年后依旧历历在目。

走远的背影，一头栗色的卷发，腰身和胯骨头都是欧式的，听上去她的声音很轻细，阿银真有好福气。涉外婚姻，二十多年前叫人羡慕，二十多年后攀关系隔洋谈恋爱到结婚，虽然搅得人人精疲力竭，但人人愿隔洋投怀，毕竟喜欢东方情调和西洋情调的依然很多。某种程度上缓解了什么？或者说是学生时代我对阿银的不屑。我注意到春天的风，一阵阵地吹拂，掀开阿银额头上挂下来的刘海，或许是想有心给我制造轻松、和谐的印象，他歪起嘴巴往上吹了一下。“我老婆。”然后眼睛扬起来看天空。

阿银纷披的长发下，那双眼睛已隐隐肿胀出眼袋，无尽的岁月在阿银唇角刻下微垂的纹路，无论从哪个角度看阿银已不是从前的阿银了。阿银的目光深远了，我恍惚感觉，正是他深远的注视，加重了我对他的迫切认识。

我说：“没有看到你老婆俊俏的脸。”

他很惊讶地张大了嘴。“脸很重要吗？欧洲人都和希腊雕塑一样。”这句话很显山露水。我真过敏，怎么还带着老土的中国人观念想问题，拿人家的脸貌斤斤计较人家的婚姻，好不落拓。

面对海德堡，我是一个比陌生人还更加陌生的人。此刻我站在马路这边，小镇上的凉风正吹拂着我的脸庞和手，我的身后是海德堡穿城而过的内卡河。内卡河在此处穿越狭窄而陡峭的奥登山山谷流向莱茵河河谷，并与莱茵河在海德堡西北20公里处的曼海姆交汇。我走过马路，像打量一件古玩一样打量著名的海德堡城堡，她在高出内卡河海拔200米高的山上，四周寂静的晨雾和阳光像一只虫蜕变后留下的空壳。我看到阿银招呼所有的旅行者，嘱咐他们不要走散，一个小时后在靠南面的选帝侯卡尔特奥多(Kurfuersten Karl-Theodor)的塑像下集中。

阿银是我和妈妈旅行途中在海德堡的导游。

攀越而上，俯视狭长的海德堡老城，一片慵慵倦倦的样子，阳光更加灿烂了。阿银站在我的身后说：“海德堡实在有太多理由值得被人宠爱，这是一个‘偷心’的城市。诗人歌德‘把心遗失在海德堡’，马克·吐温说：海德堡是他‘到过的最美的地方’。”我没说话，我看阿银，陌生的寂静之中，他的表述中有回忆或者念想的地方。我和妈妈提前转出来，在穿越广场时我看到一个挨一个的小店。小店外挂满了各种各样花花绿绿的旅游纪念品。阿银说：“不买一两件带回去吗？”我想不出该带什么回去，看妈妈。妈妈本能地对阿银有一种防范心理，在内地或香港常常被导游忽悠。妈妈说：“阿银，我们自己选择好吗？”我们转进了一家古玩店，我发现这里是兜售海德堡曾经有过的秘密的地方。海德堡有什么秘密呢？店主是一位老太太，我走进来的时候，仿佛被我吓醒了或者惊扰了，脖子伸长来张望我们。昏暗的屋子里，陈年的古旧气息弥漫出一种慵懒抑或执拗来。一家古玩店铺，居然有出售中国佛像。妈妈看到玻璃拉橱里一只蛇形手环，惊讶得捂上嘴，它是如此美丽，标价一千五百欧元。蛇的头部雕刻着细密的花纹，诱人的金色的光芒，两只镶嵌了红宝石的眼睛睁着，不转动地细述着自己的不安与困惑。它真美丽。店主拽过妈妈的手把它戴到了妈妈的手腕上，我感觉妈妈憋了一口气，长长地憋了一口气，我看到妈妈没办法再把它憋下去了，反而深深地吸进长长的一口气，那口气吸进了妈妈的肺腑深处。妈妈一定晕眩了，美丽的蛇形手环，它扩大了妈妈的眼眸，她是如此心仪。店主拿着妈妈的手看了半天，脱下来，让我们看它的背面。背面写了一行小字：cf.difd16tfaug 1879。

我扭头出去找阿银。我知道妈妈很喜欢，只是觉得很贵，我好希望阿银替我们杀价。

我看到阿银站在橘黄色的光影里，手指头放在嘴角，轻轻啃着，上大学时好像阿银就有这样的习惯。被照亮的光芒黄缎一样铺在阿银身上，阿银的若有所思让我不忍心打扰，一上午他都在奔波着，难得的放松。阿银还是看见我向他召唤。

手环上的时间和字母讲述了什么？妈妈希望它是一个爱情故事。我知道妈妈一直不爱爸爸，年轻时她爱过一位属蛇的男人，后来那位男人死了，妈妈一直对蛇形物件爱不释手。阿银看了半天后抬起头和店主讲价。讨价还价一番后，阿银说：“她说不可以。这手环是为了祭奠一个1879年死去的人打造的，工匠的手艺很精细，材质是红金。”

红金？女人面对自己喜欢的首饰是很容易失态的。妈妈惊叹了一声，“这么好的手环，世界上独一无二的孤品，是他的属相呢。”不用掏口袋我也知道只剩下一千欧元了，最后一站，明天我们将回国。我说：“阿银求你，能杀到一千欧元，我买。”阿银摇了摇头说：“德国人不讲价，她认为自己物有所值。”“可是阿银，我口袋里只有一千欧元。你可以借我？”阿银耸了耸肩表示他无可奈何。妈妈看了我一眼说：“好东西都想掠夺为己有，不属于自己时要知道藏在心里，不可以和阿银借钱。”我突然感觉眼前的阿银不是中国时期的阿银了，是德国的阿银。来自家族的教养告诉我必须放弃。

阿银说：“阿姨，我口袋里只有两百欧元。”

妈妈笑了笑很无所谓地说：“在中国人的眼睛里蛇不是吉祥物。走吧。”

突然走得沉闷了，我想打破这沉闷：“阿银，你老婆呢，在国内你找不到这样的女人。”

阿银说：“阿姨一定很喜欢，它有可能是一位美丽的贵夫人纤纤细手抚摸过的信物，阿姨喜欢不得手，一定很郁闷。”

阿银故意回避了我的问话。我看到妈妈在前面走着，甩开双臂故意像小女孩似的让大家看到她心情很明亮。

“就让妈妈心安理得地去回忆这件不在预料之中的遗憾吧。”我恶毒地说。或许是替爸爸回击。

二

回程的车开得疯狂。高速不限速，180迈。阿银告诉我德国的高速是二战期间修建的，为了战事质量，希特勒把公路修得可以走坦克。一路上阿银很不开心，我想一定是因为我，如果不是老乡，我是不会张嘴借钱。这样似乎不符合现代人的思维和生活逻辑。妈妈叫我坐到阿银的身边安慰他。我坐过去说：“对不起，我是一时无奈才想到和你借钱。”阿银笑了笑说：“有妈妈真好。”

“是啊，和妈妈在一起旅行是我一年一度的承诺。”

时间把在我童年的眼中健朗的妈妈熬成了风烛般的老年，我无力挽回时间，只求妈妈健康，让她多走一些地方。我与妈妈的关系就像朋友，有时候我更像她的知己。我们本来想好了去慕尼黑，妈妈临时决定了来海德堡。在海德堡遇到了妈妈喜欢的首饰，该是缘分，我却没有能力给妈妈买到手。

“我不是一个喜欢停留在一个地方不动的人，我的心在路上，在远方，就像蒙古人奔着草场。”阿银说。

“二十多年你都在做导游吗？”

“都在。”

“你的学业呢？”

“嗨，谈什么学业。在国外首先是生存。”

“爱情可以很长，也可以脆弱败落，比如阿银这样，异乡漂泊，与自己喜爱的女人一辈子眼看就是白头了。”阿银看了我一眼说：“婚姻的价值，不在于它制造孩子，而在于让孩子制造父母。”我很好奇，大学时的阿银傻头傻脑、土气盎然，现在的阿银比大学时虽少了土气，但多了老气横秋。满眼皆是欧洲男人，儒雅，不言不语，哪个都比阿银优等，阿银居然说出了中国家庭致命的危机。

为了探寻阿银婚姻的秘诀，我说："阿银，你闭眼会想起你的故土吗？"

阿银说："我隔五年回去一趟，国内有我的妈妈和爸爸。"

哦，我想到了国内的朋友聊天，动辄我美国的同学，那么阿银的妈妈是不是也让人们羡慕有一个德国的儿子，也沾了国外的仙气，五年一见的思念，一个"国外"都抵消了呢？"在别人的羡慕中思念自己的儿子，你妈妈该是很幸福了。""幸福吗？""你说呢？"阿银摇了摇头。

我知道阿银家在农村，那么，对于阿银的妈妈来说，德国该是一个万里之外的国度，纸上的德国与现实中的距离是两码事呢。我说："你妈妈来过德国几次？"阿银说："我妈妈去年来过春节了。怕是一辈子唯一的一次了。"无来由的话。

阿银一直有心事，我很害怕因为我借钱的事影响了阿银的情绪。我把手机上挂着的一串银质小鱼解下来递给阿银说："送给你漂亮老婆。"阿银怔了一下。"想不想听听我的异国情缘？""你的情缘？""对。我一直生活在家人的虚幻中。当年上海作家苏青讲到夫妻语言不通，一说吵不起来；二呢只好多以行动表达爱意。在国外，行动是行动，爱意是爱意。所有人看走出国门的人其实看见的都是海市蜃楼，只有我身在其中，孤浪一般知道峰头有多高。"

阿银1979年考入北大中文系。初秋干燥的阳光里，阿银开始了北京念书生涯。那一天要走的前一夜，爸爸在地上用铁皮敲一个盒子，叮叮当当的敲击声至今留在阿银的梦境里。铁盒子敲好了，很严实可以上锁，爸爸要阿银在上面写下俩字儿：信箱。铁盒子挂在了大门左侧墙上。爸爸看着阿银说："走远了写个信回来。"阿银是他们家族远走的第一人。他到校后第一封信写下的是小学一年级读过的第一课："开学了，学校里同学很多。"能上了北大的人几乎人人一脸的十足神气，阿银没有。明显比别人少了许多底气。人矮心胸气不足，但阿银的学习劲头足。入学第二年学校里有人就开始谈恋爱了，阿银看上别人的多，别人看上阿银的少。阿银被一片宁静笼罩着，连空气都是幽闭的。大学毕业那年阿银公费出国。他把信写给爸爸时，家乡人都传诵着阿银的故事。海德堡大学是没有校门的大学。阿银从来没有想到要娶一个德国女人。对于爱情，他不抱希望且只字不提。除了学习，剩余的时间就是到中餐店打工。此时他认识了自己的太太马克。那是一个暮春，阳光出奇好，内卡河畔，马克第一次表示喜欢上他了，马克比他高出半个脑袋，脸上的表情是温情而真诚的。他当时躲过了她的眼睛，看旁边一个穿橘红衣服的护路工，在桥栏外站着，黝黑的脸上有些忧郁，手里的工具插在石子里，他心里酸酸的，一个追求他的女人，不是中国女人。他说："你爱我什么？"马克说："爱你的祖国。"人活在世上，赶上什么年月，都是由不得自己的。那年月的这样一句话很诱人，比说爱他更感动。马克与他的爱情感觉上是异乎寻常的，异乎寻常的真诚，异乎寻常的善解人意。他们在内卡河畔照了相并寄回了家。他爱马克，她是他图画里的爱人。他讲："马克，你明白我的心吗？""我明白。"这一切遭来马克家人的反对，他们不喜欢他这个塌鼻梁矮个子的中国人。明目张胆击穿了阿银存在的事实，这很让阿银恼火。

其实阿银的家人也反对。远隔千山万水，家中唯一的儿子出人头地了，却要娶一个外国女人，有阿银回国的那一天吗？爸爸托当地的老师写一封信寄来，文采飞扬：

阿银：爸爸是中国南方的一个农民，祖祖辈辈，薪尽火传，一直年复一年、日复一日地从事着单调的农事。家中有骡子有马，有牛有猪，庄稼人的家什十全了，也该知足了。可爸爸最知足的还是你。每当爸爸躺在床上，展开腰身，弛然而卧，和人家周围的邻居比较时，你是爸爸比高他们的荣耀。月明星稀，微风轻抚，全家人坐在院畔的大树下，听人家院子里说的全是多打粮食、早娶媳妇快抱孙的好事。爸爸听人家这么一说，心里也痒，到底你是在国外读学呢。现在哪里还是从前啊，从前的山静塬呆，无人知晓，无人问津的日子过去了，知道你出了国，最好的人家和最好的闺女都想嫁你，你可回国来挑选。爸爸不希望你找一个高鼻梁蓝眼睛的外国闺女，总归人家是外国人，习惯和文化不同，爸爸虽然大字没你识得多，能走多远，能看多远，孰重孰轻，电视上也知道了一二。凭着爸爸对人世间姻缘的判断，没有一个能理解你的人过日子，生活久了骨头就会散架。你把爸爸的话讲给那个外国闺女听，她如听懂了，一切都好说。她要是听不明白，爸爸就一句话：国家是培养一个学成归国的栋梁，不是培养外国人的女婿。

一封意料之外情理之中的信。阿银二十多年后背诵这封信时，依旧百感交集。

车行驶在海德堡开往法兰克福的原野上，身后有人惊呼一声，我从阿银的叙述中回过神来，前方的路真有那么澄碧的天空，那么“东边日出西边雨”的气候。一望无际的绿野，偶有教堂在山包上耸立、划过，安静的美好刺激了我，但我的心事还是回到了阿银的叙述中。

三

“马克，对于你的家族，只有你自己坚持了，我无能为力。”阿银说。

某个黄昏，太阳正在下去，只有伸到远处的脚尖还能被残光照到，阿银身上其余的地方都在暗处。比不得在中国，可以动用关系讲亲，把事情弄玄弄晕，可以在充满关系的社会里等待最后的定数。这里人与人交流，连弯肠子都没有，如一根香烟的结局：结束，摁灭，转身走人。马克在坚持中，阿银想到了自己母语中的狡黠。他要马克和她的父母讲，他们已经同居了。阿银忘记了他是在海德堡，忘记了脚下的土地，一切的传统章法在海德堡是没有内容的。马克的妈妈说：“没有结婚之前的事情都由你自己决定，你有选择自己生活的权利，只是婚姻不同，我们不喜欢你嫁一个东方人。”

首先是怀疑，对自己未知的怀疑，怀疑之下才有思维，才有路线。阿银想留在德国。留在国外的欲望包容了更多的虚荣。当然也有在马克家族散发出来的不屑于中国人的傲慢。他是由一个农民生出来的孩子，他的户口决定了一切。在改变命运的当下里，如若能长久留在国外，他给国内的同学朋友和亲戚永远都是一个梦想，绚烂的梦。另一层意思下，人是最容易伤感的动物，只要有一件事情受到挫折，心就会懊悔回转，但也能决绝执著。人人以为出了国的人都是站在太阳下的人，连影子都享受太阳的大光彩，只有阿银知道，他如不想回国就得结婚。把命运系在婚姻上的人很多，比如女人，男人的阿银也不例外。苦思冥想的阿银终于想出了一个绝招。这个世界上没有一个人可以和自己定下终身相守的契约，只有四肢和头脑是自己的，只有头脑里不断生长出来的东西是自己的。阿银决定在和马克的做爱上做手脚。

阿银深情地看着马克说：“我爱你，你在我心里，马克。”

马克说：“在我心里。”

阿银抓住马克的手，爱的暖流活动了阿银的经脉，他用手指梢撩了一下马克的头发，马克的身子酥麻了一下。阿银轻轻地横上嘴唇先是含住了马克的发梢，然后一根一根亲吻马克的指头，拥着马克退到了床沿上，马克的手很自然的要打开自己的手包取安全套，阿银不停息地叼出她伸到手包里的指头。阿银小声说：“亲爱的，不要破坏此时的感觉。”他的手把手包放到了床下。阿银弧形的姿态进入马克的身体，缓缓上升，一个片刻之后即将结束的过程。这个过程非常美好，因为双方的体内正在分泌一种带来快感的吗啡肽。安全套，见鬼去吧！阿银要在有限的时间里尽可能多地做一些有利于自己的事情。阿银说：“马克，你是我的天堂。”之后，阿银做爱就不用安全套了。马克怀孕了。马克的家族是逢星期天必上教堂的虔诚教徒，传统的天主教家庭对堕胎深恶痛绝。马克的家族面对怀孕了的马克无可奈何。阿银得福娶了马克，做了德国人的女婿，留在了德国。中国的爸爸妈妈没有来，不是不想，是考虑到路费。他们也没有回，不回国的原因是马克怀孕了。

小时候阿银和妈妈在河里放纸船，潺潺的溪流把它捎走。“船能走多远呢？”阿银好奇地问妈妈。

“很远，只要船不搁浅。”

“总会遇到它停下来的地方吗？”

谁知道远方有多远呢？爱情是一种情绪，情绪左右了他。

他结婚时和马克以一张照片的形式寄回了国内，可以想象，爸爸拆开信封时，他与马克互为瞬间的影像于爸爸是一种沉默。多年后他回到国内，他带回了他们孙子的照片，基因是一件很可怕的事情，他们的孙子长得和德国女人马克一样。爸爸只拿过来看了一眼，顺手递给了妈妈。餐桌上爸爸嚼鱼头的声音断续，爸爸看着他。妈妈端着饭碗，她拿筷子的声音几乎是静止的。他们分明感觉到了距离，距离之下的客气。“爸爸，马克是一个很好的女人。”“不管怎样，我们最终是不在一口锅里搅稀稠，只要你认为好。”妈妈的话有着中国人世俗经验的分析。他决定要马克回中国看看他的故乡。

那是他结婚十年时。

爸爸和妈妈看到站在他们面前的马克时，像翻阅相片，想找出他们记忆的蛛丝马迹。马克很亲密地叫着：“爸爸妈妈好。”浩大的冬日阳光下，妈妈的嘴巴夸张地笑着。他不能听见她的笑声，但他很清晰地看见妈妈的笑容严重地扯动着五官。妈妈掏出钱给马克给他们的孙子。马克和他们的孙子不要。他原地站着，眼巴巴，看到双亲的笑容慢慢僵硬。钱被甩在了桌子上，风吹进来，一张一张把它们错落有致地吹散。

马克的脸红了，然后眼睛扬起来。阿银能记起这细节，是源于他日久后从诸多人事经历中获得的从言色揣摩物事的经验。他确定马克因妈妈的某个微笑的细节表现中看到了不愉快的事。

马克说：“你的家人就这样生活吗？”

四

阿银说，他终于明白了，传宗接代多少年了，为什么要门当户对；洞房花烛多少夜了，为什么要才子配佳人。爸爸妈妈就他一个儿子，他是六十年代祖国独生子女的先行者，他的离开让他爸爸妈妈失去了俗常家庭能得到的关爱。他在适应德国时，马克不能够适应他的祖国。

马克不能够理解，是乡村的美德滋养了阿银的性情。一家来了客，大家都熟暖，簇一堆儿，一顿饭来了十几人，个个端了海碗来串门，看马克。说到激动处，脚一跺，咳一声，一口顽痰隔着门槛吐出了门外。马克皱一下眉头。说话嗓门大了，吃饭时扒饭的声音也大，遇上碗里有黑石菜筋什么的，筷子慢下来，停住，忽然夹出来在碗沿磕几下摔在地上。马克又皱一下眉头。改变阿银和爸爸以及这个家的贫苦命运的唯一出路，是他的学业的高低，他考出国门，娶了洋老婆回来了，他是乡村幸福生活的最高标准，也是风景。妈妈做一桌饭菜来款待乡亲，他们家和过年一样，爸爸布满皱纹的脸上绽开灿烂的笑容。他们是农民，对劳作生性存有一种喜好甚至沉迷，不管看见什么总喜欢舌尖从嘴角不时地伸出来，像在抿舔一块看不见的糖果，他们身上有庄稼的味道，汗酸的味道，泥土的味道，油烟的味道。马克的眉头皱紧了，不动筷子。乡下人见了有文化的人，见了洋女人，个个喜上眉梢，男人们喝醉一滩，喝多了开始唱段儿，闹哄哄没有安静的时候。马克开始愤怒了，她抗议剥夺了她的私人空间。更可笑的是马克不喜欢上院子里的厕所。马克坚决要求回德国，她的愤怒是写在脸上的，爸爸妈妈读懂了，脸上一副凄然的神情。阿银愧疚，愧疚演变成一种负罪的感觉，压得他喘不过气来。夜深人静的时候，阿银跪在爸爸面前说："爸爸对不起，我不该留在德国。"

爸爸长叹一声说："世上没有不该的事。"

妈妈收拾他要带出国外的土特产，收拾得仔细，马克家族人人有份，妈妈忙碌得像是一个大帐篷，罩在阿银周围，让阿银心痛，他觉得自己变小了，小得像个孩子，他可以像孩子一样流泪，扑到妈妈怀里哭一场，可他不是孩子了，他是德国人的女婿。

车行路行，仿佛上帝之手，划出一条直线，景色是明快清晰的，这个万里之外的国度，安静的房子，没有一栋是一样的。旅行真好。我插话说："刘欢唱过一首歌，千万里我追寻着你——尽管是得是失，是苦是乐，谁也不可预知和断定，毕竟你身后拖着几千年的影子呢，追过来，既有现代文明的方便，又有田园风光的美妙，要论温馨舒适，适合人类居住，还是德国，对吧阿银？"

阿银从靠背上拿起小银鱼看，阳光给了它光源，"马克会喜欢。只有自己知道记忆的种子在哪。"他看着车窗外说。

阿银第二次回国已是十年后。爸爸病重，似乎过不了冬天了。冬天的南方是寡淡的，忧郁的，寂寞的，也是迷离的。刚从医院回来的爸爸在床上不停咳嗽，他回家的脚步声逼近窗前时爸爸的咳嗽剧烈了，他站在门口，不忍推门。一步跨进家门，地上落了一层卫生纸，是爸爸吐痰擦落下的。咳嗽让爸爸的脸通红，看到他时，爸爸的呼唤像钻出地缝一样尖利，音色也似乎成了一缕游丝。爸爸看到就他一个，流露惊喜的眼睛渐渐干涸，失了许多温柔的爱怜。爸爸是想看到马克和他的孙子。阿银突然明白，身后没有了马克和爸爸的孙子，爸爸从气息上开始衰微了，落寞了，遥远了。爸爸说："这辈子我怕是去不了德国了。"阿银意识到，从来没有叫过爸爸去德国，也从来没有想过。总想着爸爸只喜欢他的乡下，喜欢他的热闹，每一次信件往来，爸爸的回信都是："在外不要操心我。"说到有人夸阿银了，有人来取经了，咋就教育了一个能出国留洋的孩子。写到家乡的事，爸爸字里行间的喜欢极大地迷惑了阿银对爸爸的需求。阿银平生第一次感受到了死亡对爸爸的威胁。妈妈背着爸爸告诉阿银，病已经发展到了那种病的地步，不久于人世了。一生变得疲惫十分苍老的面容下，阿银从来没有担当过儿子的责任，阿银只是爸爸嘴上的荣耀，被别人羡慕的幻觉。有谁知道，阿银在德国并没有做学历肯定的工作，阿银做了导游，任何一个懂德语或英语的人都有可能做了导游。阿银做中国和台湾人的导游，赚东方人的钱。阿银内心难过。有许多爸爸不知道的事，也是阿银无法说出去的事，爸爸怎么会相信一个大学博士生在国外可以沦落到当了导游，谋生度日？最承受不起的是国家给儿子的学历。阿银意识到和爸爸在一起的日子不多了，打电话叫马克回国。马克在电话里反问："为什么不把爸爸送到医院？"阿银回过神来仔细审视着这个家的一切，头脑一片茫然。心存着许多遗憾，但反射出来的第一个问题是：如果爸爸去世妈妈怎么办？第二个问题是：德国每月的各种保险要上缴两千欧元，剩余的赚了才可返还房贷和支配家用。如不回德国，谁来支付一切？独立性很强的马克没有储蓄的习惯，月月把信用卡刷得发烫，哪有多余的钱替阿银交保险？摆在阿银面前最严重的事情是，必须亲手把父亲送下土以后，才能走。否则，还可以做爸爸的儿子么？爸爸走时已经到了年关，很久不吃饭的爸爸骨瘦如柴，最后一句话是："爸爸到底让你操心了。爸爸走后照顾好你妈妈。"

爸爸走后，阿银要求妈妈去德国住一段时间，妈妈说："你爸爸要是想回来看看，看到屋门上了锁他会心寒。你回吧，那边有老婆孩子呢。"阿银赶回德国陪孩子和马克过圣诞节，那个圣诞节在阿银的心里和感情上造成了巨大的真空，这真空是世界上任何东西都难以填充和弥补的。尽管知道离开这个世界的命运对每个人都是公平的，不公平只是自己需求的心。

爸爸去世三年后，阿银把妈妈接来德国过春节。阿银再一次忽略了东西方文化。妈妈想替马克做家务，电气化设备让妈妈插不上手。妈妈门都很少出去，出去一趟无法与人交流，连公厕都无法找到。有时候一家人的碗筷妈妈动手洗了，马克很不放心地又重新放到洗碗机里去消毒，很让妈妈受伤。阿银不停地调和妈妈和马克的关系，想让她们彼此互相理解。阿银告诉马克，你的丈夫就是用没有洗碗机洗过的碗盛饭吃着长大的。阿银又告诉妈妈，你来德国是来享福来了，不是叫你来洗碗，完全可以不管家务。

妈妈说："我是活人，嘴闲得住，可我身子闲不住啊。"

阿银无语。只能劝妈妈忍，要妈妈相信人家的文明。

做婆婆不容易，传统的美德在阿银妈妈身上发酵了，做错时不说话，一错再错，一做再做，最不可思议的事终于爆发了。

五

阿银说，妈妈竭力回避着什么，谨慎着什么，走路都提了脚尖。平常的日子都忙自己的事情去了，屋子里空着，空同样让妈妈窒息。没有人陪她说话，也没有人陪她交心，她心的大门也关闭着。更多的时候是妈妈望着窗外的一张脸，阿银回家时，那张脸看着阿银白色的车走近，那张脸倏忽地闪开了。妈妈一定望了很久。阿银感觉到了妈妈由内到外的恍惚不宁，想要照顾这个家，照顾不上，能力和作用在这个环境里，显得很不协调，觉得自己无用，活着添麻烦了，家的方向不在自己的掌握中，变得小心小胆了。妈妈等过年，年过完就回国。鼓足勇气待着，假如不是儿子，她很难待住。

春节终于到了。那一天妈妈明显兴奋，用面盆和面手捏着皮包了饺子，阿银破天荒没有出去上班。那天的饺子阿银竭力劝说马克吃几个，马克很温顺，吃了许多，虽然马克很不喜欢饺子。

傍晚的时候妈妈就等待晚会开始，阿银告诉妈妈："春节联欢晚会要凌晨三点开始，德国和中国有7小时的时差。"妈妈穿了带出国的中式上衣，崭新裤子，不时看表，下意识笑一笑，把眼睛停留在阿银的衣服上。阿银穿了睡衣，妈妈看了好一会儿说："换一件新衣服吧，过大年了。"阿银换了新衣服和妈妈坐在沙发上聊天，妈妈回忆了家乡的年，年里的喜庆，鞭炮还有年糕，一边说，一边不时看钟表，在接近凌晨的时光里妈妈很投注地看着阿银拿遥控器对着电视调台。终于开始了，妈妈坐周正了，她希望马克也来看。阿银说，有他陪妈妈呢。他不能勉强马克，他也不能支配马克的时间。这些他都不能和妈妈讲。

那是2008年的春晚，热闹的音乐，开台的锣鼓，阿银和妈妈几次大笑。马克从她自己的房间里走出来看，看一会儿电视，再看阿银和妈妈。妈妈兴奋得招手叫马克坐下来，并大声说："媳妇呀，过大年了。"马克摇摇头走回自己的屋子。

看到赵本山和小沈阳的小品时，阿银和妈妈笑到喘不上气来。听到笑声马克又穿了睡衣走出来，很严肃地站在他们母子面前讲："你和你的妈妈需不需要现在就叫心理医生来？"

阿银站起来说："马克，你剥夺了我和妈妈的快乐！"

马克返回卧室关上门。阿银和妈妈在快乐中愕然了，再也找不回喜乐的神经。

二十分钟后听到了门铃声，阿银开门时看到了两个警察和一个心理医生。

阿银哭笑不得，冲着进来的人大声吼："我妈妈一辈子不识字，你们这些洋鬼子哪里明白中国人的风土人情味儿！"大年三十夜，德国的凌晨，阿银和妈妈被德国警察带走了。

阿银不说话了。我疑心阿银的讲述混进了夸张成分，即使如此，我还是不敢想象。阿银的鼻头红红的，很没有底气地说了一句："我的人生貌似成功。"

车停在了法兰克福一家宾馆门前，阿银说："我要赶回家，我的工作结束了。昨天是我送儿子抚养费的日子，马克拥抱了我。我们离异了。明天下午回国飞机我来送你和阿姨。"

我有些诧异，也许是我们之间感觉方式和思维方式的同一，他才讲了这些故事，那么，他和马克？该是有很多年没有拥抱了，拥抱只是因为抚养费？有些话我还没有听阿银讲完，或者说，我还没有来得及安慰阿银。

"你妈妈呢？"阿银的车已经开出了我的视野。

我不知道阿银该怎样面对明天之后的迢递岁月，这个世界太值得想象和怀疑了。

第二天阿银送我和妈妈到机场，几次我有话想说，有妈妈坐在身边我都把要说的话下咽了。过安检时，阿银送我一样礼物，叫安检后拆开。安检后，我看到了妈妈心爱的蛇形手环。妈妈身心不宁地说："情欠大了。"催促我发信给阿银，要谢谢他，这么贵重？一定寄钱给他。

阿银回我：它只是纪念那一个时间里死去的人，那个人是纪念者的妈妈。送给阿姨，妈妈是一生忍耐自己的人。

"阿银，我想知道你妈妈呢？"

阿银回我：

"零八年春节大年初一在德国去世了，心脏病突发。"

第三朵浪花

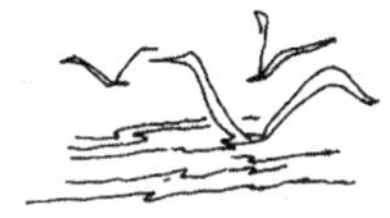

一

王有才是前清秀才，豆庄人，50多岁，中等瘦个儿，长方脸，平常喜光头，穿蓝布长衫，受雇在老财李必士东院的北堂房教人念书。念书人，有些不听话或学习不操心的孩子，他就谱了调调要他们记，王有才会工尺谱，谱了调调依旧不会的，他常常用竹戒尺击打学生的掌心。竹戒尺击打掌心的第一下不疼，显麻，接下来才是疼。打人的时候就唱工尺谱，打一下唱一声：凡、工、尺、上、一、四、五。摇着头，嗓子有点儿粗沙，也能把住调调不走腔，学生被打得哭笑不是。

因为搞农民运动，在老财李必士的院子里开的学堂就解散了，以后是什么动静还拿不准，王有才只能在家闲着。

他这会儿挑了水桶到沁河边上担水，路上碰见了参加贫农团的贾承怀。贾承怀不叫他先生，直呼他名字。因为是一个村庄，也都是近50的一辈人，从开裆到收裆到娶妻生子，眼看着长大了，不能说是他识得字就拉开距离。贾承怀的大儿跟了王有才学识字，他的儿子16岁，和王有才的儿子一样大，王有才的儿子定亲了，他的儿子却因为家穷还没有定亲，贾承怀觉得是吃了不识字的亏，立志要儿子跟了王有才学识字。

碰见挑水的王有才，贾承怀喊了一声："有才，有个事情跟你通个气。"

王有才停下，把挑水的担子放到两桶上，要贾承怀坐过来，两人相让了一下都坐到了担子中间。沁河在阳光下慢悠悠地流着，两天前是雨天，河水有些混浊，对面的河滩地里有人在察看墒情，考虑是种地瓜，还是种花生，种地瓜和种花生都是土里刨食，无非是为了活命，无非是看看哪一样产量大，收成多。贾承怀从腰带上抽出旱烟锅子捂了一袋烟递给了王有才，从肩上取下火镰击了两下，青烟从王有才的嘴里冒了出来，有轻淡的风把烟吹散了。

贾承怀把嘴扣在王有才耳朵眼上说："贫农团要定成分了，成分高的定地主，是有土地出租，雇长工和短工的，还放过高利贷的，咱村上你觉得谁够格？"

王有才用脚勾过来一块小石片，把烟锅子放上去磕了一下，自己掏了烟布袋捂了一袋烟，把烟锅子扣住小石片上燃着的烟灰，抿起嘴来用劲抽了两口，舌头舔了一圈嘴角说："还能有谁，有本事出租土地的就三个大户。首推李必土，出租地、牲口，长年有长短工。下一个该是赵保堂，三房媳妇，家中开着豆腐坊。再一个呢，肯定是王来丑了，祖上开油坊，打小就记得有驮队来驮油饼，现在是衰败了，瘦死的骆驼比马大。"

贾承怀搓着脖子上的泥，歪着脖子看着缓缓流动的沁河水说："贫农团让提供情况，我琢磨着也是这三户。"

王有才把烟锅子里的烟灰猛吹了一下，烟灰被吹到了远处。看着烟灰四下吹散了，王有才说："不过人家也是辛苦赚来的。"贾承怀站起来接过烟袋锅子抽紧烟布袋，绕了几下绳子插在了腰上，应话说："咱也辛苦了，却祖辈不见钱。人是说命的，三十年河东，三十年河西，风水轮流转。"

还是春天，天气还有些寒凉，贾承怀还穿着黑袄和黑裤，裤脚上还绑着裹腿，看上去裤裆吊在大腿板下，人有一股冬天的萧杀气。王有才说："你回去叫孩子拿着石板和石笔过来，我写俩字让他记，起码得把村上人的名字记全会写。"贾承怀说："你教他学写标语，要他会写：斗地主分田地。"

王有才说："学字多了，不愁拣出那几个字。"

看着贾承怀走远了，王有才挑起担子往河堤上走。他一边走一边想事情，想近来村上的事情，看到祖祖辈辈种地的人，脸上挂了一些稀罕的神情。自从贫农团成立后，平淡的村庄有了热气，这种热气让王有才的心也开始动了。他挑着担子走到河边上，看到水离古渡口有三尺深，以前挑水弯腰下去，水就舀上来了，左一下，右一下，调一下膀子回头往家走。现在，水位低了，要放下担子，用担子勾着桶下去舀。放下担子，人就有些松懈，把水桶撂到河边，往吊桥西边走了一段路，他要去看看河岸上自己的那一块地种什么好。地不多，有7分，挨着河，地里的沙大。他蹲下把手插进田垅里，湿润的沙土给他传输了一阵清凉的感觉。这块地，去年是种红薯的，今年就不能种红薯了，得换换，他也不想种花生，沙地里不长谷物，还得考虑种土里结果子的东西。他想了半天也没有得出结果来，往回走路的中间想到了种棉花。他两个女儿，一个儿子，得子晚，今年秋天要给儿娶亲，娶了亲，就要有孙子了，种了棉花好添新衣、续新被，老王家的香火是断然不能含糊的。

挑了水往回走，看到有人准备往墙上写标语，看到他走过来了，要他停下来，打发闲着的人帮他往回送水，要王有才挽了衣袖往墙上写字。他接过递过来的纸条，看到上面歪歪扭扭写着两行字，一行写着："雇贫掌刀把，说杀就要杀！"一行写着："反奸清算，斗老财，想咋就能咋！"王有才思忖了一会儿，从地上捡了根树枝想把这两句口号改动改动，满脑子是"人穷志短，马瘦毛长。生下八合命，强求一升难"的古话，自己识得的字里还真是拣不出几个能合住这标语的话。不得已站起来，朝后抹了一下光头，舌头尖来回舔着嘴角，脑海却是一盆糨糊，不想了。送出去眼睛，把几个字贴上去看，房屋是土墙，最后的惊叹号要留下一个字的位置，还得看过去两头儿都要停当。

春风习习，伫立少动，王有才用足了气息，泥墙上一个白印子先点了上去，他还没有写过这么大的字，两手有些抖，尽量把气压匀了写。两面墙上的大字写好后，王有才突然觉得，自己没来由的热气终于散出来了，穿着的蓝布长衫，双手用力时身上渐热，汗水渐浓，但看墙上的字个性分明，丰神异彩，看过去，立马就有了提升精神的高度。看的人袖着手面对干枯的土墙站着，互相兴奋得笑，王有才也笑，初春的太阳能巧得把他们的笑融化在一起，热闹得像是要把豆庄掀翻个身子过来。

二

从宣传讲解土改方针政策，到调查耕地占有质量、数量及放债情况，大约用了20天时间。该划定阶级成分时，土改就到了高潮，接下来不几天就要分配土地确定斗争对象了。

也就是二十来天的光景，贾承怀找了一个半夜时分走进王有才的屋子里。贾承怀拿着石板要王有才帮助写下刚划分出的几种成分：地主、富农、中农、贫农、雇农。

王有才盘腿坐在炕上，炕上是一领新毡，是另一个老财赵姓送他的，人家的孩子也在他名下读书。看到贾承怀来了，也不下炕，把油灯从墙上摘下来放到炕头上，把几种成分写到黑板上。贾承怀边看着他写，边想着念："我不是地主，更不是富农，也不是中农，我是贫雇农，我要掌刀把。"王有才写完了，贾承怀还在念，念得有些疙瘩，小眼睛不时翻着想，一个成分要看看黑板上的白字，闭上眼睛才能念出下一个成分。

等着再一遍念完，王有才拿了针挑了挑油灯上的灯花，笑着说："我给你配上工尺谱，你唱，就好记了。"

油灯亮了一下，老伴端过来两碗水，很是有些好奇地问贾承怀："那我家是什么成分？"

把贾承怀问了个癔症。这两天又有情况，贫农团正在给各户定成分，一户一户下来，说是按村庄总户数的百分比计算，豆庄的指标是要定四户地主，三户是明摆着的，另一户地主，还没有筛选出来，但是，就是没有想到王有才算什么成分?

贾承怀下意识地想到自己的儿和他的儿一样大，人家就定了亲，自己的儿就闲着，稍微有那么点儿妒忌地说："你不是贫雇农，肯定要高，因为你给老财开学堂。"

王有才本来心里正哼着工尺谱，听这么一说，盘着的腿伸出一条来，用手上上下下捏了一个来回，想到贾承怀是贫农团的一个小头目，自己有恩于他，在定成分的问题上他是会帮自己的。再说了，自己没有出租地，也没有雇过长短工，春种秋收，基本上是互相帮工，就算帮工是别人多自己少，但是，自己用学到的"八股文"多抽时间给人家孩子多教几段就补过来了。要定也肯定不是地主，也不可能是富农，有可能是中农。突然就想到了墙上的标语：雇贫掌刀把，说杀就要杀！并没有提中农，由不得出了一身冷汗，把另一条腿也伸展了，看着贾承怀，扶着炕沿把脚伸到了地上的鞋里，"你心中想着我能定个啥？"

贾承怀看着黑板上写出的成分说："你给李必士开私塾，受雇他，你吃的是老财李必土的饭，你又没有剥削，再定我看也不会是地主。”

王有才想了想，在地上绕着走了一圈，把外面的蓝布长衫脱了，要女人接过去，看着贾承怀问：“贫农团对待中农是什么政策？”

贾承怀翻了翻眼睛，背古文一样想着说：“依靠贫雇农，巩固团结中农，争取中立富农，打击恶霸地主！放手让群众斗争，消灭封建地主土地剥削制度，发展生产，支援自卫战争的胜利。”

王有才“哦”了一声，接着问：“那么第四户地主会是谁呢？”

贾承怀说：“管他是谁，反正不会是你。现在不比从前了，闹翻身就是要穷人翻身。我记得给李必土扛长工，给他干活吃他的饭，都要规定好碗数，吃一碗不要紧，吃两碗白眼睛，吃三碗就要发脾气，吃饭比吃他的心还疼，还刻薄得想出了一条最缺德的奸计，吃饭不能超过半根香的时间。大夏天，他家烧得鼻孔一吹两条沟的稀饭，烫得喝不上嘴，一碗饭没下肚，半根香就没了，他千方百计压榨咱们穷人，你说他该不该杀？”

王有才问话不是这个意思，李必土对他来说已经不往心上放了，李必土自己吃饭都不舍得还舍得给人吃？他关心的是自己。惶惶送走贾承怀，关上门闩躺在炕上睡不着想事，他觉得这一次运动来得激烈，有暴风骤雨般的猛烈，他早听大闺女说了上坡村斗地主的事情，不光是分了田地，把小老婆都分了，分了个净光光不说，人还被斗死了。还有下坡村的老财，不经斗，还没有往会场上押，人就吓死了，他留下来的老婆不说大洋埋哪，贫农团的人用了好多方法不开口，有人就想了绝活，把铁炉口烤热往她头上一架，头发炉圈一样显出了头皮，女人裤裆一湿，啥都交代了。自己呢，要定一个什么样的成分，四个地主里，第四个会是谁？只有第四个地主站出来，他心里才会踏实。头脑里挨着村里有本事人数，到底没有找出来，三户有本事人靠勤劳发家，发家不是好事，定了地主。再下来，没有哪个出众，要从心里说，就数自己了，但自己与地主干的事情不一样，就把一线希望系在了贾承怀身上，千万别把自己定得太出格。听得过间炕上，躺着的儿子背诵他白天才教他的蒙书：

“晴空看鸟飞，流水观鱼跃，识宇宙活泼之机；霜天闻鹤唳，雪夜听鸡鸣，得乾坤清纯之气……”

诵读声朗朗。

王有才听着外面的动静，听到夜静得月影斜出窗户，才稍稍迷瞪过去。

三

王有才有恩于贾承怀，是前年夏天的事情。那一天在田里干活的贾承怀，突然晕倒了，他老婆哭着要人抬回村里的树荫下，人躺在地上，摸上去像烧红了的炭块，有人喊着快找大夫。大夫还在10里路以外的刘家庄，要去接大夫，还得备驴，而懂些医道的大夫们又很少出门，穷人的命不值钱，得了病，大都是和阎王老儿硬挺，抗不过去的交命。人虽然烧得厉害，却也有口气悬着，嘴里喊道：“救我一命啊！”这时候刚下了学堂的王有才拿着竹片子戒尺走过来看稀罕，发现贾承怀的胳臂上有一根红线，从手腕上往上拉长，他走过来蹲下身子问：“难受？”

贾承怀说：“难受。”

他问：“头晕？”

贾承怀说："头晕。"

他问："手臂痛？"

贾承怀咬着后牙关点点头。

王有才站起来四下里张望了半天，想找什么，却什么也没有找到，看到有一个小孩端了碗吃地瓜，走过去夺过来照着树下的石头摔下去，一个好碗摔成了三瓣儿，孩子哇一声哭了，他挥了挥手中的竹戒尺，孩子吓得扭头就跑。他捡起一块碎瓷蹲下来，拽过贾承怀的胳臂要准备下手了，贾承怀缩了缩想抽回手，王有才举起戒尺打了下去，他快速地唱着工尺谱，直到把有红线的地方打得麻了，才用碎瓷划下去，一股红血涌了出来，那血黏稠黏稠的。老一些的人说了句："他是中肉蛇了。"

肉蛇就是血毒，要放了才好，不然红线走到心脏就没命了。晚夕的时候他用铜钱蘸了酒在他的背上刮痧，把起了红斑的地方刮到出了血印子，贾承怀才长出了一口气，烧也降下去许多，少气无力地要老婆给王有才做碗高粱面鱼鱼吃。王有才说："这碗高粱面鱼鱼我还真想要吃。"

这件事要不是王有才，贾承怀到现在，是地上的人，还是地下的鬼，都是两说。

整个一个白天，王有才心事惶惑，他看到贫农们涌到老财家去分浮财了，他就把希望寄托在了贾承怀身上，一个有恩于他的人，到关键时刻也应该有恩于自己啊。在屋里坐着闲不住，这里拾掇拾掇，那里摆弄摆弄。要不是这运动，他早准备动土翻修小西房了，儿子娶亲，他就准备把洞房定到小西房。现在却没有工夫弄这屋子，整个豆庄热血翻腾，找人都不好张嘴。他坐下来眯着眼睛瞧窗外，天空下窗外有一棵老槐树，树有百年的树龄，早被雷击了，树也干死了。离它有两米远的地方有一棵小槐树，是老树的根延伸到那里长出来的，也有几年了。往远望，过了沁河，是山，山体重峦叠嶂，恰似劈面而立的一幅山水画屏，山上有一些树一些石头，依然保持着冬日特有的苍黄。嗖嗖的春风中，山上的绿还没有挺出来，还掺杂着褐黄色的枯槁；更见不到别的什么颜色。仔细看能看到一些杨树上有吐出的杨絮，像虫子似的，飞绕得眼睛闪闪烁烁。

儿子也跟着出去参加热闹了，老伴在屋子里撕棉花籽，他没来由地拿了竹戒尺敲着小西屋屋檐下竖着的一根椽，哼一首大戏里的入洞房唱词：

一根檀香木，
雕刻金马鞍。
新人入洞房，
四季保平安！

就在这时候儿子王满屯涨红了脸蛋儿跑进了院子，对爹说："咱家定成分了。"

王有才激动得站起来要儿快说。

儿喘着气结结巴巴地说："是地主！"

王有才拿起竹戒尺照儿头上一拍，说："不可能，想是儿你听错了？"

王满屯说："没错，我跟了人去分浮财，有人喊我，你也是地主，你还有脸跟着分浮财？"

王有财说："咱家没有放过一分一厘贷，没有人给咱扛长工短工，就算有人帮咱工了，你爹我也给他儿吃夜饭了，谁就把咱定了地主？"

王满屯坐在地上，突然地就哭了。

王有才说："你哭啥，大孩子了，你哭啥？"

王满屯说："啥都不哭，就是肚子里憋屈，比起老财来咱家要啥没有啥！"

王有才起身往外走，村里的人乱吵吵，有人到处奔波，有人分了粮，有人分了缸，还有人分了老财家闺女的衣裳，红红绿绿地披在身上，看上去像正月十五闹红火走散了的人群。王有才谁也不找，就单单从人堆里找贾承怀。他找到贾承怀的时候，看到他正把一堆家什分堆儿。贾承怀看到了他，放下手中的活计走过来拉了他走到对面一座房子的山墙下。

王有才急着问："这成分到底是咋定下的？"

贾承怀说："我还顾不上去找你，就咱豆庄村，你数数，挨个儿数数，你说除了那明确的三户，再找还找不出来，好歹你是穿蓝布长衫的，你当过秀才，就这就比一般人高，有人就提了你，你就排在了第四。"

王有才张着嘴想要说话，话在喉咙眼里哽着，不知道从哪里说是开头。就听贾承怀说："你先回去，别让有人看见你了，也一时兴起去分了你的田产，都是几辈子没有见过财物了，眼红了，你那点东西，经不住折腾，我一会儿去找你。"

王有才脑袋里的热浪腾起来，糊得不知道方向了，懵懂走到自己的院边上，蹲到地上。他向来是不习惯蹲的，他一个文秀才，哪里能和庄稼人一样蹲？他现在顾不上了，想着自己要是一个普通庄稼人倒好了。

不大会儿看到了走过来的贾承怀。他站起来，脸上因看到对方而有了点人气，急着说："你说我这人财两无可图，就凭了蓝布长衫定个地主，你说就不能改正了？"

贾承怀满怀心事，藏着却不能说出口。贫农团定着明天开公审大会，五花大绑了地主在旧戏台上斗，斗完了，群情激动时，有可能出现镇压，这镇压的事情一旦发生，地主们就没命了。贾承怀不能说，也没有胆量说，贫农团要求羊群里赶狼，人都是见肥就咬，相比较说，王有才也是吃过剥削饭的人，村上哪一个读书的人没有挨过他的手掌板！他来是想说，定地主不是哪个人能决定了的事情，是有人提出来，有人捏合，这事情就这么定下来的。一池水，一棒打不开窟窿，问题坏在不是定了你地主，是有四个指标，要是三个不就没有你的事情了。

贾承怀说："我也争了，但是，不顶用，来不及改了。"

王有才说："啥就来不及改了？"

贾承怀说："地主呗。"

王有才说："是谁提说了？"

贾承怀说："我给你说了，你可不许去找他，你要把事情弄大了，我想帮你翻案都怕是插不上嘴了。我告诉你，是你的本家兄弟王有喜说的，他说，和你借过两斗玉茭，还时给了你两斗二升。多二升就是剥削。"

王有才扭转身不看贾承怀，他觉得自己是读过书的人，怎么这件事情上倒要求他给自己说好话？当初借我玉茭时，是夏秋交接时，自己家里的粮食也不够吃，把自己要吃的粮食借给他，自己贴了老脸和李必土借了两斗，人家看在教学的面子上，放利一斗一升，利算是小了，怎么就不懂人情事故到这步田地呢？况且也不是我要了那利啊，当初，本家兄弟也是知道的，真就看到财物眼红了吗？坏人都是出自身边，可就没有想到是自家的兄弟！扭转身的同时想到了两句诗："只形孤影孑然去，留与人间是爱肠。"这两句诗的背景有很深很深的隐情，但也有他自己的一种傲气，自己人财两无，我看你贫农会能弄我个啥！

四

天还没有暗下来，王有才要儿子和自己去沁河岸边的地里种棉花。

王有才和儿子王满屯说：“等秋天棉花长熟了，你娘就用新棉花给你娶亲做棉被，你娘有好多年没有做棉被了，出嫁你姐姐的时候，我看到你娘把高粱箅子放在添好的新被上踩，你娘扭来扭去的，箅子下的新棉发出沙沙声，你娘张着嘴憨笑。我还给你娘谱了一段工尺谱：一二三四五，快快来扭扭，六七八九十，新被盖新妇。”

河滩地石头多，都是河卵石，也没有大到盆儿大、碗儿大，大的也就拳头大，有的河卵石不圆，扁扁的，弯腰捡起来，看看，回过身照着沁河打出去一串儿水漂。王满屯觉得爹有意思，平常的时候，除了唱工尺谱时让人喜欢，再就没有了，总是拿了竹戒尺打人，对自己也苛刻得很，不是四书五经，就是蒙书，不停地背，有写不完的字儿。今儿爹突然的放开了，是什么事情让他这么高兴呢?

王有才停下手中的活计，指着对面的山头说：“满屯吾儿啊，你看那山有多高啊，可它那山顶上咋能长活树呢？”

王满屯看看，挠着脖子想不出来。

王有才说：“山多高，水多高。我再问你，你给爹想想是这铁厉害，还是土厉害？”

王满屯不假思索地说：“肯定是铁厉害，不然咋用铁刨地！”

王有才说：“满屯吾儿啊，你到底年纪还小，没有经过事情，你想这土地年复一年不动声色，锄头却要被磨秃，人是苦虫儿啊，这时间看不见，摸不着，不紧不慢地走，人和锄头比，还不如锄头，锄头磨秃了，还能轧一遍钢，人不能。满屯吾儿，你以后要本分过日子，要学会疼你娘，就算是娶了媳妇，也要两边哄着，要学会和，不要学会挑，家和万事兴。这世界上谁和你最亲，是养你的和你养的人啊。”

王满屯被爹说迟钝了，他穿着粗布棉袄和棉裤，春风吹得发红的脸蛋上皱起缺少光泽的笑，风很粗糙，风吹得爹的蓝布长衫飘起来，地上不见阳光的影子了，他看着爹说了一句莫名其妙的话：“黑天了。”

王有才看了看天，也说了一句：“黑天了。”

父子俩站在沁河边上看着河水慢悠悠远去，泪蛋蛋不知不觉从王有才的眼里流了下来，王满屯看着爹说：“爹，你咋的好好就哭了？”

王有才说：“爹怕是要和你阴阳隔离了，以后过日子，说多了也没有用，跟着日头走吧，慢慢儿揣摩。千万要记住：不要给人放利，不要见小失大！”

沁河水缓缓流着，千百年都是这样。突然的，王有才对着河水喊了起来：“凡、工、尺、上、一、四、五！”

天就真的黑下来了。

贾承怀是半夜时分走进王有才的院子里的，他看到屋子里的豆油灯还亮着。他来是想告诉王有才，定他地主是有原因的，还有人咬了他，说他识字，懂道理多，帮着老财李必土剥削过穷人。说有一年里李必土收租，收了村里刘二来五个大洋，刘二来是二流子，不干活，干一些偷鸡摸狗二架梁生意。李必土先把大洋点了一遍，又把每一个大洋拿在手中捏着，用嘴一吹放到耳朵上听铮铮的响儿，还把每一块大样放到自己的头皮上擦，擦过了又互相敲打。五个大洋经过吹、擦、敲，最后拿出一个说，这有可能是一块假货。刘二来说，不假！李必土要王有才看，王有才看了半天不说假也不说不假，说了一番识别出来：“这大洋是民国三年造的，有袁世凯半身像，假大洋在像的二道纽扣对正的一粗一细花纹中间是满的，没有空格，真大洋呢，袁世凯像二道纽扣对正的花纹两道粗纹中间是空格子；假大洋库称七钱重，真大洋呢，库称七钱二分；假大洋颜色暗白发污，真大洋呢，颜色是亮光刺目的。”李必土仔细看了看，知道这大洋是假货，冲着刘二来说：“你知道我放债是图利，你吃酒是图醉，我树大阴凉大，家大开支大，你给我五个大洋就有一个是假货，我一天几百个过手，这假大洋我往哪里放呢？我不怕你和山上的响马有关系，你想日哄我，屁，拿真货来。”刘二来这一次就咬了王有才，王有才就吃了那一次的亏。

而这一次贾承怀是真想救他，也是真心想救他，并且还想要告诉他，明天的大会，怕他老了，一两个时辰顶不下来，要他儿子替他往台上站。

贾承怀在窗户前站了很久，觉得进去没法说，说什么话都过，都觉得对不起王有才，把这么一个识字的人定了地主是不对的，比起那些个真正的地主来，他哪里都不像。可是，不说吧，又觉得人家有恩咱，关键时候都不知道报恩，不算个好人。思前想后还是觉得应该进一回屋子，把事情讲明白，才准备抬了脚往前走，屋里的灯“扑”一声吹灭了。门窗黑得和死人一样，只有身后的月光还亮着。

王有才知道院子里有人站着，也想到了是贾承怀，他想要他进来说说话，半天不见动静，就知道贾承怀有话说不出口，要他进来说，又怕过间炕上的儿听见了多心，因此，也就听到脚步迈到门前的时候，把墙上的油灯吹灭了。

贾承怀坐在院子里一块石头上想着该咋办，听得不知道谁家分得的驴不适应新圈，不黑不白地叫起来，声音把夜叫得越发黑墨般地黑，也叫得屋里炕上的人心里很不畅快。

五

斗争会是第二天上午开始的，贫农团的人和村里的人来五花大绑王有才，看到王有才脱了蓝布长衫，一身短打扮，他好像知道今天要做啥似的，很利落坐在院子里的石头上等。看到人群蜂拥过来时，他站了起来，双手下了狠劲折断了那根竹戒尺，他准备好了要走，回头看了看自己的女人，她哪见过这架势，早瘫在了屋里的地上。

贫农团的人却隔过他走到了屋里，三下五除二把王满屯绑上了。王有才觉得弄错了，一个16岁的娃哪里懂得剥削？要剥削也是他啊，想挤过去阻拦，被人群撞得东倒西歪，等人群松散了，王满屯喊着“爹”的声音也细了下来。

王有才一天里不知道该做什么，他想进会场去看看，贫农团的人不让进，他茫然返到自己的屋门口，看到自己的女人在地上拔不上气来，光是小口喘着气，走近火炉看了看火也灭了。一早起来，他要女人给自己做一碗高粱鱼鱼，光顾着自己吃了，想着自己吃了好往高台上站，怎么也没有想到自己没有去成，儿却顶了他。儿还没有吃饭，16岁的娃经饿，但不经吓，一饿一吓，满屯吾儿啊，你怎么受得了呢！肚子里窝了火就冲着女人发过去，“你一个妇道人家，坐在地上像什么话？你起来把火给我燃了，做高粱鱼鱼，我要给吾儿满屯送去，他替父受过，就算是要杀，也该我去受死啊！”

地上的女人望着屋门外，院子里的两只鸡很是消停地走着，这多姿多彩的春天里，村街如同伸展四肢长卧的驴一样懒散，而村庄的人们却像公牛一样群情激昂。鸡们低下头叫两声儿“谷谷”，抬起头左右环视一下，地上的女人拿了地上的笤帚扔过去，喊道：“我要你吃，我要你不懂得人情光长了吃肚！”

王有才蹬蹬几步走出了院子，坐到了老槐的树桩前，眼睛里盯着离他两米的小槐树，心口开始疼，疼得受不下了，嘴里哼着工尺谱，仔细听，配着词儿：我不是地主，更不是富农，也不是中农，我是贫雇农，我要掌刀把！

傍晚的时候，王满屯的尸体抬了回来。王有才看到人们涌过来的时候，返身回到了屋里，他不敢多看一眼，看一眼，都觉得自己会倒下去。儿子王满屯的尸体就摆放在院子里，他觉得靠墙的脊梁上冷风嗖嗖如小刀子刮一样疼。一天的泪被春风吹干在脸上，眼睛像枯井一样不再往出涌水了。

贾承怀也是傍晚过来的，看着院子里王满屯的尸体，“扑通”跪下了。他低着头说：“我是想救你的，你救过我的命，你总算是活下来了，就算是你恨我，我也还了你的命，这不是我想的最后结果，你要是想出口气，就来打两下。”

王有才想扒开窗户纸吐一口痰出去，到底是隔着窗户轻声说了句：“你绝了我的后，我还是要感激你。我要是和那棵老槐一样死了，就好了，它根不死。现在，根都死了，人到底不是树啊！”

六

1942年的这一场运动，后来有人总结了一段话：如黄河之水向东流，主流是对的，方向是明确的，但碰了三个暗礁，打了三朵浪花，淹了两岸一些青苗。第一朵浪花扩大了打击面，把一部分中农当富农对待了。第二朵浪花损伤了一部分工商业户。第三朵浪花是杀了一些不该杀的人。

一时之间如梦

永恒于你的纯真，无异于永恒你坦诚的人生。

一

正午的阳光有些毒，有些细碎的尘粒飞舞着，贺晓长长吸了一口气，这口气使他有些晕眩，在瞬间的眩晕中，幻觉出现了，觉得天空扩大了许多倍。扩大的天空只一闪就从贺晓的脸上移走了。很短的一截路，从这边进入到那扇门里，身后跟着的狱警让贺晓下意识地想纠正自己的走路姿势。他盯着脚前的影子，尽量下颌内收，双目平视。下沉的双肩让他的胸凹进去，如缺氧的一尾鱼，精神头不足，虽然他很想在即将见到的父亲面前精神起来。口袋里仅存的一张十元人民币，被贺晓叠成了一只千纸鹤，捏在手心，长时间的被捏着，导致手心发热，出汗。在有限的阳光下，贺晓心里想起了“就像暴力，暴力它美丽”这句歌词。想起它，有闷胸身亡的危险，此时，贺晓多么想有暴力发生啊！

贺晓捏着千纸鹤的手伸向父亲看过来的眼睛，伸过去的手如他脸上挂着的表情，有点羞涩。他叫了一声“爸爸”。

贺红旗嗓子痒了一下，想咳嗽，或者想流泪。贺红旗握成半拳头状的手在鼻子下碰了一下，是想稳定心情。再抬头时两只眼睛盯着对面的儿子。

儿子叫他“爸爸”，很早以前，他的回答是：“做啥？”现在，他没有回答，掂了掂那声音的分量，他揣测，儿子在叫“爸爸”时，有多重感的无奈在里面。

贺红旗笑容谦和地看着儿子身后的狱警，黑框眼镜厚厚的，这就让狱警看到他时，仿佛隔着一个世界。贺红旗想把气氛弄活泛点，盯着对方气质儒雅地点了点头。狱警面无表情。贺红旗有一点伤自尊，一个人的知识和成就在这地方多么微小！

洋溢着见面的难过。

贺红旗说：“这不该是你呆的地方。”

贺晓又叫了一声：“爸爸。”

贺红旗知道，这一声“爸爸”叫得很委屈。

旁边有狱警，什么话都是多余。

对面的儿子埋下了头。这是一个很亲密的动作。往常，儿子的脊背要是痒了，总是在贺红旗面前伏下头，他伸进手去，偶尔，有他自己挠痒挠不到的地方。为儿子挠痒，他的手总是先在自己的胳臂上试验一下指甲的锋利，然后从儿子埋下头的领口处伸进去。依据儿子哼哼的指点，由一块地方到满脊背的辐射，不一定能找到痒的确切位置，可以逗逗儿子，手的寻找留有充分的余地和自由寻找的心灵空间，有故意找不到的地方，儿子的哼哼，证明那个地方在痒。他总能挠到儿子的痒处。

看守所，是限制人正常出入的地方。贺红旗抬起来的手放下了。他知道，儿子埋下头的动作是心的重压让他逃逸现实的唯一动作，也有迷失脆弱自己的惶恐在里面。

贺晓迅速抬起头，再一次叫了一声：“爸爸。”

这一声“爸爸”能听出，是儿子渴求的精神源头。

贺晓伸过手来，探着，贺红旗把儿子伸过来的手接住，潮湿的，燥热的，千纸鹤像一尾挣扎的鱼，痛苦，喘息，慢慢僵直和熄灭。

无氧的鱼搁浅在了贺红旗的手心。

贺红旗缩回手，肯定地说：

“儿子，能居住的地方都是家！”

总算见过了儿子。

一只千纸鹤，展开看，除了钱本身固有的，上面还写了一行字。那上面写着：

找到马小丽，她害了我，报仇，爸爸！

一切因钱生事。钱，是一张薄纸片儿，一个坚强到顽强的人，它给人带不来心灵的平实，许多时候面对它愈顽强似乎愈虚弱。正午的阳光像一个梦，城市的陌生包围了贺红旗。他从儿子消瘦高挑的身姿上发现了儿子内心的坚韧。是好，也是坏。贺红旗寂寞地走着。生命是一种仪式，只有到了这样的地方，人才会意识到这一点，贺红旗想。款步而行，谁也不清楚贺红旗此时苦得拾不起来的心情。贺红旗想到两年前，儿子背着乐器离家的时候，他愿儿子保持青春的勇气与纯良，他认为这是一个人走出家门，走向社会的最大选题。他拍拍儿子的肩说：“生活原本不易，世道也的确艰辛，无论经受什么样的打击，都要咬牙挣扎向上。”儿子说：“放心吧爸爸，音乐会平息一切。”

一切好像还在眼前。但是，很明确，可惜生命不是一首乐曲。

走着，突然的涕泪忽至。贺红旗想，那ATM取款机为啥就在儿子身上出现了系统故障？刚才贺红旗没敢多话，忍着不去破坏儿子对他的希望。多说一个字，那种场合，都会多出一种猜测。他已经听律师讲过了，法院一审判决最坏的打算，可能要援引《刑法》第二百六十四条，根据该法条，对有“盗窃金融机构，数额特别巨大”情形的犯罪人“处无期徒刑或者死刑，并处没收财产。”

这就等于说，贺晓没有青春的活路了。

那么这一行小字又说明了什么呢？那个女孩？叫马小丽的，修长的两条腿，儿子坚决要跟着她往南方，眼下，落败而止。一件事情如果当初想得太多，真到了今天这一步，反而觉得是理所当然的结果。可这既定事实的结果超出了想象范围，熟悉的想象突然变得很怪诞，让人没有一点遐想的机会。

贺红旗不相信这事是真的。假如不是真的，那么怎么会出来这么一个假的？！

贺红旗想象那些生活中恶的逻辑的代言者，最终成为恶的结果的承负者。儿子贺晓不是恶，他不该是承负者。自作聪明，贪小失大，只能说是儿子在自己构织的迷局里陷落了。儿子的罪不该是这样的结果。当一个人面对不停吐钱的机器，不停的吐出你渴望拥有的欲望的纸币，如果是一个人，还是一个有欲望的人！贺红旗想象不出结果。如果有结果，他会用对结果的畏怖来制止恶行。一切太难，面对一个充满欲望的世界，一个充满欲望的孩子。世界不会因为你的欲望而改变什么，一切完全经不住推敲。欲望是希望，也可叫做陷阱。当涌出来的钱在一双眼睛的注视之内，一个人的胸怀有多大？他会怀有“没有人会知道这一切”的心情，激动地抱钱而归。贺红旗想着这样的事情和结果：过于成熟的世界，儿子犯了最简单的错误。接下来的那个女孩呢？她起了什么作用？如今要儿子这样的嫉恨！

生活真有这样的结果。

贺红旗是北方一所大学里教哲学的教授，当儿子发生这样的事情后，他很想用理性来分析或者分解这件事情，一切好像让他陷入了尴尬处境。在儿子逃亡的一年时间里，他与儿子没有任何联络，唯一的一次，儿子被轻松地逮捕了。很准确地说，是他把儿子送到了这个地方，他不知道这个地方还有没有家的温暖。

地上有一听空了的易拉罐，贺红旗像一个二十郎当的小青年一样飞起一脚踢过去。它飞起来，落进一块草坪。行人投过来异样的目光，原有的矜持与尊严没了，踢过去的声音像一把钝锈的刀，连空气也被错落地割破了，残破的音节无力地散落下来。有鄙视的眼眸投过来。行人想不到这个人出格的举止背后的心情。去他妈的“这就是生活？那好，再来一次”。尼采的话多么空洞无力，贺红旗紧跑几步上去想再踢一脚，却看到一个捡垃圾的老者，用一个自制的铁叉子，灵巧地将易拉罐叉进了背上的竹筐子。

二

孤独少年操琴而歌的贺晓，走到现在，成为媒体和网络热议的问题青年，这便不是做着先锋梦的流浪文艺青年贺晓所能想到的。他只是想用自己的方式去生活，结果出了差错。这是贺红旗对儿子的简单评价。又有几个能知道他对儿子最难述说的心中最爱呢。对于儿子，贺红旗总是和认识他的人大拇指一歪，说：“我的儿子。”

饮如甘饴的世俗空间，父与子，那是地老天荒的爱呀。

十年了，十年是好长时间的过去。十年前贺晓的母亲去世，贺晓十四岁，正上初中。妻子最后死亡通知书上写的是：血癌。一个鲜活的生命离世，留下来的痛要比死去的人承载得更重。生命不能承受之重，给父子今后的生活一个巨大的问号。为了儿子，妻子最后留在这个世界上的话是：“不要在儿子走进青春期的这些年里发生成年人情感上的错误，我们给了他生命，就必须承担他活着的幸福的责任。”同在一所大学里教学的妻子，用她最后的关爱很理性地告诉贺红旗：生活只能是失去一个人的悲哀，而不能添加一个陌生人的快乐进来。十年的日子很快，快如烟花。儿子贺晓由高中到大学，到决定做一个流浪的音乐人，其中滋味让贺红旗给世人留下了绝好的口碑。

十年前的1997年，大学出台了评定职称的新办法，一是对科研成果进行量化打分，二是对申报各级职称的资格作出硬性的限定。比如申报教授，就规定了四个条件：主持一项国家课题，有一篇权威论文，有两篇核心论文，有一部专著。这四个条件中得具备其中两者。一个冷学科的哲学教师，在面对家务、孩子、寂寞的自己时，时间短得像缩水的绸布。看着狼多肉少的结果，他有些不想去冲刺了。

病床上躺着的妻子说："红旗啊，我看你脸上的皱纹已经与副教授不相称了。"

妻子巧妙的措辞，生命将去之人，足以令人相信她的真诚。有人说，评职称就相当于拿蚯蚓钓鱼，一条蚯蚓就能逗得群鱼乱咬。话虽然粗了，但也说明了事业拼搏难言的残忍与痛苦，是需要耗费十年或者更多的光阴。他蛰居小屋，伏于书卷或稿子上，身后的书架是他熟悉的经过搬运筛选淘汰后存留下来的书籍。面对身后的书籍，脑子似一只悬空的吹了的灯泡，怎么也衔接不到稿子上。但是，"正高职称"于胸的占据感，让他不时的把外面扰人的诱惑拒之门外。教师的职称就是名片。这张脸上的皱纹已经与"副"不相称了，该"正"了。就硬性的资格限定范围——主持一项国家课题，对于哲学和小城市的二类大学来说怕是不可能的。那么就必须为一部专著而奋斗了。台阶再高，路已至此，不说平常的开会有人问话了，就一张表格的填写，那上面的职称一栏，人家说："贺教授，你怎么还没正啊？"他看到那些正了的人满脸喜悦，人家叫"贺教授"好像自己是假冒的，叫"贺副教授”才是真实。呀呀呀，那份虚荣的自信心让贺红旗当时就难以自持。

箭在弦上，一箭射了十年。妻子说：“别给我浪费钱了，我这病是一个窟窿，填不满。你把钱取出来用来出书吧。”职称在家庭中的地位真是太重要了。

十年里，就因为评职称，把人性的智慧发挥到极致。要让学术权威们去肯定很难，难在你的论文没有获过奖，惋惜之情足以让人相信他们的态度。接着是同等条件下的相互诽谤、漫骂、拉票。妻子去世，平常很近的关系，就因为评职称，连路人都不能做了，怀着敌视。好在真实的细节是小说家编不来的，就让它埋到时间中吧。

教师的价值观到底是为了教学呢？还是为了自己努力一生拼搏到最高职称？

庆幸的是儿子没让他操什么心，只是在最后选择上舍弃了一路奔忙学过来的物理专业，走上了流浪音乐的道路。在这一点上的矛盾，他认为他是败在了一个女人的手里。由此觉得，一个男人一生最亲近的人不是生他养他的人，而是一个和他毫不相干的人，这个人的出现可以改变一个男人的一切。

贺红旗记得那是两年前的一个傍晚，城市上空盘桓着风，风一吹，恍若秋天，满街道都换了长衣长裤。贺红旗从学校出来，过了马路，走了一站地的路，到一个叫“补找过去”的书店想买一本书。他看到儿子穿着短衣短裤，横在一个骑了自行车的女孩子面前。那个女孩子穿了露趾凉鞋、及膝短裙，是坠有蕾丝的那种。一只脚点地，一只脚踏着脚踏，看上去她的腿很修长。但她气质独特的真正原因还在她的自行车上，车筐里有两只小狗，两只小狗的圆俏活泼，在儿子手掌的抚摸下不时看着过路的行人叫两声。儿子从女孩手掌举着的零食袋里取出一截薯条要两只狗狗吃，儿子又从零食袋里取出一截薯条放到女孩嘴里，女孩把头弯下来，把嘴里的薯条送给两只狗狗中的一只。

莫名其妙的落寞，贺红旗觉得那最后的薯条应该是放进儿子的嘴里，而不是那只貌似天真可爱的狗狗。

那晚回家后，儿子贺晓突然对应聘的一家电脑公司提出了拒绝上班。贺红旗问他，怎么会突然有此想法？

贺晓说："青春总是摇摆的。我想去南方。"

贺红旗说："南方落实到个体身上，不是一个无比绚烂的梦，不要想象过分浪漫的事，你应该是生活在正常世界的人，一份工作，扮演一份小角色。你的正业是工作，副业才是音乐。"

贺晓说："决定了。我的一生没有正业。"

贺红旗说："比如爸爸，现在是正高了，一生努力得到了社会的承认，人生目的很明确，你该为你的所学而努力，而不是去玩弄那些个乐器，你的价值观不应该出现这么大的偏差。"

贺晓："我不想在你的身上找到快乐的突破口，你的一生没有快乐可言。"

贺红旗说："你一定是为了那个女孩？"

贺晓惊讶地看着贺红旗说："你知道了？"

贺红旗说："我下午看到的，我知道那个女孩，她是艺术系的，她家在南方，叫马小丽。"

贺晓说："爸爸，我爱她。"

贺红旗有些伤感，改变自己的生活有一千条理由，都不抵一条"我爱她"。

爱和生活的重点，往往不是哲学理解的那些东西，生活被一个简单的爱字征服得忘乎所以。

"你说，你不爱爸爸？不爱北方！"

贺晓说："不一样，爸爸。我爱你，我不会失去你，我爱她，有可能她成为别人的，我们还没有从形式上走到一起。"

贺红旗迟疑了几秒钟，说："我没有你妈妈了，我不能没有你。如果你不介意，爸爸说一句不该说的话。"

贺晓皱起一双眼睛看着贺红旗。

贺红旗说："你干了她，然后，她会跟你一起留下来。"

贺晓不假思索地说："不，我想和她地老天荒。"

地老天荒？多么幼稚的四个字！

这样的争执是没有结果的。不可能把人生提高到哲学的高度。哲学有高度吗？当你回答哲学是有高度时，显然哲学的高度不是万能的；当你回答哲学没有高度时，哲学包容万物的尴尬是让我们红脸的。去意已定，一个非此即彼的困境。贺红旗被逼到了墙角，满眼泪花，却爱莫能助。贺红旗从鼻子酸困的一刹那里，知道自己老了。

老了的人总是敏感，总是泪多，总是想把自己喜欢的东西握在手心。

贺红旗要贺晓把那个叫马小丽的带到家里来。

那天已是半夜了，好像是从一个聚会场合告辞回来的，贺晓的舌尖上残留着酒精带来的亢奋感觉，晃晃荡荡终抵家门。那夜马小丽只叫了一声"贺教授"，以后就不停和贺晓唱歌。贺晓想让女孩知道自己的心情，他的唱要比真正的音乐人更投入。人的状态是那种病态的抽风状态，把一些生硬的旋律抽得荡气回肠。贺红旗感觉这不是自己的儿子，自己的儿子咋成这样了呢？如果他想借着酒劲在音乐中出出青春的气，或许贺红旗还可以理解，用这样的唱来展示人生，贺红旗不理解。整个一晚上他都黑着脸，他们俩却是熟视无睹。贺晓怎么会如此不善经营自己的名声和青春的利润呢？眩晕的节奏之间，粗糙的美学欣赏。贺红旗喊道："别唱了！"

贺晓说："在这样一个沉闷的家庭，充满腐质纸张脆裂的家庭，要发生的一切，或许比寻常状态下发生的一切更有意思！"

多——米——少——多——
多——多——少——少——

他们的歌声从客厅的墙壁上反射回来，贺红旗一下就感觉了冷风吹进了骨缝里。

直到有人敲门，一切才安静下来。马小丽依偎在贺晓的怀中离去。贺红旗感觉问题严重了，他不能让贺晓离开自己，这样的青春是黯然的、烦躁的、残酷的，也是莫名其妙的！

贺红旗为了儿子的事情去求岳母，他不得不这样做，虽然这么多年来岳母一直在记恨他。岳母认为她唯一的女儿把命送在了他的手里，当初她就不希望女儿嫁给他这样一个呆头呆脑的人。岳母认为他这样的人将来是没有什么出息的，如他局促不安的长相一样。当被一个女人从骨子里面看不起的时候，他这辈子肯定不会在这个女人面前咸鱼翻身了。贺红旗有一张普通的脸，不高的身材，不活泼的性格，不够赢人的才气，和所有事物所有的人混在一起，永远不会是中心的一个小数。

岳母是教数学的，总喜欢拿人做一个数字来衡量他的宽度。贺红旗在岳母的心目中是可以四舍五入的那种。

三

这个城市的时针，一直被太阳带着行走，天快得很，一个人的一生就老了。贺红旗不着边际的这样想。

街道比以前宽了，却显得比以前更拥挤。青蛙一样交错行驶的车辆，贺红旗躲着，同时躲着嘈杂难辨的市声，一切似乎标榜着这座小城的繁荣。

岳母家住在大学的旧家属区。原本这所学校是一所专科，后来专升了本。岳母和岳父是原来专科时候的教职工，没等专提升本就退下来了。岳父原来是后勤处的，相比岳母的教师职业，岳父显然属于远离文化圈子的那类。在日常生活中，岳母固执而谨慎地认为，她的决策是这个家庭的正确走向。这时候的岳母已经不是当年的岳母了，她病在床上，准确地说是瘫在床上。腰椎间盘突出手术后，她就躺在了床上。但是，岳母语气中暗含着的锋芒不减。

贺红旗弯腰坐在了床边的一个木头矮凳上，看着床上的人叫了一声："妈。"

岳母已经知道他坐在了自己的身前，没有离开手里的书，也没有表示什么。

贺红旗手里掰开了一只他带来的香蕉，递给岳母，又叫了一声妈。

这时候的岳母缓缓摘下了眼睛上挂着的老花镜，接过香蕉来说："你一定又是遇到什么事情了，不然你是不会想到你妻子的母亲。"

贺红旗感觉时间有了重量，不知道该怎么打发。

岳母说："你说吧。"伸出手来，贺红旗从旁边的纸巾盒子里拽出两张纸巾送上去。

贺红旗说："是贺晓，他不想参加工作，想到大城市去做音乐。"

岳母把香蕉皮和纸巾团在一起放在了枕头旁边，等最后一口香蕉咽下肚子后，回头看着贺红旗说："我还以为是不想参加工作想考研呢。”

岳母盯着贺红旗的脸接着说：“这就是一个孩子没有母亲的后果，没有了方向。当初我说，你们不要让他去学那些旁门左道的东西，你们不听，说什么孩子有节奏感，吓，饭店里吃饭，用筷子敲碗也叫有节奏感吗？说学什么一门乐器的人聪明，结果数字概念一塌糊涂，同样的看上去是阿拉伯数字，音乐把他引上了歧途。”

贺红旗嘴里“嗯”了两声。

岳母说：“我的女儿一贯以来就是一个目光短浅的人，不然也不会找了你。找了你又生了这么一个叛逆的儿子，总是不给安抚人心的消息。”

岳母把头扭向了窗外。

贺红旗两只手指交织在一起，感觉手指硬邦邦的。在岳母面前，他和儿子的成长一样，是从蹒跚学步，到经历了许多次受伤和蒙羞，最终才学会了做人的。与儿子的成长不一样的地方是，儿子的成长经验让儿子叛逆。他自己从某种意义上已经对生活的不协调无动于衷了，这是因为他接受了它们，无常的命运是永远存在的，他带着毫无表情的沉着承受了一切挫折，更准确地说是接受了岳母。

“他还是个孩子，您得把他挽留下来。”

说此话时，贺红旗的脸和窗外的天空一样是青灰色的没有跳动。

岳母说：“这就是你的本事！你要他来见我。”

贺晓和岳母的谈话最后的结果可想而知，岳母像曲谱高上来的音节，落到了尖出去收不回来的恐惧中。她认为所有人都想从她身边走开，她一生，活着的行为就是为了矫正这个家庭。

岳母用眼睛看着贺晓，贺红旗都有点发毛了，贺晓却是若无其事。岳母说："你看着我的眼睛。"

贺晓说："姥姥，我以为你的嗓子会小得自己都听不清楚了，没想到这么亮，你的音质像一块脱离地面的石头，毫不犹疑地砸向了对方。"

岳母盯着贺红旗说："这就是你的儿子，流着和你一样无知的血。"

最可恶的是贺晓在谈话中间接到了女朋友的电话，贺晓压低到八度的声音对着电话说："乖乖，我一直在想你。"他的这一蠢行与当时的谈话是多么的不协调，他想着外婆老了，人老了器官也退化了，耳朵背了。想不到的是，外婆的嗓门像一个逃跑的音节向上攀升。贺晓诧异地看着外婆，等她提起来的嗓门降下来，他感觉到了弥漫在屋子里的光线越来越阴暗了，发生的事情令他很沮丧。声音指挥着他的平衡和方向感，在数微秒中，贺晓的大脑对比着外婆传到在场的每个耳朵所用的时间，他利用两个坐标，辨别出了声音的源头所在的方向和最后的落脚地，他多么希望外婆的耳朵官能出现障碍，由此引起她此时的头昏眼花，引起身体的不稳而松懈下来。

相比电话里的声音，那个女孩的一句"我爱你贺晓，跟着我的爱往南走，我等待你最后的结果。"真是有柔弱无骨的效果。

音乐课的老师说："声音对于我们身体的动力学具有重要的作用。"两种声音的对比包含着一种意义，一种要用身体来阐释的意义。上升和坠落之间，生气勃勃与绝望之间，天使和巫婆之间，逃离或是妥协之间。

贺晓大声冲着屋子里的人喊了一句："我爱你们，但是，你们不能够给我刺激和兴奋。"

逃离。

在摔上门的刹那间里，贺晓冲着电话说："我爱你！"

为一个女人放弃就业，又算了什么呢？为一个女人放弃生命都有的是。

贺红旗突然的自怜起来，他很鄙视自怜的人，但是，面对儿子他突然觉得自怜自有可取之处。回到家，看到儿子准备好的行囊，他合上窗帘，透过慢慢合紧的缝隙他看到外面的院子，穿梭的人群，房间暗了下来，光线被窗帘挡住了，这让他想起了生病，因为只有病人才会在有光的白天捂上窗帘。此时，如果有妻子在，一种有别于正常的生活，拥有的爱人最简单的解释就是心暖，在儿子的事情上她会分担，因为儿子是她未来的雕塑。是什么让他生活在这样一个不可解决的矛盾中呢？被同时朝两个方向拉去，向外是儿子，向内是自己，当他想朝一个方向移动的时候，总会有什么东西要把他朝别处拉，不是走向儿子，就是走向自己，没有旁支。在昏暗的房间里，贺红旗躺在床上，是平息内心最好的休息。

寂静无声的家，空空的卧室，人生一段时光，十年就这么结束了。

儿子贺晓在很晚的时候才回来。他迈着踢踏的步子，开门的声音也很响，接下来是拉亮客厅的灯光，黑暗与光明的分界。

贺晓再一次拉亮贺红旗卧室的灯光。

贺晓说："爸爸，你怎么啦？"

贺红旗侧起身，看着儿子说："不怎么，只是恐惧时间，它很无情地让你长大了。"

贺晓转身回到了客厅，把木吉他放进盒子里，不经意地说："爸爸，这不是你的错。我十二点的火车，今夜就走。"

贺红旗猛地拉开窗帘，他突然想开了，不要去改变眼前，眼前只会改变即将来临的一切。

就这样儿子跟着那个叫马小丽的女人走了。

那一夜贺红旗没有去送他，是赌气也是想给儿子一个创世界的寂寞的开始。

一年前的父亲节，儿子打回电话说，“爸，我不回去了，相信你儿子，有一天回家时肯定是个人物。”他笑着在电话这头听那头传过来木吉他的琴弦声，有人在唱，带着热血喷涌的感情，接下来是不可抗拒的掌声，淹没了儿子电话里的声音。儿子说：“爸，你该吃啥就吃点啥，该喝啥就喝点啥，过节了，放开自己吧。”他坚信自己的感觉，儿子在外一定混得不好。儿子不想让自己知道他的心情。儿子的一只脚在大街上徘徊，一只脚渴望踩上音乐的贼船，儿子是音乐的业余打手，普天下这样的发烧打手太多。

儿子只能在酒吧或街头散打。

接下来儿子说：“爸爸，告诉我你的卡号，我想父亲节给你寄点钱过去。”

他说：“不需要，有你的问候就是最好的安慰。况且老爸也不知道什么叫卡号，唯一的就是爸爸的工资卡。”

贺晓说：“物质和精神是人生并行的两条线。就冲着你没有存款，爸爸，我以后得孝敬您。”

贺红旗是在公安人员找上门来的时候，才知道发生的一切。公安说，你儿子从一个城市的取款机上取走了20万，他取走的钱是不属于他的钱，因为，你儿子的账上只有两千，机器出现了故障，你儿子很轻松地取走了不属于他的钱，在那个城市失踪了。你知道他的下落吗？

他一开始还笑了一下，天下有这样的好事？

他说：“那不是上帝平白无故送他的礼物吗？”

接下来他笑不出来了。

贺晓的手机号变成了空号。

不安与恐惧，包围了贺红旗。恐惧，不论是否是自身招致而来的，都是另一桩与不安很不相同的事情。贺红旗企图建立起一种虚幻的安全，他不相信事实。那是贺晓很小的时候，有一个雨天，天空起了雷声，有衣服在院子里的晾衣绳上飘荡，在大雨来临之前，所有的人奔跑着回家。一个女人把手提的包包做了头顶的一方雨伞，她扭动着身体奔跑，头顶的包包有珍珠的亮片闪着光，她跑进楼道的一刹那里，返身又跑了出来，她迅疾地拽下晾衣绳上的衣服，又一次返身跑进了楼道。没有人知道她的钱包掉在了地上。雨下了起来，不停地落在地上，最后走进楼道的放学归来的贺晓捡到了它。有人从楼上望着地上的贺晓，他穿着运动短裤，雨水淋得他干干净净的。他妈妈看到雨水中的他，跑下楼，抬起手来打他的屁股。贺晓说："我捡到了一个钱包。"妈妈把他搂在了怀里说："现在，我们回家写一个纸条贴在大门上，等看到的人来认领。"

贺晓不动，固执而坚决地站着，等那个丢失钱包的人来。

当记忆再一次如雨水一样涌到贺红旗眼前，对发生在贺晓身上的一切他是不相信的。那个雨天中的男孩，他是那么小，那一段记忆像吸尘器一样滤掉了贺红旗脑海中的现实，他不相信，他要拿儿子的再一次出现做一个了结。

几乎没有重量的世界里，天堂和地狱没有什么区别，贺红旗面对当下发生的，他不得不接受一个现实：儿子进去了，到了做梦都没有想要去的地方。

四

决定来这个城市寻找儿子，也就决定了在这个城市长久停留。一审马上就要开庭了，贺红旗想依着纸币上的那句话找到一个人，那个两年前和贺晓一起离开他居住的城市的女孩。律师告诉他一个模糊的地址，他了解到那个叫马小丽的，有了一个艺名叫“马马”，半年前刚结婚，是在这座城市的一家教堂举行的。

那是一个傍晚，暗红的晚霞让人生发惆怅。贺红旗觉得自己和蝼蚁一样，在社会这根发丝上爬行，有几次那根发丝眼看要断了，他不能够爬行的时候，生活吊着他，一定要他苦撑着活下来，他真不知道生活的意义所在？但是，那根发丝上挂着许多不大不小的诱惑，细想想，有些诱惑并不是喜悦，而是灾难，灾难更容易让人有信心活下去。

贺红旗穿过寂静的教堂，阳光透过天窗射进来，墙上有了看似静止的光斑。高大的穹顶之下，墙上的花窗、彩绘的玻璃有着与宗教般配的主题。地上的细瓷砖上还散落着一些零星的彩色纸屑，这是不久前一次婚礼在这里举行所留下的痕迹。婚礼过后的寂寞是教堂唯一的色彩。可以想象，披着婚纱在教堂里举行西式婚礼，是很多人心向往之的事情，不过按教会规定，在教堂举行婚礼的男女两方之中，必须有一方是教徒。没有听贺晓说过马小丽有什么信仰，那么，一定是她的夫家了。贺红旗在寂静的教堂里踱着步，悠缓的，如果没有人知道他此时的心情，那么，他的现在，会让所有的人认为他对上帝充满了无限的喜悦和爱。

贺红旗找到了这里的神甫，他说他来打听一件事情，关于一个叫马小丽的女孩半年前成为人妇的事情，她的婚礼在这里开始，想知道她在什么地方居住。神甫三十多岁，戴着一副黑框眼镜，眼睛的度数不下五百度，从镜片的厚度上贺红旗想到，神甫是一个读书读出了寂寞的人。神甫谦恭有加地告诉贺红旗，那个叫马小丽的女孩给他的印象很深。神甫说，看到她就有一种不一样的清凉，嗅到一种无以名状的气息，好像是那个女孩的气质。

那个唱“多——米——少——多”的女孩，她的存在几乎是一个可以让贺红旗掉泪的失望。贺红旗不想知道她的气质，只打听出了她居住在这座城市的一个地方，那个地方和他租住的小区不远，或者说仅仅是隔着一横墙。

贺红旗决定在那座小区的门口守候。

他不得不守候。之前，他打听过小区的保安，保安用极度怀疑的眼光盯着他问：“你想做什么，找这个人？”贺红旗说，因为她是我的学生，我想见到她，只知道她在这个小区住着，不知道确切的位置。

保安说，对你打听的这个人，我们不知道。你既然是她的老师，就应该有她的确切的地址，你必须离开小区的门口，否则我们报警。

贺红旗觉得很伤感，他是一个站在讲台上受人尊敬的人，为啥流落到了这般境地？为啥处处的要与一个“警”字挂钩！

下起了小雨，细细的雨丝从苍茫的天上织下来，织出更伤感的气氛。贺红旗走到远离小区的一棵树下。不被保安看到的树下，树上的雨织得厚了，脱落下来，落在地上有声音，像是下冰雹的声音。雨像虫子一样在贺红旗脸上拱，他的镜片模糊了，有车辆疾驶而过的影子，他不知道车里是否有他要找的女孩。他只要离近车辆，就会有保安走过来，他的结果会更悲凉。雨下得大了，贺红旗跑到离这里有一站地的一个公交站牌下，雨濡湿了他的头发，像是刚从澡堂里走出来的人，没有人在意他，但是，他知道，他在流泪。雨下得哗哗地盖过了他的吸鼻涕声音，他尽量不让自己弄出声音来，也许他根本就没有弄出声音来，雨声灌满了等车人的耳朵，他装得十分镇静地用手抹了一把脸，鼻涕和眼泪一起被他甩了出去。公交车停了下来，有到站下来的，也有上去往下一站或更远的。车开走了，贺红旗用袖子擦擦脸上的水，特别是眼睛中的水，怔怔地看着雨下，也就是几十秒钟的时间，有人说："大叔，你来坐下。"一个女孩站起来，要他坐到站牌下的塑料椅子上。他在回头想说谢字时，发现那个女孩已经上了又一辆开过来的公交车。他低头弯腰坐在了空出来的椅子上，抬头时他发现了一个啃甘蔗的女子，纹有极不自然的棕色长眉，嘴唇很薄，用牙齿挤尽的甘蔗渣子吐在了一个粉红的塑料袋子里。她的样子不像南方人，倒很像北方女子。贺红旗说，你来坐吧。她不客气地坐了下来，贺红旗有些沮丧。突然看到滑过眉头的视线里有一家银行，外面的墙上嵌着一只取款机。他很是不自觉地站了起来，走进雨中，走过马路，走到银行的门口。取款机旁有人在排队等待，贺红旗就那么站着看。

一两个人很匆忙的取了钱装进袋子走了。

有人盯了他一眼，又有人盯了他一眼。贺红旗不管那些，只是看，一切看过去稳妥而富有次序，嵌在墙上的取款机冷静着，也很牢靠着，让人相信它是守信用而可靠的。尽管有人觉得贺红旗是一个可疑的人，他确实也充满了非常复杂的心理。他在想：那里面有多少钱？好像不是主要的。当那里面的钱属于他的时候，钱是有情感的。贺红旗相信：它跟了谁就属于谁的，这是钱的性质；当那里的钱不走，就那么蜗居着，钱对外面渴望见到它的人是没有感情的，钱不带任何感情色彩，那么，吐钱的机器它会带了感情色彩吗？它是货币的存储器，你看它站在那里，它比钱本身的存在还骄横。

这不，保安过来了。

保安指着贺红旗说："你在这里做什么？没什么做的走开。"

钱的骄横是"人"给予它的。

顶着雨滴在大街上走着，他在寻找吐钱的机器，众目睽睽下，贺红旗加入了自己的表演，就如同站在那里的不再是自己，而是一个故事里发生过的角色，自信于自己的等候，等候总会有奇迹发生！真是一种无法满足的奇迹啊！贺红旗穿过马路，走到另一公交车的站牌下。很茫然的走。一个原本健康的人，却恨无恨处。没有多少人的站牌下，他坐在了椅子上想律师的话。

律师说，个人盗窃公私财物价值三万元至十万元以上的，为“数额特别巨大”，而我国刑法对此相应的规定是，处十年以上有期徒刑或者无期徒刑，并处罚金或没收财产。而在本案中，贺晓不仅将巨款挥霍一空，还私自潜逃直至被抓获，并无任何可获从轻或减轻的量刑情节。假如，法院适用了规定的最高刑也并无不妥之处，一切在法定范围内。你是贺晓的父亲，你就这么一个孩子，他半年之内花掉了20万，他始终不说。我想知道他把钱花到了什么地方？你该了解你的孩子，也许知道他把钱花到了什么地方并不重要，只是我想知道，或许有帮助，因为，毕竟还有一个处没罚金或没收财产的最后结果。

回到现实中的贺红旗想，贺晓持银行卡在银行柜员机里取钱，这种方式是合法的，是符合银行与客户间的合同协议，是一种公开的行为，该不是秘密的行为。比如自己走了好几家银行，排队取钱没有不正常的行为，如果你不取钱站到它旁边才是有盗窃行为的人，你是取钱来着，只不过是对方发生了意外，想发生意外就会意外吗？显然是不会的。贺晓把钱花到了什么地方呢？父亲节他也才寄过来五百块，与二十万比较，五百是个小数，就像岳母眼中的贺红旗一样，是不算数的。

一个女人打着一把雨伞走过来，碎花的雨伞，江南的味道。

贺红旗不知道该不该给这个女人让座，让座的原因是她怀着孩子，足有五个月大的肚子，走路的姿态像水边的鸭子一样，晃过来，不是走。

贺红旗站起来说：“坐这里，很干净。”

女人收起雨伞说了声：“谢谢你！”

贺红旗的心脏在距离自己的嗓子不到两寸的地方跳动了一下，它在泵出，受到什么刺激。他轻声喊了一句话，“马小丽。”

女人抬起头看着他说，“你好面熟。”

贺红旗说，“我是贺晓的爸爸。”

马小丽站了起来，她眨巴着眼睛，突然闯入视野的这个男人，让她吃惊，她凝神定睛看着看着，突然有眼泪掉了下来。

贺红旗有些慌了，想要她坐下来，马小丽不坐，就那么站着，零星的几个等车的人冲着这边看。贺红旗想，到底怎么了？难道自己有什么失当之处伤害了对方，比如不该说是贺晓的父亲？或者自己被雨淋湿的样子吓坏了她？当想到这些时，他突然整个身体软了下来，包括他的心脏的回落。这让他陷入了从未有过的尴尬处境，他搓着两只大手，想调整一下视角，从自己对面的这个女人的置身之处，看街面上的雨，在他目力所及的范围内，雨把城市洗刷得很干净。

贺红旗失笑了一下，世界真小。

贺红旗说：“你这是要去哪里？”

马小丽抹了一眼睛说：“去超市买水果。”

贺红旗说：“你什么时候有时间，我想和你坐坐？”

马小丽说：“您把电话告诉我，我有时间好约你。我不带电话，我怕它的电波辐射我的孩子。您是想说贺晓的事，对吧？”

贺红旗不看对方，看着开过来的公交车说：“不管你们是因为什么分开的，他的离家出走，是因为你，当然，还有音乐。现在，他什么也没有了，我只想知道他和你在一起的时候，他都做了什么。”

马小丽接过贺红旗递过来的名片，匆忙装进手袋里，看着开过来的公交车说：“等我给你电话。”

如果她不是一个孕妇，而是一个单身的女孩，贺红旗会拽住她不让她走开。他看到马小丽消失在关上的车门内。一片迷离的雨中，他后悔没有要下对方的住宅电话，假如，她在逃离，无常的命运是永远存在的，他还要替儿子寻找吗？

这是一起没有受害人的犯罪。贺红旗站着，或者说是走着，他想淋淋雨，雨就像一张安全网，让他清醒一些。他突然觉得一个男人活在这个世界上的目标正在老去，他多么希望他的目标不要老去啊，不管在生活中遭遇了什么，特别是现在，没有目标的生活让他越来越不适应生活。他的大学教授的体面，他的为人师表，他的与世无争，想想看这一生除了职称的争斗，他一直是冷眼看社会的，谁想到生活是多么易变呢，那些像夜一样偶然发生的事情就可以改变生活中的一切。贺红旗不想失去他唯一的儿子，他觉得儿子是他的又一次职称竞争，只是，他找不到拯救儿子的入口。

马小丽会是儿子的入口吗？

五

发现这个城市的温暖是在阳光出来的那一瞬间。是午后。贺红旗接到了马小丽的电话，约他在一家咖啡屋。这之前他一直在摆弄那只千纸鹤，没有头绪，他是一个很有逻辑的的人，怎么会如此反复盯在那两个“报仇”的字上呢？他甚至莫名其妙的嫉恨什么。

在寻找咖啡屋的过程中，贺红旗觉得阳光射得他有点头晕目眩。这个城市和那些楼房，熊熊燃烧的已不是太阳，而是拥挤的人和整个建筑。他在这个城市几天来所感觉的温暖是将要见到的那个女人。贺红旗在咖啡屋的门口看到了昨天的马小丽。与昨天不一样的地方是马小丽戴了一副阔边的有色眼镜，遮掩了她的大半个脸，如果仅仅看她面部剩余的部分，那曲线连接成的图案，很像是一个明星。明星把这样的眼镜叫做黑超。如果不戴这样的“黑超”，明星还会是明星吗？明星其实都有一张普通人的脸，戴一副大框眼镜本身就是一个问题。贺红旗感觉这个女人有点怪。为了掩藏自己心态，他紧走几步赶上去说：“不好意思，来晚了，我对这个城市实在是不熟悉。”她微笑了一下。他跟着她走进咖啡屋，找了一个靠窗户的能看到外面景致的地方，坐下来。

贺红旗长这么大，从来没有进过这种地方，这地方喝的东西比吃的东西贵，贵得叫人感觉不到钱的乐趣。马小丽要他看放在桌子上的一本印刷很精美的单子。贺红旗只看了简单的一眼，以前从学生的谈话中知道那是有闲有钱人的贵族享受方式。他真实的面对它们时，他想象不到它们会有这么贵。贺红旗想，他和对面的这个女人，是不同语境下的两种言语与精神在进行跨越时空的交流。他紧张甚至有些把握不住自己地说：“你来点什么吧，我什么都不懂。”

马小丽抬起头看着贺红旗，眼睛里射出深度的疑惑，“那么，我给您要一听汉斯吧，我点一点甜点。”

贺红旗点点头。

她要小姐过来。

马小丽说：“一份水果沙拉，一壶柠檬茶，一个冰激凌，两份干果，晚一点上两份匹萨。”

贺红旗说：“你能把你们分手的时间告诉我吗？”

马小丽说：“我该叫您叔叔呢，还是贺教授？”

贺红旗说：“贺教授吧。”

教授是一种有分量的并且很尊贵的身份象征，不是普通人能得到的尊称，有距离，但同时也有威严在里面。贺红旗不想打破这种谈话格局，因为对方已经是他人的新娘了，她把那个原来她曾经爱过的人送进了死胡同。在这里，任何暧昧的称谓都会把谈话陷入错乱和混沌中。当然，这里，贺红旗更希望平等、诚实。

马小丽说，“我们分手快一年了。”

这就是说，贺晓拿到巨款之时，他们还在相爱。

钱在眼前的这个女孩身上格式化了。

贺红旗想尽快进入主题，甚至没有来得及调整自己，很急促地说：“你们离开学校，有两年了。我没有见过贺晓，两年后我来这个城市看他，他不是普通人了，他在一个人人厌恶的地方，我去探视他，他只会叫两个字，爸爸。他犯了小孩子的幼稚病，但是，他是成年人，成年人犯了幼稚病他就得判刑。”

看着窗外，不远处有一个工地，龙门架很高，透过楼与楼之间空白的夹缝，能看到一个有形的楼在那里崛起。贺红旗扭回头来看着一动不动的马小丽。看到对方没有回答，或者不知道该回答什么？贺红旗进一步说：“他是你爱过的男人吗？”

黑超下面有水珠子滑下来。贺红旗从餐桌上拿起一张设计得很雅致的纸巾送过去，接着回过头又看窗外，想平稳一下对方的心情。从这里看过去那栋楼刚完成了框架结构，正在装修外墙立面，穿越夹缝看那栋楼，感觉它的造型十分奇特，既不是方状，也非菱形，而如一个朝下张开的蚌，飞檐倒挂。贺红旗想不出这样的建筑风格标榜的是什么，难道是后现代主义的时尚？

听得马小丽说：“我爱他，但我没有一点办法。”

贺红旗说：“是吗？你爱他，我很感动，尤其是你们这一代人身上，爱也许是一个时间段，但我还是感谢你。”

马小丽抬了一下头。

贺红旗发现了她抬头时和整个身体的不协调，是很微妙的那种，有惶恐在里面。

贺红旗突然笑了一下说："我是不是把你的心情弄紧张了？我只是想知道你和他在一起的时候发生的一些事情，因为，我有可能很多年没有这个儿子了。"

马小丽小声叫了一句："贺教授。"

贺红旗调整了一下心情说："我想讲一个我小时候的故事。我突然想起的。我想起了我小时候和几个与我一样大的男孩子看到工厂外的一个不高处的木架子上的变压器，它对我们的诱惑。当时，那个变压器正准备安装，它刚拆了包。铜或者铝，在我们那个年代很有诱惑，对我们小时候的年龄段而言，那变压器上包含了我们需要的内容。有几根电缆线拖在地上，很吸引我们。不是因为电缆线的长度，是因为电缆线的中间也是铜芯。谁也没有想到，我们几个孩子把那个变压器和电缆线在不到半天的时间里全吃掉了。我们几个孩子爬在没有人看管的变压器上拆卸那些零部件，那样的情景就像窗外那里正建筑的楼一样，那里有很多建筑工人，我们就是变压器上的建筑工人。那是在建什么呀？"

对面的这个女人有些紧张，僵直的身体始终僵直在那里。贺红旗又一次把话题引向了窗外。

马小丽把脸冲着窗外看了看说："贺教授，那里是在建一个剧院。"

贺红旗接着说："我说吗，看上去有点奇怪。我接着讲我小时候的事吧。你可以吃点什么，这样的地方很适合你这样的女孩子来。我接着讲我的小时候吧。我们用了不到半天时间，就把变压器拆掉了。用斧子砍断电缆线，为的是抽出里面的铜。在我们这些孩子的眼里，它的价值是废铜的价值，而不是它的完整。我们一根一根绕成团，我们每个人都扛着一捆，走到离工厂不远处一个地下防空洞里。那个防空洞是用来备战的，因为没有战争，它闲置在那里。我们把电缆线的外层揭掉，那铜在没有阳光的防空洞里泛出金一样的光芒。我们那时候还不知道黄金的价值，只知道用斧子把那些电缆的皮剁碎，唱着东方红，等待天暗下来。铜被缠绕成了一团，我们几个均分开，天黑的时候卖到了收购站。当铜换成钱的时候，我们很兴奋，我们商量用这些到手的钱做什么呢？要做的好像太多了，但又具体不到一件事情上。我想起每个人的脸上都爬满了希望，希望不像是现在的演员做出来的那样的手托下巴的遐想，希望是藏在心里的，跳动的心脏告诉每一个人，希望就在明天。我们握紧手里用铜换来的钱，脸不敢仰起来，仰起来脸，生怕一不小心把明天的希望丢了。”

马小丽把脸上的黑超摘了下来，架到脑门上，很熟练地倒了一杯啤酒放在贺红旗面前。

贺红旗喝了一口，他想，对面的这个女人，不知道听懂了他的话没有，他的故事还没有结束，只是一个饵，诱她开口。

“我们几个怀揣着钱回到家，还没有来得及和弟弟妹妹们炫耀，事情就败露了。我们被关在一个地方，由各自的大人领着。他们怎么也想不到几个孩子就那样很轻松地把一件很重要的东西毁了。我们的罪名是盗窃。这时候，我们才感到了浑身疼痛，当身体内什么东西也不存在的时候，我们松懈了，也开始知道了什么叫怕和失望。怕，也是由简单造成的，失望呢，好像是转眼间的事情。一个工厂的变压器和它的电缆线，是一个工厂的希望，我们毁坏了，我们很单纯，单纯也是会犯错误的。你明白吗？贺晓他没有怎么付出体力劳动，简单的，因为奇迹，他犯罪了，我只想知道他有钱了，希望做什么？那个时候你还在爱他吧。”

马小丽点了点头。

贺红旗说：“繁华世界，耗费了多少人的视线和精力得不到的东西，他很简单的就得到了，真是一件幸运的事啊，叫人想笑。”

马小丽轻声又叫了一声：“贺教授。”

贺红旗盯着她看。

马小丽低下头说："我一定做错了什么。"

贺红旗说："好像与你没有多少关系。"

马小丽说："有。"

贺红旗吐了一口气，坐直了身体，很礼貌也很儒雅地笑了笑，那笑在脸上好像也没有绽放开，只是收敛着的那种，把举到嘴边的啤酒杯放下了，眼睛中含了鼓励，盯着马小丽。

马小丽说："他拿到钱的时候，我是第一个知道的，我们没有想到法律，心在跳，人生真好。因为，不管音乐再怎么给我们精神自我满足，收入也还是有限的。他当时还说，这样做是不是不厚道。"

贺红旗"嗯"了一声。

马小丽说："那天晚上有演出，他想出去买包烟，口袋里没有钱，只有卡，他取钱的时候发现了惊喜，他打电话告诉我，要我别参加演出了，马上到他的租住屋，他说，今夜，他发财了。"

贺红旗往后靠了靠身体，尽量让自己靠紧沙发的靠背。他想用放松的身体让对方继续说下去，装成一个对谈话很无所谓的听众，让对方进入角色。

贺红旗喝了一口啤酒说："我还真不知道他会抽烟。那他买烟了没有？"

马小丽居然像个孩子似的笑了一下说："买了。那么可怕的事发生了，他怎么会不抽烟呢。"

贺红旗说，"他居然还有勇气想到了买烟。"

"不过后来，他又到咖啡屋去参加演出了。他反复几次出去，给我的感觉是他在闹肚子。可是，我一直没有明白，为什么那晚，怎么说呢，他有些让我眼花缭乱，他放松了木吉他的琴弦，然后进行有力的扫刷。放松了琴弦的木吉他像打击乐一样有力，又富有弹性。他唱着，‘在我的爱里，流淌着野蛮的血’。您知道他离开你以后的变化吗？”

贺红旗说：“想象不出来变化在哪里。”

马小丽双手捧着水杯，很轻地放下来，放到桌子上，举起手来放在自己的头顶，很是神往的说：“他留着板寸，但一边额角上方却垂挂下长长的一缕黑发来，看上去阴毒，放浪，不规范，很显他性格。”

贺红旗笑了，并且摇了一下头，嘴里含糊着说：“真想不出来，他有那么不爱惜自己的形象吗？他是在掩饰他内心对未来的恐慌。”

马小丽突然觉得面对的是一个教授，他不知道人在音乐中那种焦虑的神经是需要情感释放的，当然，还有形象的释放。是感情因素而不是思想性。另类，是音乐的一盏灯。这个，教授是不懂的。

贺红旗说：“后来呢？”

马小丽有些紧张了，说：“贺教授，我们就唱了一首歌，他说不舒服，我们就离开了那种嘈杂的环境。我在屋子里等着，他去取钱，他说这个世界疯了。”

也许是为了刚才的描述，她害怕对方不理解，她用了“嘈杂”二字。

“那晚，准确地说应该是黎明前了。他把烟放在嘴上，不马上点燃，我们看钱，不是直接的那样盯着看，是斜着眼睛看。我帮他点燃烟，烟气缭绕着，看床上铺开的钱，不是一沓一沓的那种，是散开了的。他一根接一根的抽，很快一包烟没有了。我知道，没有那些烟挡住心里的慌乱，他是拿不定自己的。一个人，可能拒绝伸过来的一只手，面对犯了烟瘾的人，决不拒绝一支烟。您想想看，我们面对的是钱啊！”

在说到钱的时候，马小丽压低声音看了看周围很认真地瞪了一下眼睛。

那一瞪，是对欲望满足后的肯定吗?

贺红旗说："你们点钱了，是吧。那种希望过手的感觉是很有感觉的是不是？"

马小丽马上觉得自己失态了，她看到贺教授用一种猜疑的眼神看着她，她突然觉得找她谈话，是不是一件阴谋？她想做明星，但并不想犯罪，花掉那些钱不是她想要做的，实际上自己也没有花，那些钱就没有了。

贺红旗说："面对钱，你们就没有想到送回去？比如贺晓，他不是一个胆子很大的人。"

马小丽不说话了，低下头开始吃水果沙拉。一盘沙拉很快就没有了。吃完沙拉的时候，她要服务生上匹萨。这中间没有话，贺红旗就看她吃，他怀疑一个人的胃会放下那么多东西。

贺红旗突然也想抽一支烟了，或者说不是因为抽烟，是想整理一下自己的思绪。明知道这里不许抽烟，贺红旗还是故意问了问了马小丽，马小丽示意了一下，表示可以到那边去抽，或者到卫生间里去抽一支烟。

这时候，因为太阳转换了角度，贺红旗发现马小丽的身体全被罩住了，看上去全是太阳的辉煌。这样的太阳光下是藏不住秘密的，过去的时间同这个女人一起在旅途上走着，就要走来了，他必须诱她说出一切。

贺红旗说："我去抽一支烟，你吃一点什么，有孕在身，这已经打扰你了。"

贺红旗走得很慢，他穿越大厅，他知道每个角落都窝着人，在释放情感，用语言，或者不用语言的注视。没有人看走过去的他，只有他知道，他走过的心情有多么重。贺晓说："这样是不是不厚道。”那么贺晓接下来一定还有矛盾，他要找的就是那个矛盾，难道他没有想过把钱送回去吗？贺红旗想知道。抽一支烟，让那个女人放松再放松一些，那么多钱花出去的时候，贺晓不可能是为了自己。

一支烟之后，贺红旗返身走回了大厅，他能看到一个人的耳朵，但是不能知道那耳朵里都装了什么声音。他以为走错了地方，实际上他没有走错，那个他曾经坐过的位置上已经坐了人，或者说马小丽不见了。

他返身跑出了大厅，看路上的行人，没有她，他突然觉得他把这个女人想得太好。

回到大厅问服务生，说已经结账，有纸条留下来，纸条上写着：贺教授，我要先走了，对不起，我突然想起来我丈夫这个钟点正等我去做弥撒。

还有没有见面的可能呢？

贺红旗很懊恼地走出了咖啡屋，这个城市给他一阵阵的逼仄紧张感，他看不到奇迹，他不知道奇迹是怎么发生的。他真想卡住自己的脖子大声尖叫，奇迹给人带来的后果有多怕，谁又体会得到！

六

贺晓从一扇紧闭的门走到另一扇紧闭的门前，他的自由只有一段狭长的甬道。身后的那扇门刚开启就又重重地合上了。越来越暗淡的光影，仿佛自己的身体失去了重量，无路可退。路程很短，抬眼就望见了尽头。贺晓不忍心抬脚，又觉得无计可施，窗外的阳光无遮无掩的在早已碧绿的树叶上舞蹈，有风刮过，树叶开始不停地摇曳，看上去阳光是无比的生动。一切，只一闪，什么也看不见了。依旧是很暗，生活的表面是如此脆弱，跨向前方的脚步是可以把一切闪过的，犹如时间。贺晓想着，时间闪过了还是时间，一切闪过了就什么也不是了。贺晓想哭。

这是贺晓第三次和贺红旗坐在一起谈话了，说什么呢？该说的都不能说，不该说的似乎也说不出口。

贺晓从爸爸的脸上读到了严肃。

贺红旗说："爸爸在这个城市住下了，等待你最后判决。"

贺晓说："知道。"

贺红旗说："爸爸丢弃了工作，就为了你。你的外婆，活着好像就是天生是来了解社会的，她躺在床上，两年没有出过门，但她知道了你的一切。"

贺晓说："她那尖利的想把一切换醒的嗓门。"

贺红旗说："你知道，我是教授，我用了十年的时间赢得了这个职称。目前工资和这个职称始终还没有挂靠，这些都不是重要的，我要还你从ATM机里拿走的钱，你该知道，我是还不起的。爸爸计划把家里的屋子卖掉。"

贺晓看了看爸爸。

贺红旗说："爸爸在这个城市找到了你的女朋友马小丽。"

贺晓彻底地把身体坐直了，眼睛一眨也不眨地盯着爸爸。

"爸爸，她花掉了那些钱，不要放过她，她该死。"

贺红旗说："如果真是她花掉了那些钱，我还真不知道她该对你负什么样的责？她已经结婚了，怀了孩子。"

贺晓突然眼泪涌了出来，为了压抑内心的情绪，他努力吸了一下鼻涕。泪水濡湿了他的眼睫毛。他看上去还是一个大男孩。

贺红旗说："你把20万用在了这个女人身上，她却抛弃了你！"

贺晓站了起来，大声地喊道："她没有抛弃我！你为什么要对我的个人隐私这么感兴趣？”

贺红旗没有动，也不觉得眼前的贺晓有什么异样，语气也没有变，他说：“在法律面前你那点事不叫隐私，叫隐瞒细节。”

警察走近贺晓把他摁在了座椅上，贺晓耸了耸肩膀，这是他唯一可以用来表示的抗拒。

贺红旗有些伤感，青春期的儿子在决定做什么的时候，那是五头牛犊也拉不回来的。看看如今，人真是不能通过记忆去追怀那些藏匿在深处的感受。假如有一天会与过去的儿子再度相逢，他会对儿子说，放纵你的性情去做人吧，人真是没有几天光景。但是，那一天，会是什么时候再现呢？

贺红旗说：“你看看我身后的这扇窗户，对你来说，这扇窗户就是这个城市的封面。现在，你走不进去了，那个女人就生活在身后的这个封面里，对你来说，她是你丞待翻阅的内容，可惜这个封面对你是海市蜃楼。多少年之后，你或许能走进去，但是，一切已物是人非。你在这个城市的某种偶然，造成了你现在只能看到这个城市的封面，一切过往都已经成为记忆，你如果愿意回忆的话，当然，这是你的隐私，你在这个封闭的地方可以尽情的无限期的回忆。”

贺晓低下了头，一刹那的光束滑过他的脸颊，看上去呈现出病态的黄，疲惫，茫然，该是没有自由的寂寞了。对儿子怀揣一份自豪的憧憬，突然在此时此刻没有了，贺红旗一下觉得自己支撑不住了，人活着，活着有多么不易？身后的这个城市的封面，就像二十年前的自己，在没有翻阅之前，想象着人生有可能发生的故事：遇到一个女人，一场风花雪月的开始，那些未知的情节，惊心动魄的怀想之后，一切慢慢变老，怀想总是美丽的，吸引着自己去阅读。爱了，有了自己的儿子，人生路好像走宽了，从一支胎毛笔开始，手印脚印，儿子好像成了自己未来的又一张封面，不只是爱情的满足，更有对未来文化上的满足。人生的未来像通往寺庙的台阶一样，一阶一阶往上攀，攀高的人开始在意世俗的评价，在意许多，比如：房子的大小，职务的高低，行头的贵贱，甚至差旅，甚至医药，为了这些而努力，就这样一直走，往欲望的高处走，以一只蜗行的甲壳虫姿态而存在，因那些存在于自己周围方寸之间的同类——互相攀比、互相聊以自慰、互相耻笑而活着。攀高处是什么呢？也不过是一座寺庙。明丽的阳光下，泛着生之黯然而诡秘的光，一个人被挤到风景尽头的时候，才发现人生忙碌一番，到最后什么也不是自己的，甚至不知道自己是在给谁修炼这人世间的一切。

贺红旗说：“我原本是有一个健康的、快乐的、阳光的儿子，他离开我走向这个城市，带着自己的梦，这个城市给了他童话。童话，是美丽的，所有美丽的东西都是有毒的。”

贺晓说：“那个女人就是有毒的。”

贺红旗说：“这就是你的不对了。爸爸虽然很嫉恨她牵着你走出了爸爸的视野，但是，我想说的是：无论世界怎么样，人自有一份心里的端正和庄严，这端正和庄严一直隐在生活的后面，支撑着生活，不会让生活潦倒和堕落。你还是一个少年，尚未健全的心智还领受不到一切。人世间所有发生的一切，都与自己有关。人不知，总在埋怨。”

贺晓说：“爸爸，如果是一个精神病人，是不是会很幸福？”

贺红旗不知道贺晓要说什么，但是，他知道精神病人的幸福就在于不知道什么是幸福。幸福是自己的，别人看到的幸福只能算作一种仪式。

贺晓说：“爸爸，你回答我？”

贺红旗说：“不会，因为，精神病人的精神障碍使他不知道什么叫幸福。”

贺晓说："爸爸，你离开这个城市吧，我拿走的那些，看上去本不属于我的东西，其实是它强行给我的。你没有必要对我负责。假如我要被判很长的徒刑，你替我还上那些钱已经没有任何意义，我只是不甘，我很在乎自由。"

说完此话后贺晓伸出脖子，像龟头一样探过来，小声说："爸爸，她怀着的那个孩子是我的，我干了她。"

这是贺红旗没有想到的。他站起来说："你犯了比你目前的罪更严重的错误，你真该死！"

贺红旗感到头嗡嗡地响，好不容易走出来，穿过漫长的喧哗与拥挤，好不容易回到住处，强烈的沮丧感袭击着他，他有一种被愚弄的感觉，但又不知道那愚弄者到底是谁？生活完全经不住推敲，贺晓这头畜生，到底做了什么？贺晓居然在这样的地方和时间段里做父亲了！成年和未成年，贺红旗一直认为它的分界线不是一个女人，应该是一个等待出生的孩子。这在心理上和感情上给贺红旗造成了巨大的不适，这种不适是世界上任何东西都难以填充和弥补的，尽管贺红旗知道迟早会有这么一天来临。

这样的情形下发生的一切，结果会是什么呢？难道是酷暑让自己热昏了头？贺红旗不敢往下想了。他的脚步加快了，不知道要到什么地方去，他甚至想哭。人来这世上真不容易，如果不按唯物的，按唯心的来说，大概要好几百年吧，这么不容易地来到世上，做了父子，原本想在有限的生命里尽可能地多做一些自己想做的事情，偏偏命运就不让你这样很省心的按自己的方式生活。贺红旗停下了快速行走的脚步，望着街边浓密的树阴，他仰起疲惫得有些苍老的面容，把蓄在眼里的泪水用劲挤出来，抹了一下，如果不是这意外的劫难，他这辈子来不来这个城市，都是两说。

贺红旗决定见一下律师，把开庭前的费用给了人家。

贺晓的罪有多重？现在已经不重要了，他只想让儿子在一个没有自由的地方里思想上有一个自由的出口，是健康的，而不是扭曲的。

律师说："ATM机是否等同银行等金融机构，这个认定很关键。如果是，量刑大不一样。ATM大多设置在银行之外，并不在银行里边，银行下班了，公民仍然可以照常取款。故而，对ATM的身份性质，应该有一套非常复杂的推理或说明。"

贺红旗说："这些都是您的事情了，在法律上我知道的不多，我只想说，去年的英国《每日邮报》报道，英国苏格兰皇家银行一部ATM发生了故障——取10英镑吐出的却是20英镑。于是数百人排队'占银行便宜'，直到ATM机里面的钱取光。24岁的理查德·索尼称，他排了一个半小时的队，终于接近取款机，但钱已经被取光。他说：'我感到非常失望，因为一些人仅仅排了40分钟，便将他们所有银行卡内的存款全部取出，并且获得了双倍资金。而我则完全失去了这个大好机会。'我能想象现场的气氛应该是非常热闹的，一定是所有拿了钱的人都沉浸在狂欢的宴会中，我的儿子贺晓他在获取这额外的赐予后，他的心被扭曲了，他不是快乐，是心惊肉跳。我感到了迷茫。《每日邮报》对此事的整个报道，给人一种喜剧的感觉，在法制较健全的英国，国民把之当成一种幸运降临，同是ATM出错，英国银行和中国银行与储户都是服务业与客户的关系，都存在利用ATM失误恶意支取现金超过本金，但是，取了钱的朱伯特太太说：'我们全家都是普普通通勤奋工作的人，这只是额外赠予，谁不动心呢？'而他们的辩护律师尼尔·威廉姆斯认为，站在这样的机器面前，就像小学生站在糖果店面前，'任何人都难以抗拒想多拿一点儿’。”

律师说：“贺教授，这是一起没有受害人的犯罪，在英国，因为银行可以从保险公司那里得到赔偿。这里，贺晓的心情是中国式的，并不是单纯意义上的据为己有，因为，他是在这片土地上出生并长大的，他得服这个规矩，服这个规矩，才能够看一切都见平常。就说对待生活的态度吧，获取是一种简单的东西，而态度，是跟灵魂紧密相关的复杂的东西。那些钱，我们不说它的途径到了哪里，简单说，在事情发生后，他的躲避就是道德上的犯罪。我们每个人都应该珍惜诚实，相信我，最后的量刑轻重我会争取的。”

法律在行走的土地上像多出的山丘，人像细小的石头一样，你可以迁徙，可以移动，但你必须绕着山丘走。贺红旗掏出费用放到桌子上，他说：“道德是一杆秤，人生下来，就有了斤两。而在二元社会结构下，面对这样的情形，就需要秤砣来制约了。法律是秤砣。贺晓给你添麻烦让你费心了。”

律师说：“贺教授，这是我的职业。”

贺红旗从律师处走出来，行人如织，没有人感觉他的存在，他的存在是大多数的存在。他开始莫名的怀念那个叫马小丽的女孩，在他的眼里，她始终是一个女孩。假如她真的怀了贺晓的孩子，以后的生活将会给她带来什么？生活不相信眼泪，如果真的是贺晓的孩子，那是一辈子用拼命的付出也永难平复内心的伤痛啊！贺红旗想，他在这个城市剩下的日子不是为了贺晓，怕是为了这个由女孩过渡为女人的马小丽了。

七

再见到马小丽已经是两天后，贺红旗没有想到马小丽要来他的租住屋。

贺红旗在小区的大门口等着，太阳艳艳的，照在高楼的玻璃墙上，反射出不同颜色但同样炫目的光芒，令他感到一种焦躁的压抑。贺红旗来回走着，按照自己判断的大致方向，他看着左面的街道，从来没有这样惶惑过。当马小丽闪过来的时候，他发现对面过来的这个女孩让他莫名的产生一种温柔的爱怜。她穿着淡黄的宝宝装，踏着八字步，像一只母鹅，她的脸上没有带黑超，走过来有几分妖娆和风致。看到贺红旗时，她紧跑了几步，跑近了说：“贺教授，要您久等了。”

为了儿子，贺红旗是准备打持久战的，别看屋子很小，一切很齐全。贺红旗要马小丽坐到沙发上，他回转身从阳台上的暖瓶里倒水。贺红旗的背影有几分落魄，头顶上的稀疏似乎已经笼罩不住岁月了。马小丽想着，这是贺教授吗？他的精神已经从头顶上开始衰微了。

肚子里的小生命动了一下，她要站起来的打算放下了，很安静的等待一杯水端过来。

贺红旗把水放在茶几上，拉过来一个矮凳坐下来。

马小丽说：“贺教授。”

贺红旗说：“有一件事我要告诉你，我准备离开这个城市了。”

马小丽挑起一双丹凤眼说：“是等贺晓判决之后吗？”

贺红旗说：“也许，或者可能会不等了。”

马小丽说：“他会判无期吗？”

贺红旗点了点头，又摇了摇头。

“这都不重要。”

马小丽端起水杯，热气扑在她的脸上，对面看过来，显得她的嘴窄而额阔，一束马尾吊着，她没有喝水，只是用热气呵着脸，抬起头来时，有两行泪缓缓地流下来。

马小丽说："贺教授，我知道您想知道那些钱的去处，那些钱就像风刮过一样，真的，转瞬就没了。"

贺红旗说："我想象不出。我和贺晓他母亲用了将近一辈子的时间赚得的钱，一套房子，一个病人，一个学生，工资卡上才没了。但总的说来还是办了三件事，我大致算了一下，我的三件事也就是你们用半年时间消费掉的那个数，你们不可能没有做一件事，起码一件事该有一个开头。原谅我这么直接。我甚至不知道什么叫存折，我不是想要你来补偿，只是我想知道它都用来做了什么？"

马小丽说："什么都没有做，真的，等想做什么的时候，发现什么也做不成了。"

贺红旗说："我是从来没有求过人的，我的内心一直保持着一个教师的尊严。现在，我求你，把发生的一切告诉我。"

马小丽挑了一下眉头，把手里的热水杯放到茶几上，有几秒钟的时间，她看上去一副很茫然的样子。

"那些钱很好，真的，然后，它给我们一种底气。我们原计划是用来过一段时间的好日子呢，贺晓想到要去旅游，然后住五星级宾馆，吃这个世界上我们还没有吃过的东西，坐头等舱，像富人一样。后来感觉那样的日子是一种浪费，毕竟我们都还年轻。想着还不如做音乐，实现其中一个人的梦想。然后，贺晓就想捧红我，因为，我与那个ATM机没有任何关系，这样，我们就想做歌，想录小样，然后用我们自己的方式去创作、录音。真正有一天我成了媒体人熟悉的歌手，钱对我们来说不是问题的。您听起来像是一个自我安慰和自我鼓励的理由，对吧？贺教授，当时，那钱的确给了我们浪漫的幻想。人在什么环境中想什么样的事？它和平常不一样。只是还没有开始一切，只是想着走红后的我，贺晓就开始怕我抛弃他，他突然变得很敏感，很多疑。尤其是说到钱上。然后，那些钱始终在布里包着，其实我们一直在这个城市，一直在幻想，钱让我们不敢坦然面对白天，黑夜也让我们忐忑不安，那些日子，其实，我们一直不快乐。”

贺红旗说：“你喝一口水吧，你等一下，我给你买了水果，为了孩子，尽量不要吃反季节的水果，我买了这个季节的葡萄，不知道你喜欢不。我这就去拿。”

走向厨房的贺红旗想到，我怎么会突然关心开那个孩子了呢？年轻的快乐总是简单的，面对欲望之后的一切，真就是谁也不能掐着时间绕开它吗？

马小丽取下一串葡萄来，好像连皮都没有剥，送进去一粒，又一粒，一连串的送进去几粒之后，被舌头拧干了水分的葡萄皮吐了出来。有趣的情形，如果不是发生了这样一件叫人难过的事情，这个女孩被领进家门，等于是牵进来一束月光。

马小丽掏出纸巾来擦了擦手继续说：“钱让我们对一切要求变得更具体，比如一袋方便面，要怎么来吃。我的意思您可能没有听明白，我们因为钱的原因，不出门，就在屋子里，盯着那包钱幻想，然后，从很简单的事物开始。比如方便面要怎么来吃，我说，煮好了，然后放一点青菜、西红柿，然后加一点点蒜苗，会很香。他说，不要，要把它煮一下捞出来，然后用火腿炒了吃，我们虽然不能马上花掉这钱，但是，可以想象，假如现在是在西餐厅，这样，是不是会像意大利面呢？我说，麻烦不麻烦你呀，有一天你会跟着一个叫马马的歌唱家天天吃西餐。他就把手里的方便面照着我的脸扔了过来。他喊到：这是上帝给我的礼物，真正有那一天的时候，你会是谁的女人！”

贺红旗一下感觉到了问题和他想象中的一样了。在一个突发的事件中，会发现自己与周遭世界固有逻辑之间有了距离。钱让他们之间把彼此的性情走向了无节制的裸露，无节制的幻想，没有立足之地的平庸安慰！很薄的纸片，很高的价值，很小的开始，还会有很大的动静吗?

马小丽说：“贺教授，我不知道该不该接着往下说？”

贺红旗说：“孩子，我该用什么样的名义来给你肯定呢？”

马小丽抿了一下嘴，顺手取起一颗葡萄来放进了嘴里，那张小嘴一下子像红豆粒一样的缩在了一起。

凝想片刻之后她说：“我们的生活被它打乱了，没有声息，贺晓变得更加任性和自我，他原本不是这样的人呀，我认识他的时候，贺教授，他虽然没有系统地学过乐理，但是，他的幻想、苦闷和追求，都在他怀中那只富有弹性的木吉他中。他用进行曲一般的旋律改善了民谣的脆弱气质，他的胆量是朴素的，不像后来的这样多疑，不稳定，甚至到了对我动手的地步。他的身体病了。我们在一起的时候，他给我买过一枚水钻戒指，我习惯把它带在中指上。那些日子他一定要我带到正确的婚姻位置上。我说，我愿意和你一起生活，因为和你朝夕相处是一件幸福的事，但这种幸福不属于法律，更不属于一枚戒指的正确位置。他说，没有它的正确位置就没有幸福的保障，一切会慢无章法，混乱不堪。他很清醒，只是你想象不到，那枚爱情的水钻我要小心带着。结果有一天它莫名其妙的丢了，他罚我跪在那堆钱面前，我饱尝了人性脆弱最无力的煎熬。我们在一起过夜，他倾注了过多的精力，他说他要把我的身体撕裂成巨大的伤疤。我们就看着钱，看着高出来的纸币，感觉不到它可以给我们换来一切，真正面对它时，才知道快乐和它的存在是两码事，好像是这样。我们总是在开始酝酿一件想好的事情中，然后，用不到半天时间就开始否定它。它的直接关系是，我们不能在有阳光的外面生活，放纵的做我们喜爱的事。一切都在屋子里，把不存在的事情想得似明天的希望就要来临一样，接下来，他开始怀疑一切，然后，真的想不到用什么样的方式来花掉它。”

贺红旗说：“钱一直在你们的眼前，对吧？”

马小丽点了点头。

贺红旗说：“那么你们从没有离开过这个城市？”

马小丽点了点头。

贺红旗想到她肚子里的孩子，他不知道用什么方式和方法把话题转到这上面来，俩人甜蜜相爱，试图用爱来填满生活中的每一个内容，哪知道甜蜜和痛苦在瞬间转化，爱情可以很长，也可以脆弱败落。这样孤独、苦闷的环境下，做爱会是他们唯一的发泄。那么这个孩子的出世，永不可能知道的真实会是一种什么样的结果呢？

“你后来离开了他？”

马小丽说：“是他离开了我，那些日子他几近疯狂。”

贺红旗说：“贺晓伤害了你？”

马小丽说：“贺教授，是钱伤害了他。”

贺红旗说：“我没有想到你会把问题想得这么深刻。”

马小丽说：“是我们走过的经历。贺教授，我离开他的时候，那钱还在他的租住屋子里放着，它被无聊打发时间的贺晓一沓沓的码好了。那段时间，我不想去唱歌了，艺术本身也该是个好生意人，我没办法对付这个社会，我也没有办法宣传我自己，因为热爱音乐而穷困潦倒对女人来说不是一件什么光彩的事，我还爱着我自己。贺晓不知道自己是谁，需要什么？同时，钱把他的神经改变得很焦虑了。贺教授，我看不出它有多好，有多吸引我，它除了能带给我和贺晓情绪好的时候的一丝幻想，然后，它给我带来受骗的感觉。看着它，然后，我想起了小时候，我先是被妈妈送去学画画。我没有天赋，可妈妈非常热衷地要她的宝贝女儿拿起画笔，我学了两年，最终的成果被老师送去参加画展，老师和我妈妈说，拿五千块吧，保证给你女儿一个优秀奖。我妈妈舍不得拿那么多钱出来，也没有那么多钱，我们家刚集资买了房子。我那时候还不知道名誉和金钱是可以联系得很紧密的，同时能给我带来荣誉。老师后来老是训斥我的画没有灵气，我也很抵触我的妈妈，一直怀疑她对女儿的爱。我的画便真的越来越没有灵气了。我喜欢音乐，喜欢蹦蹦跳跳，喜欢在舞台上那种人人仰望的感觉，也就是说我很喜欢虚荣，我多么希望用这些钱来满足我的虚荣啊，做一首歌，送去参赛，我想赌一下我的虚荣，包括我的青春，我不想让我的梦想再一次失去。但是，我知道，我不能，贺晓对一切都开始了不信任。他说，臭女人马马，滚吧，我玩腻你了。贺教授，我有自尊，我不想错过，我不知道他为什么会变成这样，但我不知道该依赖谁，我出门的时候，他狠着声音说：我要杀了你，二十万足够偿你的命！”

贺红旗拿起一串葡萄，摘下一粒看上去很饱满的递给马小丽。“不要困在成名的圈套里，人生，努力着，快乐着已经足够。”

马小丽接过葡萄来说：“贺教授，你相信，不是我告发的他。”

贺红旗说：“是我告发的他，孩子，你的正确就在于你离开了他。”

马小丽眼中的泪水开始往下滚落，很急促的，也很无声的，直到贺红旗揪出一团卫生纸手足无措地递过来。马小丽说：“谢谢贺教授！我真的很爱他。”

“他已经成为了你的过去。”

贺红旗搓了搓手站起来，窗户上的阳光射进来，盯在对面的墙上，主家原来的一幅电脑合成的风景画在墙上挂着，一半在阳光下，一半在阴暗处，闷热的空气限制了他的呼吸，他不知道该怎样挑明接下来的话题。

马小丽看出了什么，同时也站了起来。贺红旗说：“坐，坐，这屋子里很闷，我们是不是应该出去走走？”

马小丽想了想，点了点头。

八

半下午的太阳依旧是晴空投射，无风，空气仿佛凝固了似的，贺红旗后悔要马小丽来租住屋，这样的地方，是不是有些委屈了这个女孩？

贺红旗说：“要不我们去一个咖啡屋，这样，会好一些。”

马小丽说：“贺教授，我五点还要到教堂去做弥撒。”

大好的机会。

贺红旗说：“问一句不该问的话，你结婚有多长时间了？”

马小丽说：“我正要和您讲呢。我被贺晓赶走后，我不放心他，其实我的不放心是多余的。他彻底活在了自己的幻想里了。贺晓后来用那钱买了股票。”

贺红旗说：“孩子，我是想问你结婚有多长时间？”

马小丽说：“那是我最后一次接他电话的时候，他告诉我的。他买了一台电脑，在屋子里炒股。他说他转眼就要成百万富翁了。”

贺红旗说：“你最后一次接他电话是什么时间？”

马小丽说：“5个月前。”

贺红旗想，贺晓那个“她怀了我的孩子”的想法，该是贺晓什么也没有了的那段时间最孤独的幻想了。一个人的灵魂围绕着日常的意象，他曾经拥有的二十万现金的生活在他宜于回忆的夜晚，仍然有这个女人的影子，在没有实际想象的日子里，孤独经历了废弃的欲望，他返回到了以前这个女人给他的温柔里，只是一切都被时间耗损得面目全非了。

贺红旗说："人总是一往情深地把钱当自己最亲密的朋友，看到它总是在脸上浮着猎人似的微笑，其实，真正的猎人似的微笑是它，它能毁灭一切。"

马小丽说："对！我说不属于你的东西永远也不属于你，我等你，你去投案吧，我们重新开始。他冲着我扔过来一个水杯，血从我的发际流下来，他居然笑着说，你陪我守着它到最后。什么时候是最后？贺教授，你是有修养的人，你一定能理解我当时的心情。"

贺红旗说："原谅他，孩子。"

马小丽说："我父亲本来不同意我和贺晓，这时候有人给我介绍了现在的先生，我们认识三个月就结婚了。我的先生是做电器生意的，我们恋爱的时候他很健康，他希望用他的钱为我做一件事，满足我一件一生最想实现的梦想。贺教授，你知道我当时的梦想是什么吗？其实，很奇怪的，人的梦想是不断变化的。"

贺红旗说："我想不出，我怕把你想俗了，而实际上是我俗了。你是一个很让人喜欢的女孩，你应该得到该有的一切。"

马小丽说："我少年心气依然在那件事情后还很旺盛，我说，满足我开一次歌会，哪怕没有听众，我的唱只想唱给一个人，那个人不是贺晓，是我的现在的爱人。因为，我心里还有虚荣。"

贺红旗说："那不是虚荣。我说不出什么了，对你，我很希望看到美好，你的美好的台步。"

前方有一个乡下女人挑着两篮子水果，刚摘下来的，她的吆喝声掩埋在城市的噪音里。有几个孩子在光滑的水泥地上踢着两颗鹅卵石。先把其中的一颗踢到前边去，接着又把另一颗踢过去。挑水果的乡下女人扭回头笑，有一个孩子动手拿了篮子里的一粒水果，乡下女人笑了，很是象征性地对着拿她水果的孩子抬了抬手，一个喷嚏让她抬起来的手缩了回去，那只洒满阳光的手捂住了嘴，那个孩子被抬起的手吓了一跳，绊了一脚，摔倒了。接着，乡下女人的手从嘴边挪开了，指着那个孩子大笑，笑弯了腰。

马小丽说："可惜，他在一次车祸中失去了腿。在我认识他的一个月后，他被对面过来的车撞了。但是，他很英俊。这一切让我懂得了神的存在与不存在其实并不重要，重要的是我依然有爱。我嫁给了他，他在轮椅上。这世界真奇怪，为什么我只能与有限的人、有限的事发生联系呢？那些我曾经认识的那么多的人，从我的身边散开了，去了不知的地方，我能记住的，并且记住我的人能有多少？我相信，一切都因为上帝，生活充满了神灵。我的先生已经不用坐轮椅了，他拄着双拐，他说，那个遥远的罪恶就潜藏在我们身边的陌生中，但是，我们不怕。"

贺红旗说："只是我想知道，你幸福吗？"

马小丽停下脚步来说："因为，我怀了他的孩子，我得到了上帝的赐福。"

贺红旗觉得他不能再问什么了，好像该问的都在他的想象之中。

贺红旗最后一次见到贺晓，他是想告诉儿子，他要离开这个城市了，回北方教书去，回去把房子卖掉，还他欠下ATM的债，如果可能的话，他还想告诉儿子，他也想恋爱。关于那个马小丽的女人，该祝福她，她和你只能是从前了。

真正见到贺晓的时候，贺红旗只说了一句话："一时之间有梦！"

贺晓说："是一时之间如梦吧？！"

贺晓最后判了三年。

电话里律师说："贺晓和ATM机的官司已经歇业，但愿他们是一盏机械文明时代的江湖之灯。"

贺红旗说："我爱他。"

律师说："你说的是贺晓呢还是钱？"

贺红旗已经扣了电话，贺红旗在电话旁的纸上写下了：钱可以装饰人的一切！我更爱它。

荣荣

一

事情发生得很突然。在街边，弟弟和他约的人说了几句话，然后掏出一柄锋利的水果刀，无声无息地插进了那人的小腹。被捅的人进了医院，弟弟则被呼啸而来的警车无情带走。

当晚，荣荣家里乱了套。荣荣想，要说豆蔻年华，为爱的权利抗争，本来是再“个我”不过的事情，可是，再怎么也不该用刀捅人家的，伤的是别人，伤心的却是自家的亲人。

面对发生的事情，荣荣和妈妈，相对无言，热茶到凉。家用困顿，又高踞在左邻右舍的议论声中，妈妈想到了求荣荣去借钱，和人家私了。

妈妈眼泪落下来时，荣荣的心软了。妈妈七十岁了，一口牙已经掉光。当年的妈妈也是一个敢杀鸡翻肠子的人，如今面对弟弟的事，可真是寸亩田地都没有的无奈。

荣荣也落了泪：“妈，我能去问谁借钱呢？”

荣荣是残疾人，刚做了提升脊柱的手术，借了亲戚朋友还有单位的钱，还没有还清，单位财务上也已经不可能再借出钱。

妈妈擦擦眼角，把脸转到了别处："荣荣，你去求李区长。只有你求得动李区长呢。"

荣荣在接受了妈妈目送过来的乞求时，知道一娘所生——妈妈的晚生子弟弟，是妈妈的心头肉。

沉默了许久，荣荣点了点头，答应了妈妈。

打完电话，荣荣的心一下子空落落的。她真希望李进步拒绝，婉转的没有条理的拒绝。这对荣荣也许是一个心理安慰。但是，没有。

二

这是城市一角，很隐秘的地方。荣荣坐在一块石头上，等李区长。横对着的是一个小广场，匆促来往的车辆和扬起的灰尘，都驱向那里。彩旗飘舞，区里有一个活动，是开会的另一种形式。原本空空的广场，聚集了许多机关里参加活动的人，中间有一个平台凸起来，像一个小舞台似的，李进步一会儿就要站在那上面讲话。有一次荣荣和李进步聊天说到开会的事，李进步凝视着近处某个物件，接着又不经意地看了一下荣荣说，没办法，你不开会，别人就不知道你在做什么，长期以来已经形成了这么一个习惯，每天的会务已经成为我工作的重点。不过，不开会又没有办法布置工作，下边也已经形成了习惯。

多么不容易的区长。

荣荣等开会结束。

远远的有一些树，是杨树。秋天过后，树上的叶子开始落了，发旧的叶子看上去像经了日月的沉重的绿绒布。车开过去，叶子追风似的跑起来，车又开过，叶子又追风似的跑起来。每个人都像这追逐车轮的叶子，不由自主地去寻找繁乱和模糊的未来。

荣荣没有意识的，李进步的车已经停在了她的左前方。

一件蓝色风衣，裤子的裤线笔直，一双黑色皮鞋，有一层细微的浮灰挂在上面。荣荣抬头的瞬间，看到李进步脸上的胡子也刮得很干净。他盯着荣荣走过来，眼睛很亮。

荣荣有些紧张："李区长，我拉高的脊椎让我高出了十公分，我现在已经一米五一了。"

李进步把一个手提袋递给荣荣。荣荣接过来说："我欠您太多了。"

"这叫啥话。我不就是有这么一把交椅供着么。说感谢的话是你荣荣干净的心里装不下我。"

只停顿了一下，很快李进步就掉转身子走向了车前，司机快速地拉开了车门。

荣荣说："大夫说了，我的手、脚和腿的长度该是一米六八的个头。"

李进步的话传过来，"大夫还说什么了？"

荣荣说："我的骨质疏松，缺钙，不然可以提高到一米六零。"

李进步在侧身进去车门的时候冲着荣荣咧开嘴笑了笑，"荣荣，你不可能太看重你的外表。"

坐进车里，关上车门，李进步突然摇下玻璃，说："荣荣，是你给了我内心健康。"

说罢，汽车绝尘而去。

荣荣感觉到了一种温暖而呛人的气息。泪水无声无息地流下来。那泪水中包含着一个很浅显的内容：我是女人，容貌决定我的幸福。

天色交替的傍晚，如果没有风来，一切都会静止，什么变化也不会发生。只是有风，风的覆盖之下，天暗下来，回到无色之中。

荣荣一直把黑色看作无色。

马始终走在黄尘飞扬的土道上，树木始终守在四季交替的枯荣中，女人始终期盼着男人和携带着的爱情浸濡到来，炊烟始终做着变化为云的梦想。荣荣，空有静止的安宁和长距离的安慰，欲望热烈而持久，但，上帝告诉她，她是残疾人。生活更多的时候接近风俗画，荣荣在俗世中，无色是俗世中的所有染色，虽然荣荣很不喜欢。

走在大街上，黄昏的暗有些平静，她怀揣着李进步给她的两万五千块，粉红色的梦想毕竟离她饥肠辘辘的生命最近，离她对生活的热爱最近，让她温暖和喜欢。她走得有些艰难，正在恢复期的脊椎让她不敢丝毫做出弯腰的姿态。

三

深夜，万籁俱寂，荣荣毫无睡意。辗转反侧了半宿，心，依旧是乱的，似空似濾，似醒似迷。到五点多钟，窗外光亮渐起，荣荣突然萌起一丝担忧，如果一夜白头，那岂不是会贻笑他人？想到这里，她忙坐起来，朝着卫生间跑去，她看到镜子里依旧是一头黑发。虚惊一场，全是自己吓的。

妈妈喊道：“荣，你怎么早起了？”

荣荣说：“妈，我睡不着。”

妈妈嘟囔着，“我也是一宿不合眼啊！家门不幸，出了逆子，妈要年轻十岁就好了。妈老了，不中用了。”声音有些哽咽。

年轻时的妈妈多么能干啊，用父亲有限的工资养育了荣荣姊妹三个。虽然后来的日子过得不如别人那样富足，毕竟让姐姐成家了，还让荣荣读了大学，弟弟读了初中。只是弟弟不争气，迷恋网络不再上学。

对于弟弟，荣荣不想和妈多说什么。妈妈一定很痛。一个健康的人，一个高大白净的小伙子，荣荣常常从弟弟的身高中想象自己。早晨的失眠是如此的清醒，荣荣用洗面奶洗脸，双手很轻柔地在脸上滑行。她听到妈妈的叹息，叹息中的一张憔悴的脸，在辗落成泥的晨曦中滋生了荣荣对弟弟的怨恨。

荣荣说："妈，咱们家的房产证呢？你帮我找出来。"

妈妈找出房产证放到茶几上，心不在焉地一个人呆坐下来。

荣荣拿起房产证翻开看。

妈妈说："你拿房产证做啥呢？"

荣荣说："我想把房产证给了人家，叫人家押住。"

妈妈想说儿子的事，逮着这个空当了，这房产证儿子原来是说好了要抵押银行贷款做生意的，儿子没回来，等儿子回来咋说呢？身子却僵在那里。

荣荣说："妈，你想说什么就说吧。"

妈妈说："这房产证，你弟弟回来怎么好说？"

荣荣说："妈，这房子虽然是用爸爸的名义集资的，钱是我出的。现眼下拿了李区长两万五，人家也是人，我不能让人家当我是残疾逮着正常耍赖皮。弟弟真要拿了房产证去抵押什么，怕的是到最后房产证没有了，这房子都不让你住踏实。"

妈妈说："只是闺女，妈想再求你一件事。"

妈妈小心嗫嚅着不敢出气的样子，"李区长要是拿了咱的房产证啊，要不你再求他给你弟弟安排个工作，没有工作拴不住你弟弟，你弟弟心野，想大钱，大钱不想他。要是有份固定的收入，你弟弟会泡在网吧不回家到处惹事？"

荣荣看着妈妈，一夜无眠，眼睛很酸痛，泪水不经意间溢满了瞳孔，妈妈突然意识到了荣荣眼神里的内容，抬起手打了自己的脸一下，“闺女，妈不该想，也不该说！”

窗户外面的天大亮了。荣荣闭上眼睛，有一段话在她的眼睑上显现出来。

“我知道世界上有比我艰难的人，包括荣荣，但我所指的，并不是单纯意义上的艰难，而是一种简单的整个对待生活的态度。艰难是什么啊，是跟灵魂紧密相关的复杂的东西，生活在单纯意义上的艰难，不难，难的是在漫长的生活道路上能够平静地接受命运和忍受诸多日子的无奈。荣荣，你的坚强，对我的一生是温暖又深远的。”

这是李进步送给她的手机开机显示屏上的一段话。

天色亮得有些茫然，一阵风吹来，地上有落叶，风搅着落叶，远处的街道在风中模糊成一片。有车辆滑行过去，荣荣的心情随着车辆摇摇摆摆、起伏不定起来。

四

五年前的早晨，和现在的季节不一样，天光比这亮得早，因为是夏天的早晨。那个夏天，是荣荣毕业第五个年头的夏天，也是荣荣命运实现转换的一年；农大毕业、学审计专业的荣荣，也是她摆地摊第五个年头的夏天。同期毕业的同学都已经分配了工作，后来毕业的，也都分配工作了，无论是考上的，还是自费生，荣荣调查了一下，一个不剩都分配工作了。独她没有。荣荣有些不甘心，因为无法回避，所以也不能视而不见，除了不是自己愿意摔出来的残疾，她一切都很健康。总得生活，没有更多的本钱，她只能摆地摊。地摊摆在一座商场的门前，路是一条纵贯东西的大道。大道上填满了车辆。匆匆的车辆争相拥挤着，夺取有限的空间。红灯亮起来的时候，所有的车辆和行人都纠结在一起。不等绿灯亮起来，一堆焦急的眼神就开始向城市的另外一个目的地延伸。谁也挣脱不开道路上红绿灯的缠绊，但是，人家延伸的目光是为了一份安稳的工作。荣荣守候的目光是为了赚一口饭吃。八个年头，热粥般铺满街道的人流和车流一点也不让她激动。她和旁边一起摆地摊的乡下人变化着每天的变化，但是，乡下人不知道荣荣的心像热粥一样难熬。荣荣每天都能看到她的同学们上下班，高人一等，有身份的样子，形同路人，已经不能形容彼此之间的关系了。为了避免尴尬，荣荣会借助低头或注视什么地方避开相遇的一刻。荣荣心里是不服输的，想着工作如果像高考一样就好了。世上没有带路人，荣荣的挣扎，只能是自己和自己的挣扎。等了，找了，埋怨了，也都过去了。你找人家，不见得人家会因为你的现状改变人家自己的现状，人家有规矩，有规则。荣荣要生活，等不起，找不起，也埋怨不起。

这年夏天，参加公务员考试结束后的结果让荣荣很是欣喜。她考了第二名。这样的结果意味着改变命运的机遇到来了。

最后的面试结果，荣荣到底被淘汰了。

那天，荣荣肯定了自己的一切是因为形象问题，并肯定了形象问题才会有这样的结果之后，荣荣不知道是怎么走出门的。残弱的阳光在经过荣荣的头顶的高度阻断后，在荣荣的身后拉下了斜斜的影子。荣荣看到自己的影子像一个学生背着双肩包一样，那一刻荣荣肯定了自己在社会中的残疾，虽然她想不通。迎面扑来的市声变成了固体，极其尖锐地刺向她的脸、身体。荣荣的耳朵已经不是耳朵了，木如木头，那些固体的声音像钉子一样刺进来，荣荣把嘴唇咬得紧紧的来承受一切。半个小时的路程，荣荣走了三个小时。

人遇到难题的时候，需要缓冲，需要释压。荣荣像一条皮筋一样，缓冲着，判断着，不想让自己弹出去。弹出去，就意味着神经上要出毛病。可以否定身体的残疾，但是，决不能让人否定自己思想上的不健康。走到摊位前，替她看管摊位的乡下姐姐看了看荣荣的脸色，拖起自己的摊位，把合在一起的摊位拉开距离，短短几分钟，乡下姐姐想都没有想，走过来和荣荣说道："车到山前必有路。"

荣荣说："姐姐，你不懂。"

乡下姐姐说："我咋不懂？随道走，总能找口饭吃。"

这句话让荣荣有了一种胸闷的开阔，并不能让荣荣完全忘掉经历的一切。

荣荣坐在小马扎上，大口吃着乡下姐姐买给她的还在滴着油的香肠。木木地吃，木木地看街上行走的人群。乡下姐姐走过来说："荣荣，你真的没有事吧？"荣荣咬了一口香肠说："我有事还知道吃吗？"

有清理街道小摊小贩的城管远远走过来，乡下姐姐包起自己的摊位要荣荣快走开。荣荣依旧表情冷漠地吃着。城管说荣荣影响了市容，要罚款。荣荣吃完最后一口香肠，站起来步履缓慢地走到果皮箱前扔进去串香肠的竹棒，看着那些人说，你难道没有看见我是残疾人吗？城管说你的残疾不是今天看到的，我已经照顾过你了，但是，今天，因为区委书记要下来检查卫生，就算你是残疾人，你也该知道你在这里很碍事吧？荣荣想，他妈的，这叫人话吗？我总得在这个城市寻口饭吃吧？我原本是一个对我自己有很高期望的人，可是，我努力在控制我八年来对这个城市的失望，我不想控制了。荣荣高声喊了一句："把我一起罚了去吧！"一屁股坐在马扎上不想再离开了。

城管无奈了。有许多看热闹的人走过来，麻木的生活多么希望有跳动的色彩。城管低下头，弯下腰，“我把你往哪里罚啊？咱俩这样多别扭！你不走，人家查出毛病来是要罚我啊，我的糊口钱说起来还没有你多，你看看周围看热闹的人，眼睛都冒着绿光，那是冲我来的，我是爷们啊，咱进退都得有度，该退的时候，你帮我退一下，过了这一关，我睁眼闭眼都好说，可你不能因为你这样，就能把事情解决了。你别看着我穿了这一身皮，挺横的，挺讨你嫌的，可我也长了一张苦瓜脸，咱都不容易啊大妹子，就算你帮我了。”说着蹲下去包好荣荣的摊位，用手扶荣荣站起来。也许是受了一种难言的情绪的袭击，荣荣居然由了他的一系列动作。

人都需要尊重，都有摆道理、讲不易的事儿，那个逃到远处仍然不时回头看这边的乡下姐姐正牵挂地望着这边，荣荣冲着远处笑了笑，很礼貌地和近处的观众说：“让条道儿。”荣荣走出人群，接过城管手里包起来的摊位，说：“对不起。帮你也是帮我自己。”

回到家，荣荣想不通。为什么自己要面对一座翻越不过的山和内心？离自己生活遥远的幸福在哪里？荣荣大喊了一声：“在哪里？！”妈妈从厨房里走出来，手里还拿着一棵剥出葱白的大葱，弟弟拿着电视的遥控器说：“神经什么呢你？”

是啊，神经什么呢？

荣荣决定记录下这一切。为什么？不知道。也许，该写一封信。信是心情郁闷的出口。

荣荣在信的抬头画了两个叉，算是写给未知的某某吧。“我是荣荣，大学毕业，目前是社会公民，残疾人。”这时候泪来了。伤痛的泪让肚子里的墨水跟起来很困难，停下不写了，一任自己流泪。只哭得鼻尖发暗，眼睛发肿。妈妈在旁边说：“哭不顶吃喝，想哭——就痛快地哭吧，哭哭也好啊，荣。”荣荣知道妈妈要陪她哭了，用袖头擦了一下眼泪说：“妈，咱都别哭，随道走，总能找到吃喝。”

冷静下来的荣荣坐在沙发上，弟弟莫名其妙地换着电视频道。荣荣说：“你也算是我的弟弟？！”

弟弟一只手依旧换着频道，一只手抠着鼻孔里的鼻屎，斜眼看了一下荣荣，依旧换着不断重复的频道。

荣荣说：“你的耳朵是塑料做的？人家说，贫家出孝子，我一点感觉不到你的努力。”

弟弟重重地放下遥控器说：“有完没完！你赶快嫁人得了。”

荣荣说：“劳动才会产生价值，你不劳而获，寄养在这个家里，你也算读过书的人？”

弟弟啪地把遥控器放到茶几上，“自大的人都以为在这个世界可以做一番大事，你努力了，你做了什么？”

妈妈说：“荣清，不可以和姐姐这样说话。”

弟弟站起来走到自己的卧室门口，“她怎么可以这样看不起我！”

门重重地合上了。

荣荣突然决定要给区委书记写一封信，她要问他几个为什么？就算是自己一辈子摆地摊，也要叫那个姓王的书记有良心上的谴责。荣荣重新坐回桌前，把原来的信揉成团扔到一边，拿起笔在稿子上写下了：

“尊敬的王书记：您好！”

五

荣荣的残疾，不是自己造成的。不是自己造成的错误对荣荣来说是一种无奈的安慰，比如，荣荣就常常幻想，自己有可能长得亭亭玉立，像弟弟那样招很多女孩子喜欢。荣荣不是一个承受能力很强的人，但健康的另一面又让荣荣很清醒地知道自己发生的一切。荣荣出生后的一年多里，有一天，旁边没有人看她，刚学翻身的她从炕上掉了下来。大人都想着孩子身子轻，不会出毛病，孩子的哭喊只是受到了惊吓。耽搁了两年。荣荣窝着脖子不长上身，邻居打破了母亲的沉默，母亲才想到去看医生。医生说，这个孩子的身体出了问题，脊柱变形，肋骨变形，是大人不小心摔着孩子了。现在，没办法改变，因为一切都在成长中。没有人想到是那一次从炕上摔下来的结果。如此的身体问题，童年，包括少年和青春，荣荣都是包围在妈妈的赞语中。年少的荣荣长得像个落难的天使，一双眼睛似乎把星星都集中在了眼神中，吹弹得破的白净皮肤衬得唇边的汗毛都有点儿显黑。荣荣学习成绩一直很好，到考上大学，大学里的爱情小挫折都没有让荣荣消极。

大学里的爱情，不知道叫不叫爱情？那是大三那年。大学里的他，肖小东，唇红齿白，夏天时喜欢光脚拖一双人字拖鞋，怀揣一本米兰·昆德拉的《生命不能承受之轻》，出没在教室和宿舍之间的小树林里。荣荣在小树林里读书，只要听到拖鞋的“啪啪”声，心就跳，就想假装很认真的埋头在看书。偶尔抬头看一眼对方，眼睛不自觉地流露出几分轻浮和挑逗来。当突然和对方对视了，又怕自己这种不设防的轻浮和挑逗让对方感觉到自己的招徕，便又十分冷淡的把眼神滑到别处去，假装看不见对方的存在。这样的小诡计被对方用微笑的点头识破得很狼狈。

学校的小树林后来成了荣荣和肖小东约会的地方。

女人只要有了爱情，是不甘心守住爱情秘密的。荣荣和同宿舍的满芝讲。满芝很仔细地听，并问了一些很细节的事情，比如发展到哪步了？荣荣笑而不答。满芝很着急的样子。着急的满芝异常诡秘地说："要是拉手了呢？是社会主义的萌芽阶段。要是拥抱了呢？说明到了社会主义的中级阶段。要是摸你的咪咪了，不过，荣荣你别怪提你的短处，你的咪咪太小了，因为你的身体问题，咪咪被藏在了变形的胸脯下，他肯定不会摸你。咪咪是男人想抓到的丰满的果肉。"

荣荣看到满芝的胸脯，鼓胀的咪咪把衬衣顶得满满的。荣荣说："也许是我爱上他了。"满芝很奇怪地注视着荣荣，像打量一个陌生人的到来。荣荣等待着，四周寂静的雾气和阳光像一只蝉蜕变后留下的空壳。满芝说："要是你们将来真能成了，那我是空想社会主义，你绝对是有中国特色的社会主义。"

荣荣睁着丝毫不敢转动的眼睛问："为什么？"

满芝说："荣荣，你装傻？还是真傻？他只是同情你。人都是竭尽欲望活着的人，他同情你，因为他有爱心。他的欲望中的爱情，不是你这样的人，因为他很健康，而你，荣荣，你是一个残疾人。"

荣荣"嘘"了一口气，伤感从密不透风的墙壁里跑出来，她第一次面对面被一个人说出自己的缺陷，而自己的缺陷在生活中隐藏得有多么深？以至于，自己很不明智地把自己当了正常人。自己才是一个缺根筋的人啊。

知道自己的不可能，荣荣就想办法远离肖小东。一次往图书馆走的路上，肖小东追上荣荣说："荣荣，你为什么远离我？"

荣荣故意把自己的眼睛瞪得很天真，"我什么地方远离你了？"

其实荣荣是想引诱对方说出"你爱情远离我了"。

对方没有说，只说了一句："你失去我这个同学，你会后悔的。"

后悔什么？荣荣想，你说是失去这个"同学"，到底是把我当了你的同学啊。我是多么想指望这个男人给我爱情传奇啊，可是满芝说得对，就算他和我只有0.01公分的距离，他对我依然是同情。爱情不是一场华丽的寓言，坚持的结果，受伤的还是我。我们是永远的同学，不坚持就会连同学也不好做了。

荣荣说："我从来都没有想失去你这个同学，只是，我不想叫人说咱们俩的闲话，你知道，我们更应该是很好的哥们儿。"

肖小东说："其实，荣荣，把关系拉近一步也有很多好处。"

荣荣不知道拉近的好处是指什么，是指爱情吗？"还是细水流泉做同学吧。"

对方没有任何解释。荣荣心里惶惑了一阵子，两人擦肩而过了。

周末，学校组织同学到乡下去踏青。小村，有一条流着山泉的小河，几块石头露出河面，溪水的流动显示了一条河的大小深浅。过河的时候，肖小东走过来，有男同学也走过来，荣荣叫那位男同学过来搀扶她过河，男生的举止平和温良。荣荣的笑声跌落在河面上，河水泛着波纹，被荣荣的笑点缀得生动无比。肖小东在远处，看到这一切，有几分懊恼和无助。荣荣想：刺激得很到位了，如果他还有爱的话。上山的时候，阳光把荣荣的脸照得金黄，荣荣的笑声从未疲倦。山腰背阴的拐弯处，肖小东等着荣荣走近了，突然一把拉了荣荣的手往山上爬。醒着的山风呼呼地吹过来，荣荣的笑声突然断了，荣荣不想眯住双眼，不想在四溢的光芒中晕眩。拉着的手有力地拉着她往前飘移，她的掌心灼热地散发着暖流，多么适合漫无边际、胡思乱想的时候啊。

荣荣想：不是我爱你，是你爱我。

荣荣想：他一定会在这时候说什么？一个忠厚信诚的男人，假如爱情来了，恋爱中的人通常应该在这样的时候有不尽常理的举动。

荣荣等待着：一丛新奇令人心跳的山菊花跳过去了，空惘而又满含感激的瞬间也跳过去了。那只手抓得很紧，是身体的运动传递出来的力量吗？就要爬上山顶了，同学们在接近山顶的成功中大声呼喊着，突然的，他们一起冲着即将出现的荣荣喊了一声："荣荣加油！"

肖小东在紧要的关键时刻打破了沉默，很深情地说："荣荣加油！"

荣荣想马上有事情要发生了。

风的声音在山间回荡，弥漫，弥漫，荣荣感觉到有一只羊在心里跳动。

接近山顶的一刹那间，有人喊："荣荣上来了！"那只手在将要出现的同学面前，像被什么灼伤了似的丢开了。

荣荣看到瘦瘦的河流像一条蛇一样躺在山下，好多同学举着手挥舞，荣荣也举起了手。山风把她手心的那份灼热吹没了，荣荣高声喊到："同学们，我是多么的身残志坚啊！"

所有的人看着荣荣，荣荣大笑着喘着气说："看什么？我还是以前的荣荣啊！凡是你们所刻意回避在我身上的现象，都是虚伪的，不合乎天道；凡是你们不敢说，而我又认识了我自己的缺陷，说明我看住了自家心啊。荣荣能努力登上这山的顶峰，你们不觉得应该为荣荣万岁吗？"

同学们高喊：荣荣万岁！

有谁知道，那只手出现在众人面前时脱落的一刹那间，荣荣的内心就已经被完全掏空了。

荣荣感谢满芝直面告诉了她的残疾，其实荣荣也知道自己的残疾，因为镜子告诉了她。只不过自己是在她人的同情中，一直被人们说："多么漂亮的荣荣啊，飘然的头发，甜美的脸，精致又动人。"荣荣一直不想把"残疾"这两个字加到自己的头上，很想让同学知道自己是一个健康的人。很长一段时间，荣荣就只想一件事情：他，肖小东，觉得拉我的手丢了他的尊严，因为，我是残疾人，所以，他在被同学即将要看见的时刻放弃了。毕竟爱情在生活中算是一件很重要的事情，它让荣荣难过了很长时间。荣荣明确告诉肖小东，她不喜欢他，他不是她喜欢的那种人，不喜欢一个人很难强迫自己去喜欢，所以，做普通同学吧。

毕业留校任教的有肖小东和荣荣。荣荣执意要回自己的城市。肖小东求荣荣留下来，荣荣还是执意要走。坚持到最后，真要走了，肖小东和荣荣解释了那次爬山的突然丢手，他说是因为，突然自己内心的秘密被同学看到了，有点慌，所以突然丢手了。荣荣无所谓地笑了笑说：“一切都在平淡无奇中过去了，就让它过去吧。过去的终究是生活的一种方式，尽管很多事情不尽如意，尽管很多时候对生命无奈，但是毕竟，就是你我的岁月与成长啊，我祝福你未来幸福，因为，我依旧不喜欢你。”

六

荣荣在信中写道：

“我们的人类是一个多么热衷于残缺美的人类啊，可惜，残缺总是艺术的欣赏。谁又能知道命运在残疾人的心中烙下的那种伤痛？我是2002年的农大毕业生，与我同级的毕业生都分配了，我的残疾形象不能够让所有接受我和办事的机构肯定我未来的工作，如果我能预测到我大学毕业后的结果，我宁愿不给我苦难的供我读书的父母增加学费的负担。我并没有残疾到不像一个人的地步。我的腿和脚行走自如，我的手和臂膀健康得和常人一样，我的脑袋满含了对社会感恩的细胞，我有思想，我的学业一直是我们班的尖子，我的听觉、触觉、嗅觉、感觉都和正常人无二。

我只是因为很小的时候摔折了脊柱，我的上半身像一只大虾一样弯曲着，我挺不直我的胸脯。作为女人，我不够美丽，作为女人，我的残疾决定了我的命运。我不是一个甘于向命运低头的女人，但是，我命运的戈壁滩上，谁是我的福星？”

七

回到这个出生的城市，妈妈说：“你不该回来。”妈妈的话语里隐含着一种疼。

荣荣看到床上瘫痪的爸爸，她感觉妈妈的话是因为家里负担重，不想让她回来承担。既然回来了，说什么都是多余。

荣荣开始等待分配，每天一早起床后的第一件事就是跑编办。荣荣总是被不同的人上下打量，然后开始托词拒绝。

每天，荣荣穿越街道，会看到一个卖铜火锅的店铺早早开了门。男人不停地往出搬要卖出去的家当。卖小笼包子的，还有豆浆和馄饨。一个新疆汉子推着馕炉放在路边烤出甜的或咸的馕。卖油条的师傅用半米长的铁筷子夹出炸熟的油条喊着：两块一斤，刚出锅的又脆又香。一块一张的甜馕荣荣很喜欢吃。荣荣吃着一块钱一张的甜馕去编办。编办的人有点烦她了，“不是叫你在家等吗？你天天来是什么意思？”荣荣说：“和我同级毕业的都参加工作了，唯独我这个残疾了的人没有被分配。我不天天来，你让我去哪里？”编办的人说：“你是想拿了你的残疾来说事儿？”荣荣的眼睛里射出了不同于常人的愤怒。编办的人不理荣荣了，开始指着进来的人说：“你，什么事？”进来的人往前合着背怯怯地送上讨好的笑脸。荣荣不走开，站在一边等。这样的低垂下去的求助，荣荣一开始也是这样的。进来的掏出什么东西，编办的人意识到了什么，指着荣荣说，“你先走吧，一半天我给你回话。”荣荣走出去，关上门的刹那间，荣荣感觉到编办的人用手中的权力做交易。荣荣找到那些分配了工作的同学，一脸真诚地问对方：“你参加工作，花了多少钱？”谁也不忍心拒绝这样的真诚。同学说：“前提是，你必须保证不说。”荣荣得到了她想知道的结果。荣荣悲伤，也意识到了当初妈妈说过的那句话的真实内容：“你不该回来！”

荣荣的工作依旧没有结果，一半天不过是一个拖词。路边的馕涨价了，两块钱一个，油条也涨价了，五块钱一斤。飞速向前发展的生活让荣荣不敢多等了。这一年的冬天，爸爸去世了。大雪连绵几日。火化了父亲，荣荣看到化雪后的城市，以前的幻想在真实当中粉碎了，一切都成为裸露的碎片。荣荣盯着黑暗的屋顶，听着弟弟的梦呓，感觉到这个世界上最为真实的东西开始模糊了。弟弟不上学了，他说不上学就一定不上学了。父亲的去世断了养家糊口的工资，荣荣上学，弟弟上学，没有多少积蓄的家，现在更是没有希望了。荣荣的心一点一点往下沉，再好强健康再叱咤风云的人物，也斗不过岁月悠悠和造化作弄。荣荣拿了爸爸的丧葬费去做生意，决定从摆地摊开始。既然不去做徒劳的事情了，那个编办还要去吗？荣荣是多么不甘心轻易地退却啊。

再去编办，人已经换了，那个人看了看荣荣说：“现在的毕业生都分配不过来，你是哪一年的？早干什么去了？”

八

“我回到了我上学前的这个城市，我本来可以不回来的，在学校时，老师让我留校，我不同意，就因为我想回到这个城市，这个城市有我一茬一茬的小学、中学、大学的同学，还有我种种社会关系和撕扯不开的家庭。五年了，我发现回来错了。这个城市掺杂着种种功利的社会关系，像水母那样伸着长长的触角，固执地盘根错节着。我的知识只能表现在摆地摊的抬头和低头间，我变得世故，我活得无比真实，为了一元钱的伸缩我会以我残疾的身体给对方一个需要同情的暗示，我想活着，您知道有什么比活着更好的方式吗？是的，是的，看到这里，您也许不会看到这里，您是一个需要顾全大局的人，您没有多余的时间看到这里，但是，我还是要写下去。我的残疾构成了社会的丰富性，社会是一个复杂得令人想逃遁的社会，健康人也一样，对吧？现在，我进一步看到了清楚了现实，但我还是想保留一点想象的模糊和期盼中的希望：有好人，更主要的是有好官员，比如您。生活中全心追梦或决然弃梦的人并不多，大多人选择了平凡又心存不甘，我不甘，才想到要写这样一封信予您，我想要您看到，并且产生慈悲之心，因为，您更应该明白生活是多么的如此叫人活着不易啊！”

信发出去了，荣荣的心便忐忑起来，对于一个区委书记，他会不会给一个小人物回信呢？一天过去了，两天过去了，三天过去了。大概与荣荣内心深处的渴望有关，荣荣坐在自己的摊位前，夏天的阳光刀片一样明亮。来往的车辆呼啸而过，她灰头土脸坐着。因为缺乏主动的打招呼，买她小商品的人就少了许多。有一个女孩蹲下来挑选摊位上的水晶发卡，并且取出小包包里的镜子来在自己的头发上试。接着取出唇膏，翘起小口，涂抹唇膏，之后抹一下唇，用手轻轻抹匀。女孩的头发没有任何修饰，削得薄薄的，黑黑的，自然垂肩。女孩把水晶发卡插在鬓角前，眉目有情，一下让女孩生动了许多。

荣荣欢喜地说：“送给你吧，你戴了好看。”

女孩惊讶得站起来，“你为什么送我？就因为好看吗？”

荣荣说：“就因为好看。”

女孩笑了笑，掏出一张十元人民币扔到摊位上说：“谢谢！你真好！但是，讨别人的便宜会让人看不起的。我拿了啊，那算你的。”

荣荣看到那钱，被风掀得要跳起来，荣荣说：“多了。”

那女孩早已经不见了影子。

荣荣想：多么美丽的成长啊。就算那个姓王的书记接到了信，不看扔出去了，就算他的秘书根本就不可能送到他手上，就算一辈子永远都这样摆地摊活着，我都要面对每一个人露出每一天的笑容。

第四天，荣荣在夜晚八点十分接到了一个陌生电话。

“你是荣荣？”

荣荣听着这个陌生的声音，心跳加速。

“你告诉我你家的具体位置，我是李进步，城区的区长。今夜我有一点时间，我见见你。”

荣荣想：怎么会是区长？难道是书记派他来的？来不及想太多，简单说了自己家的位置。

李进步说：“九点钟，你在厂区外等着。”

荣荣还想解释什么，那边的电话就断了。

荣荣快速跑到卫生间，拉亮灯看自己，镜子里看到一双熟悉的脸，先是感到奇怪，随即吓了一跳。那张熟悉的脸就是自己啊。那是一张被尘土荡得毫无青春的脸，面孔黝黑，哪里还找得到“文静、乖巧和温顺”？

九

天气出奇地好，疏薄明净，没有一丝云彩。月亮透过树梢，投下斑驳的光彩，荣荣在爸爸单位的厂区外面的马路上站立着。

感觉这样的夜晚是她有生以来最明净的一个夜晚。不时地从她的身边滑过去的车灯，好像也和以前的不一样了，有了一些温暖的成分。荣荣看了看腕表，还不到八点四十，如果人家准点到来，还有十分钟时间，荣荣要考虑一下见了李进步要说什么不要说什么，自己得拿个调子。以前的日子漫无目的涣散无力，现在要在一个人面前整合一下自己了，总得让对方知道自己的学历是考来的，不是自费来的。首先，不能让他觉得，荣荣见了他，就像见了一个至高无上的人，他不是至高无上的人，如果可能他算是一个应该尊重的人。想成为受尊重的人有许多途径，他可以通过现实政治的途径实现尊重，荣荣可以通过矢志不渝的努力来显示自己的被尊重。尊重你不过是尊重你手里的权力，如果你真是一个叫人尊重的官员，那么你早就应该给荣荣一个说法，你管辖的下属中出现了这样的事情，我荣荣决不让这次简单的见面，把一个叫李进步的藏到心坎里去尊重他。有些纷乱的琐碎，不能煞有介事地去想这件事了。荣荣想得纷乱，撩了撩前额的刘海，定下神来，荣荣想：我得无所谓。荣荣肯定着自己，又同时否定着自己。一辆车滑过去了，又一辆车滑过去了，滑过去的路面出奇明朗。

车灯过后，黑暗罩住了一切。有一个人骑着自行车走过来，在荣荣面前停下来打问事儿。荣荣迎着他听，眼睛始终看着将要开过来的车。

黑暗中的人说：“你是荣荣？”

荣荣说：“是啊，你找这一片的哪家，我告诉你。”

那个人说：“我就找你荣荣。”

荣荣收回视线来盯着对方看：“你不是找荣清吧？他还在外面游荡着呢。一般找他最好是上午。”

那个人说：“我是李进步。就找你。”

荣荣抽了口气，心悬着，怎么也想不到对方是李进步。车呢？司机呢？秘书呢？黑咕隆咚的街道，这地方偏僻得连路灯都没有。

荣荣说：“你怎么会这个样子？你可是大领导啊？”

李进步笑了：“你看我哪里像是大领导？去你家里坐，往哪个方向走？”

荣荣想到家里的寒酸，突然就脱口编了谎话出来，“我从没有领着男人到我家里去过啊！”

李进步说：“噢，那这样吧，就几句话，我看到你写的信了，你是学审计的，对吧？明天八点半你去审计局报道，局长姓马，这是我的电话。”李进步递过来一张名片。

荣荣紧张得有点昏头了，接过名片的一时间里，才明白了自己面对的是谁了。

荣荣说：“李区长，您是李区长，您收到我的信了？您还是到家里坐吧？”

李进步说：“荣荣，收到你的信了，也看了。王书记因工作调走了，你写给他的信只好我来看。记住，明天上午八点半到审计局报到上班。”

荣荣说：“可是我的手续都还在编办啊？”

李进步说：“这些都不重要，你先去上班。”

说完话，李进步推着自行车掉转车头把右腿搭上车的右侧，侧着身回了一下头说：“荣荣，你很优秀。再见！”丢出左手来和荣荣握了一下。

荣荣听见对方倒了一下脚登，接着又下了劲狠踩了一下，人投进了黑暗中。

荣荣不能相信，自己的机缘是否真的来了，怎么会和做梦一样呢？真后悔没有把李进步领到家里。空荡荡的街道，假如这是一个不可测不可抗的陷阱呢？从前的生活模式不可能就这样被明天的太阳打破。荣荣拉了拉领口看着街道暗的部分，风凉似水，偶尔有过去的骑车人，每个骑车走过去的人都会调动起荣荣的激情，她想着肯定还会有什么发生。什么也没有，夜，隐藏得那么深重。走到工区前的路灯下，她看到地上自己的影子像一个巨大的问号。恍然。环视曲径两侧，稀疏的灯火如惺忪睡眼。望向高空，几粒星子，探头探脑，仿佛窥视人间动静，荣荣在做梦了。荣荣觉得自己是在做梦了。

不知什么时候弟弟走到了她的身边。荣荣突然想让弟弟替自己分析一下事情的真伪。

荣荣说："发生了一件事，就在刚才，不，还要早一点，区长李进步来找我了，骑了自行车，说要我明天去审计局上班，我不知道是真还是梦？"

弟弟说："是梦。"

荣荣说："我给区委书记写了信，说是书记调走了，信落到了他的手里。"

弟弟说："拆看别人的信件？没好人。"

荣荣停下了脚步："不是梦。我在车灯过去的光线下，我看到他和电视上的李进步一模一样。"

弟弟说："还是梦。"

荣荣不走了，弟弟，这个不想上学，游走在网络中的大男孩，除了外表长得很讨女孩喜欢，没有其他值得称道的地方。居然信任他？

荣荣说："你只相信大话西游。"

弟弟说："你比我投进网络的感情还邪乎。回家吧。"

荣荣拽住弟弟的衣角，"我们去喝一点点酒吧，我给你陪伺费。"

弟弟说："好！求之不得。"

两个人走到工区外的街道上，荣荣想告诉弟弟就是在这里，她见到了区长。放慢的脚步还是加快赶上了。不说为好。

找了一家就要快打烊的小店，要了花生米、炒土豆丝，弟弟说：“搞盘肉吃。”要了小炒肉。荣荣要店家拿过一瓶白酒来。弟弟拧开酒瓶倒进了两个玻璃杯中。

荣荣看着跳动在玻璃杯中的水泡说：“你是想喝醉我？”

弟弟先端起来喝了一口，“让你更加的入梦。”

两个人端了杯子碰了一下。荣荣说：“弟弟，你得想办法做点什么，你得顾了你自己。”

弟弟说：“得，别教训我，你别以为长我几岁就一副老妈的面孔，我烦。”

墙上的电视正插播地方新闻，有李进步的镜头，画面上是在一个什么生态园，有很多盛开的花。荣荣说：“看，就那个人，李进步。”

弟弟取过遥控器来冲着电视换了一个频道。荣荣说：“你！”端起酒杯来大大地喝了一口，呛了一下，咳嗽开了。

弟弟斜睨了她一眼，也大大地喝了一口。

半小时后，一斤酒，荣荣喝了有三两。

两个人往回走，荣荣说：“弟弟，你别吊儿郎当的，可要好好做人啊，你周围的同学都比你强。”

弟弟说：“姐，别犯贱，我今天跟你拼惨了。”

荣荣有点飘然了，两个人拉着手摇晃着往家走。

弟弟突然仰起脖子喊：“我是一只小小鸟，想要飞，却怎么也飞不高。”他动情了，整个身体呈现出一种挣扎姿态和激情战栗。

荣荣捅了他一下，弟弟更放大了声喊：“嘛咪嘛咪，哄！”

阳台上有人探出脑袋来看，荣荣吓得不敢多话了，拽着弟弟走，牙齿碰得“咯咯”响。

十

酒精的作用，荣荣第二天一早醒来已经是八点了。怎么想怎么都是真的。有那张名片为证。简单收拾了一下自己，打车赶往审计局。到了审计局长办公室门口，看了看表八点四十。荣荣敲门进去，一屋人在等。秘书抬头看了看荣荣，要她在外面等。足足站了两小时，肯定是昨夜做梦了，不然不会等这么长时间。来往的人很多，荣荣如果不勇敢地站在里边等，恐怕一上午都不会有时间进门。

荣荣再一次推门进去。

秘书和屋子里的人都看荣荣。

秘书说：“你找局长有什么事？”

荣荣说：“李区长要我来找他。”

秘书一下子没有明白哪个李区长，秘书说：“你是找审计局吗？不是找残联吧？”

荣荣说：“是李进步书记让我来找审计局的马局长。”

荣荣突然意识到自己说错话了，把区长叫了书记。

秘书愣了几秒钟，站起来敲了敲里屋的门走了进去。接着出来叫荣荣进去。荣荣想，我为什么没早说李进步呢。

马局长站着送里屋说事的人走开，接着坐到自己的办公桌后，看着荣荣问：“你是李区长的什么人？”

荣荣说：“什么人也不是，是找他分配工作，我是农大毕业学审计的。”

马局长没说话，停顿了几秒钟，拿起内线电话要一个人过来一下。

马局长说："你和李区长没有任何亲戚关系？"

荣荣说："没有。"

马局长说："你知道，王书记走了是李进步区长接班啊？"

荣荣莫名其妙地点了点头。

一个女孩走进来。马局长说："领她到你那个科去实习，把一切规矩告诉她。"

女孩要荣荣跟了走，荣荣说："谢谢马局长！"

出了局长的门，荣荣觉得这事情也太奇妙了。

走到四楼，荣荣看到要进去的屋子是审计局办公室。女孩回头指着荣荣要她坐到沙发上。荣荣坐下来好奇地看着四周。墙上对门的地方挂着一幅字，是苏东坡的"赤壁怀古"。办公室有三张桌子，三台电脑，三个人，其中的两个人抬头看荣荣。

女孩说："你就在这里实习，你的实习期是三个月，三个月没有工资。三个月后看表现。每天的主要工作是收发报纸和信件，还有打扫科室的卫生，是这一层楼的卫生，不是仅仅办公室。"

荣荣说："那我的办公桌呢？"

女孩看了看另外两个人会心的笑了一下，女孩说："沙发。"

另外两个人中有一个男人，生得瘦而高，平头，着一件棕黄衬衫，衬得他的本来素净的面孔更加显得白净了。他抬起头说："你做完这些事情，你就可以做别的事情了，也就是一上午的时间，要办公桌没什么用处，况且，你是临时工。"

荣荣赶紧说了声"谢谢！"一种没着没落的无奈。

荣荣说："那我现在就打扫吧。"

女孩从她自己的抽屉里取出什么说："这是办公室的钥匙，明天一早你来打扫卫生。对了，还有，负责上下班把办公室的窗户关好。"

荣荣开始干活，里里外外打扫了一遍，空气里飘荡着清水的味道，在一个陌生的环境里，荣荣感觉到了快乐。

下班走出审计局的大门，荣荣回忆一上午的事情，觉得自己有点大材小用了。但马上安慰自己：总算有领导知道自己了。回到家做出一脸轻松的样子，不能给弟弟哭脸，要让他知道这不是梦，是现实。更不能给妈妈哭脸，她为我们姐弟俩已经够操心了。当然，三个月没有工资不怕，拿出自己的很少的积蓄来补贴家用，三个月后会有希望的。

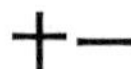

十一

又换了一个季节。外面的风刮大了，草坪凝露为霜，万物收起了生机，撒下了一片迷茫。荣荣总能看见别人的热闹，别人却看不见荣荣内心的懊恼。当初领她走进办公室的女孩叫翠凤，那个瘦高男人叫小刚，还有那个大一点的叫素英。每天的办公室总是有很多话在说，不是荣荣的，是他们的。

素英说：“弄了一个祖宗，真是什么也不省心哟，隔三差五的回来。一人回来不算，还带了孩子。你说，我这么个年龄就要给她当姥姥了，晚上还得搂着孩子睡。夜里做梦呢，翻了个身掉在地上了。知道掉到地上了，半醒半不醒，心里明白，可浑身乏力，以为是梦。一动不想动，管那个小家伙在哪睡呢，地上是木地板凉不着她。迷迷糊糊睡不踏实也不想动，到天亮才知道小家伙是真掉在对面呢。她妈进来看到掉在地上的孩子，指着鼻子骂我，说是我不知道疼人，心不正想害她闺女呢。呸，小蹄子，我也就比她大五岁，我要给她女儿当姥姥？笑话人呢。”

荣荣知道素英嫁了个二婚男人，人家的闺女都有孩子了。

小刚谈他的彩票，他的彩票堪称他的白日梦，他总是说：“如果中了500万，将来怎么理财呢？”小刚认真严肃的表情很是让荣荣想笑。

翠凤不停地煲电话，怕人不知道她总是换对象似的。

阳光透过宽大的窗户落在荣荣脸上。荣荣看到空气、风和阳光在外面，外面有鸟瑟瑟地飞过。荣荣想到天冷了，阳光也罩不住万物的寒冷啊。四个月快到了，实习期也已经超过去了。不管怎么说，这也是一份工作，和任何岗位上的工作一样，荣荣是在用心做着。荣荣打扫卫生，从四楼、三楼到二楼、一楼。有几次下到三楼看见马局长，荣荣都想问问自己的下一步。但是，几次都退缩了，马局长的眼睛一定看到自己了，既然看到了，还能不知道自己还在实习？下了班，荣荣喜欢一个人在街上游荡，城市里的每一个角落都塞得满满的，她在人群中穿梭，他们有的行色匆匆，表情冷淡，有的步履缓慢，面带笑容。荣荣想着每一个人都会有一个故事，都会是自己的主角。每个人都附带着一些欲罢不能的东西：活下去，要做什么，怎么活下去，将来的事业和亲人对自己的期望。在纷乱的人群中，荣荣觉得自己是越走越远了，好像不是她的意识所为。她努力试图来控制自己不要越走越远，她尝试着走近，比如就在曾经摆地摊的那个十字路口转悠，好像也不能。她怕看见那个乡下姐姐，还有那些糊口的摆地摊的曾经的乡下死党们。荣荣慢慢明白了，实际上是自己的心病，是自己在疏离自己的尊重，自己害怕有一天别人知道了荣荣大学毕业后就做了一个打扫卫生的营生，还不发一分钱的工资。怕他们看见了自己要问长问短的，自己又掩饰不好要掉眼泪。荣荣安慰了自己一下：我这个人的存在，李进步知道。我在单位的工作表现，马局长知道。就算马局长不知道，办公室的人也会告诉他。等吧，不能给人家领导添麻烦。

四个月过去了，进入了五个月，快过年了，什么事情都瞒不住年，荣荣很伤心很伤心，表现出来的脸上的内容是傻笑。

妈妈说："荣，你回来家总是笑，笑得也不自然，不是单位有什么事情了吧？"

荣荣说："没有。好着呢，单位过年要发福利了。"

妈妈说："噢。好啊，总算领上我闺女的福利了。"

荣荣想起了李进步留给她的电话，想什么时候应该打一个给他。有这个想法的时候就找出压在笔记本中的名片，接着又犹疑了。年前事情多，电视上的新闻里他总也在忙，打给人家是在添乱。妈妈说："你过年也该去给人家李区长送点东西了，没多有少，就把单位的福利送人家吧，叫人家也知道咱不是富人但也算有情义的人。"

荣荣说："嗯，知道了，妈。"

荣荣决定到李进步家里一趟，既然去就不能空手，空手去人家里是很不礼貌的。那么买什么东西去好呢？自己想到的许多东西人家一定不缺。自己想不到的，或不敢想的，自己也买不起。想来想去，还是买一束花吧，快过年了，还不丢人现丑。决定了，荣荣给李进步打了电话。为了怕对方认为是骚扰电话，荣荣等那边一接电话就说了："李区长，我是荣荣，那个残疾人，我想去您家里看看。"

李进步说："是荣荣啊，你可从来没有给过我电话啊，一定过得还不错吧？"

荣荣说："挺好的，上下班都好。"

李进步说："好了好啊，有事就说，没事呢，我看就别到我家里了。把年过好！"

荣荣抢着说："我都定好花了，决定了的事，您就同意吧。"

那边没有动静，荣荣怕把事情荒了，着急地说："我求您了。"

李进步说："那好吧，你一会儿到我家里，我看看表，噢，都快午饭了，家里有人。这样吧，我在井园小区，六栋三单元三零一，如果门卫不让你进，你就说是李进步的妹妹。”

荣荣快要哭了，不敢再多说一句。

电话里的李进步说：“荣荣，你在听吗？”

荣荣挤出一句话说：“听。”

李进步说：“那就一会儿见。”

放了电话，荣荣飞速跑到对面的花店，要店主插一个最好的花篮。荣荣打车到了井园小区，门卫果然拦住了她。

荣荣说：“我是李进步的妹妹。”

门卫上下打量着不相信，看到荣荣手里捧着的花，想着不是什么坏人，但就是不放行。

荣荣说：“我真的是李进步的妹妹。”

门卫说：“那你知道他家里的孩子是女儿还是儿子？”

荣荣瞪了眼睛说：“我是李进步的妹妹，难道我不知道他是女儿还是儿子吗？”

门卫撅着嘴说：“我就叫你说呢。”

荣荣真不知道李进步的孩子是女儿还是儿子。荣荣说：“要不，你给李进步打电话吧？”

门卫的眼睛一瞪说：“笑话，书记的电话是随便可以打吗？”

两个人就这么僵持着，下班的人陆续走进小区，有人就想多嘴，“门卫，怎么啦？”

门卫说：“她说他是李进步区长的妹妹。李区长怎么可以有这样的妹妹。”

荣荣上前一步看着门卫说：“你！”

所有的人开始上下打量荣荣，有人小声说：“有毛病呢这个女人。”

“听说李进步要当区委书记了，不知道为啥，现在还没有动静。”

“不一定。我听说他要走，城区的书记和区长要一起动。”

这时候李进步走着回来了，所有的人都说一句话：“下班了李区长？”

李进步说：“下班了。你们这是看什么？”

观看的人闪开要李进步走，李进步看到了花篮后面的人，应该是荣荣了，“是荣荣？跟我回家。”

李进步接过荣荣手里的花篮领着她往家走。

荣荣不敢回头，后面的人群终究也是生活的一种方式吧。

开门的是小保姆，荣荣跟着进来，要脱去鞋子换上拖鞋，李进步不让，他自己也没有脱掉鞋子。李进步要荣荣坐到沙发上，他把手里的花篮放到电视机上，自己也坐到沙发上，看着电视机上的花篮说：“荣荣，你给我们家带来了春天。”

荣荣不知道说什么好，一个劲地笑。

李进步看着荣荣的笑：“看荣荣开心的样子就知道工作得很愉快。”

荣荣点了点头。保姆端过来两杯茶放在他们俩面前。

李进步说：“荣荣现在一月拿多少钱？比起摆地摊来是少了呢还是多了？”

荣荣没有办法说谎了，有点惶恐无所遁形的感觉，“李区长，我不拿钱。我还在实习期。”

李进步放下手里的水杯，“你在实习期？”

荣荣点点头，很轻松地说：“大概要过了年后才能拿工资吧。”

李进步说：“你在哪个科室？为什么手续还没有办进去？你如实把前后的事情告诉我。”

荣荣的脸洋溢着冰雪般凛冽而又脆弱的甜美，“我还是走吧，要到午饭了，我妈妈在家等着呢。”

荣荣站起来想逃，他从李进步的脸上感觉到了严肃。

李进步说：“你坐下来，你再不说，我就不管你了。”

荣荣坐下来，希望和失望带来的心慌意冷是两回事。大腊月天的，不能让自己的心情坏了年的气氛。荣荣开始叙述，很无所谓的样子。对面电视机上的鲜花盛开着。荣荣感到李进步在聆听她的叙述中有一种认真的负债感。

李进步说：“你肯定地告诉我，他确实问了你是我的什么人？”

荣荣“嗯”了一声。

李进步指着电视上正播的午间新闻说：“看，那人在吹大话，不看了。王八蛋！”

荣荣以为是骂电视里的那个吹大话的人。

李进步说：“你下午就去找马局长借钱，我会给他电话的，你别不好意思，借两万，我要你借两万。你总得过年吧！”

荣荣不明白是什么意思，借两万过年，怎么过一个年就要两万？最根本的是还人家什么？荣荣不敢答应借钱的事情，只说：“过年不用钱，我妈都准备好了。您也别把我的事情当回事情，有路走总会有明天。”

荣荣篡改了一下乡下姐姐的话。

荣荣站起来要告辞，李进步本来想留她吃饭，看荣荣的样子知道她确实是想走，也不挽留了，送她到门口，说了一句话：“记住下午就借钱啊。”

荣荣说：“我走了李区长，您好好过年啊。”

李进步冲她笑笑，摆摆手，没有作答。

荣荣走到大门口，看到门卫看她，用异样的眼光在看，表情跟梦游似的。

十二

下午上班了，荣荣窝在沙发上看书，脑子里却装不下字。李进步要我和马局长借钱，借钱？说什么都不能借的。怎么能找局长去借钱？马局长脸长，颧骨高，肤色黑，一看就是强项的主儿，你借钱，人家脸一黑，拿眼睛盯着你一眼，叫你吃不了兜着走。但是，为什么一定要自己去借钱呢？这也是荣荣脑海里装不下字的原因。办公室的人好像不知道有荣荣这么个人存在似的，热烈的时候热烈，不热烈了突然的就什么也没有了，只有荣荣的翻书声。小刚抬了一下头伸了个懒腰“哎喽”，尾音拖得长长的，他真是伏在电脑上的时间太长了。荣荣想说什么逗乐的话，想叫他更放松一下，看看自己不入群的样子，一个临时工，拿什么和人家去讲玩笑？啥也没有说出口。

桌子上的电话响了，素英接起电话来：“是局长啊，您是说找谁？荣荣？”

素英拿着电话冲着荣荣说：“快，局长找你。”

三双眼睛都看荣荣，荣荣的心慌了一下，她可从来没有过电话啊？边拿电话边小声说：“哪里的局长？”素英说：“咱们的马局长。”

荣荣接过电话说：“马局长您找我？”

电话里的马局长要荣荣到他办公室一趟。放下电话荣荣出门往楼下走，听得身后的人议论自己，来不及听，已经走到局长办公室门前了。

敲门进了马局长的办公室，马局长说：“你坐下。”

荣荣很享受地坐下了。

马局长的脸有一点暖色，微笑着说：“荣荣，你老家在哪里？今年多大？什么学历？”

荣荣一一作答。

之后突然马局长话锋一转问："你同李区长到底是什么关系？你们的老家不是一地的。"

荣荣一激灵，不知道如何回答。说是没什么关系吧，显然他已经肯定了有什么关系才问的，说是有关系吧，那不是明明撒谎，你一个小人物，何以跟这么大的领导有关系？很作难。情急之下，荣荣突然冒出一句："我去李区长家里，其实说是——妹妹——吧。"荣荣想说是李区长让我做他的妹妹，可一着急变含混了起来。

身子向前探了老长的马局长很想听出什么名堂来，这么一听荣荣说，马上缩回身子来大笑了起来，并且连连说道："噢，噢，我知道了，我知道了。难怪你知道他要当书记了。荣荣妹妹啊，你具体对你自己是怎么想的？"

荣荣被马局长叫了妹妹，吓坏了，况且也不知道李进步要当书记的事。一时又确实不知道具体想什么？想到了李进步要让她借钱的事，荣荣说："我想和单位借点钱，要过年了。"

马局长说："这我知道。我只是想说，这钱呢是我给你，你和李区长说清楚了，是我给你，知道不？你是李区长的妹妹就一定也是我的妹妹，况且你马上就要升格成为书记妹妹了。"说着从桌子的什么地方取出来码得很齐的两沓子递给荣荣，并且要荣荣收好了别叫人看见。

荣荣懵懂着接过钱来说："那我给您打个借条吧。"

马局长加重语气并用了一个很暧昧的眼神，说："看你这个荣荣妹妹，收好了，和李区长说一下，我祝贺他马上成为李书记了。借不借条吧，我和书记还用走那形式主义？以后的天地宽着呢！"

荣荣执意要打借条。打借条的空当里，荣荣想着这事情有意思，马局长那阴天不下雨的脸变得很怪了，李进步为什么要我和他借钱呢？荣荣把借条打好了，看着马局长说："马局长，我的实习期也到了，我下一步的工作，您看？"

马局长琢磨什么事儿，"好说，好说，好说。"

荣荣说："马局长，您说我这正式上班的事能经您同意么？"

马局长说："不就是一句话嘛。都好说。"

荣荣说："马局长，那等过了年办好不好？"

马局长回过点神来，"你的事儿都好说，不就是个吃财政嘛，年前就给你办了它。你这个荣荣妹妹啊，你可是我们俩兄弟之间的一座桥梁啊！"

有时候你觉得天上不可能掉馅饼，但是，它就掉馅饼了。

荣荣拿回家的钱不敢动，琢磨着这钱的来龙去脉，一时紧张，一时又很窃喜。

马局长后来派人调查了荣荣，荣荣和李区长八字挨不到一起来，可李区长葫芦里卖的什么药？马局长一时也没有明白。李区长依旧没有正式提拔到位，风传很多，有说过了年要来新书记，马局长对荣荣又不敢轻易辞退。可是，借出去的两万块钱他惦记着。一时作难。用了一上午的时间琢磨事情：李进步是什么意思？一个残疾女人，到底是什么让李进步重视她？琢磨不透，假如李进步突然调走？一时就觉得自己吃大亏了，哪个敢拿我审计局长抓涮？也就是你李进步。罢罢罢，想到最后，叫了会计来，要她打一张临时工工资的表格，荣荣从上班那天开始算起，免去实习期，按五个月，一个月一千算。马局长决定不让荣荣简单的就吃了财政，没明没暗的事，平白无故不能给她这个好！

他要会计出去后把荣荣叫进来。

荣荣恭敬地站在马局长老板桌对面。

荣荣说："马局长，您找我有事？"

马局长“嗯”了一下。一口烟没有抽到底，把剩下的烟头掐灭在了烟灰缸中。

一缕缭绕上升的烟气把马局长的脸映得阴黑。

荣荣不知道发生什么事情了。

马局长居然笑了一下。荣荣心跳得咚咚响。

“我想了想，是该给你一份工资，打临工也该有起码的生活保障，对不？不能叫你花我的钱。花我的钱可以一时，但是，肯定不能一世。对吧荣荣？这样呢，我要会计给你从你实习期算上，一个月一千，不多，也有五个指头了吧。你待会儿到会计那里去领。领了来见我，有些事情我还需要安顿你一下呢。”

荣荣明白了局长的意思，但是，明白的当下好像又糊涂了。心里越发不安了，进退不知，小心答应一声走出办公室。

荣荣从会计那里领了钱，有点兴奋，仅仅是有点。觉得自己的前途有了变化，还是想不出来为什么，总之是自己的前途愈加未卜了。

马局长抬头看了看荣荣，捎带了一眼她手中的钱。

马局长说：“领了？”

荣荣说：“领了。”

马局长说：“数了？”

荣荣想起来没有数，会计递过来一沓子，好像是已经数好了的。荣荣想正好对着马局长数一遍钱，也算有个交代。

窗外的阳光照射在马局长脸上，他眯起双眼，不想在四溢的光芒中晕眩。他抬起拿着香烟的手搭在了额头上，调换了一下姿态看着荣荣数钱。这么爱钱的一个女人，李进步的眼窝也太浅了，给你钱你不要，转手叫我给这个女人？

“你这个荣荣，身份复杂，你叫我怎么帮你呢？”

荣荣数好钱，用手腕上一根橡皮筋套好，看着马局长说：

“局长，我不复杂，其实，有些事情你可以去问李区长。”

马局长说：“算了，问什么李区长，想不到你能言善变，还过于有主见，不说了，等过了这年再说。你看你的意思呢？你看——”

荣荣不知道马局长要看什么，说好的年前就办了的事情，为什么拖后了呢？无缘无故的，倒是听出马局长用牙齿撕扯出来的那些话，却狠。

荣荣的心跳了起来，把当下要做的事情就忘记了。

马局长一下严肃了。

“荣荣，你该明白你的身份。你看呢？”

荣荣看到马局长的脸上涂上了一层老红，目光降低了许多，转瞬间那脸就又黑上了。荣荣眨动眼睛的频率快起来，有些话说不出口，人有些着急，站了起来，迈动了脚步想解释什么。

马局长以为她要走，自己也站了起来，“荣荣，你这个按不倒的葫芦、抚不平的瓢，你是真想叫我说透啊？”

荣荣真正的是莫名其妙了，往后倒退了两步，“马局长，你这是要说透什么？是我的工作吗？”

马局长说：“我这是叫你明白你手里的东西可不是你自己的，是我要会计给你按没有实习期的工资发放的，要不是你和李区长的关系——你，你太会利用李区长了。”

荣荣感觉自己丢人了，她不想利用谁，她的未来山重水复，远到天边，也不是这几个月的事情。决定不给马局长这钱了，等下午把家里的取上，一并两万都还给他。荣荣打开自己的挎包，想把钱放进去。

马局长压住嗓子喊了一下：“荣荣呀——”

荣荣听到马局长的这声“荣荣呀”，有袅袅不尽的尾音，它战栗得像一条无所不至的蛇从老板桌子前的那头爬到了这头，荣荣的心像是被蛇芯子舔了一般，幽微的麻了一下，明白什么似的，把伸进包里的手拖出来，伸到马局长面前，“给，剩余的我下午还你。”

马局长说：“我不是这意思嘛！我不是这意思嘛！你看你这个荣荣。”很轻的接住了它，放到了身后拉开半缝的抽屉里。

荣荣逃也似的出了门，钻进了三楼的卫生间，长吁了一口气，眼泪在嘴角，湿腻腻的，半天都擦不干净。

十三

妈妈来开门，用眼神示意荣荣，弟弟回来了。荣荣看到妈妈的脸像一张幽暗苍老的宣纸，宣纸的褶皱里，妈妈的眼睛亮出一道尖细的光。荣荣看见靠在沙发上看电视的弟弟。弟弟像陌生人似的看了她一眼。为了这个糊涂人，她又得用心良苦规劝一番了。荣荣坐到沙发上，看着弟弟。弟弟“啪啪啪”按过一遍电视遥控，“砰”地扔掉遥控，站起来走进自己的卧室。妈妈从厨房探出来的脑袋在弟弟站起来的时候缩了回去。

一切安静得像一只虫蜕变后留下的空壳。

荣荣很无助，起身去换了一双拖鞋，走进自己的卧室。躺着想了一会儿事情，发现毫无头绪，抓过床头的电话来，拿起时发现里面有荣清在说话。电话是串着线的。一个女孩子正说：“嫁了你往哪里住呀，我可不愿意和你老妈和你姐住一起，要她们搬出去住，我才要嫁你。”电话里的笑声扬起来，银铃一样，荣荣小心放好了电话。

荣荣想自己将来的容身之地，还要不要是这个城市？颠沛流离，居无定所，还要不要工作？还要不要恋爱？想到这些，有些伤感，当下就缺少这么个人来商量事儿。

对于感情，荣荣的愿望总是来得卑微。

和双喜相处是爸爸的一个朋友介绍的。双喜是离过婚的男人。

叔叔敢把这样一个男人介绍给荣荣，说明叔叔的眼力判断是准确的。荣荣接受了双喜，答应相处一段。第一次见面是去超市。想起来都是莫名其妙。在超市的门口，两人见面了。一前一后进入超市。庞大的超市里满眼繁华。双喜有些眼神不正地高瞄低找，余光收回来都落在荣荣身上。寂寞了一阵子。双喜问荣荣，听说你是李进步的妹妹？荣荣看了他一下没有说话。我又不是外人，或许要做他的妹夫呢。

荣荣想：我这样的人只能有两种人来爱，第一种是智力和学养很高，知道荣荣胸有城府，不在乎外在的，像张海迪那样。自己哪里又能和张海迪去比呢！另一种就是双喜这样的，目标很低，被牵线到了荣荣身边来。这样想过之后，荣荣几乎哽咽难言。二者之间那一些男人呢，他们不属于荣荣，只属于世俗，搭伴过日子，只要人实在就好。荣荣问了双喜被前妻带走的女儿有几岁了？买了一套牌子的衣服想送给她。算是答应了相处。

荣荣告诉妈妈找朋友了，想领到家里来叫妈妈看。

妈妈一大早起来就兴致勃勃地买菜，剁肉包饺子，还从市场买了一只鸡。刀起头落，开膛褪毛。不等炉上炖的鸡散发出浓香来，双喜就来了。妈妈看了看面前的人，没有多说话，忙着转身往鸡汤里下了一把蘑菇。妈妈把荣荣喊到厨房里来。

妈妈小声说：“他是一个中年人，看上去不配我闺女。”

荣荣说：“妈，你要正确认识你闺女的外貌，况且人家对我好，找一个长像好的容易，找一个对你闺女好的不容易呢。”

妈妈说：“看他的脑袋，像一只光溜溜的肉葫芦，我不能去想：他就是我的女婿。”

荣荣说：“咳，你去想他把你闺女照顾得好就行了，你一辈子操心，现在该我孝敬你的时候了，妈。”

蘑菇吸饱了汁水，一朵朵肥嘟嘟的，桌子上的汤盆里像开出了汤花。双喜夹起一只蘑菇来，妈妈以为他要夹给自己或者荣荣，他却夹进了自己嘴里。妈妈端起荣荣的碗来，舀着鸡汤，眼睛恶恶的，勺子磕在汤盆上，重重的，发出无比响亮的愤怒。

他是一个完全自私的男人，竭尽自己的欲望活着，因为他的欲望，荣荣努力展开着笑脸。

彼此都不容易呢，用交往进一步海阔天空吧。荣荣告诉妈妈。

双喜要荣荣尽力接近李进步，说李进步是一块肥肉呢。

荣荣想：这个男人是不可以和自己终老的。

荣荣想和他分手。双喜觉得荣荣这个样子还敢和自己分手？笑得快把牙掉出来了，指着荣荣，就你的样子？荣荣的心寒了一下、两下，爱情其实与自己的家门已经走出很远了，荣荣心里噙满莫名难辨的泪水，活人咋这么不容易呢？

十四

再打电话过去的时候，荣荣无话了，不能像任性的孩子一样独自胡闹。对方说：“是荣荣吗？为何不说话呢，你是不是在听？”荣荣怕一张嘴说话发出凄然的声音，半天不语。对方挂了电话。接着又打了过来。荣荣拿起电话来，心平静了好多，荣荣叫了一声：“李区长，你是不是在忙？”

李进步说：“不忙。你是不是有事荣荣？”

荣荣说：“是，有事。你不忙我就多说几句。你让我借了马局长两万块钱，我心里不踏实。人家办工作是要送钱的，我拿了人家的钱，我办不成工作了。”

李进步笑起来，“荣荣，他没那胆量不给你办。”

荣荣说："可是，他就是看人下菜了。"

李进步"噢"了一下。

荣荣说："我想好了，我不想上班了，吃财政让我找不到尊严。我想自己养自己。"

李进步说："哪个不是自己养自己呢，你如果能创造更多的价值，除了养你自己还可以养他人啊，国家培养了你，你是学有所长的，当然更应该把学到的用到工作中，否则，你上大学做什么呢？摆地摊是不需要大学文凭的。"

荣荣一下子笑了，不自觉的，眼泪却是豆子似的一串串往下淌，迟钝了几秒钟，突然猛醒过来，"对不起李区长，我不该这样想，我等马局长给我办手续好了。"

"荣荣，你在笑呢，还是哭？"

荣荣说："笑呢，有你做我的靠山，不笑就怪了。"

"我要你借他的钱，是想让他明白一个道理，做官不是赌博，不是往哪一个人身上押宝，就算我离开了，他也该懂得共产党给他的身份资格不是要他谋算自己的。他算计得可真清楚啊。"

荣荣叫了一声："李区长。"

"荣荣，你拿着吃财政人的心态下午上班去。我看他敢和我作对！"

荣荣说："这样合适吗？其实，我想吃财政的心态也和体验做领导的心态是一样的，人家之所以巧妙地对我措辞，小心地对我表态，因为，了解别人和自己也是一个人的权利啊。"

"你说得对，我也有过年轻的时候，也曾受过势高权重者的挤压，可如今，我管的干部居然拿着手中的权力不听我的话，和我玩游击！荣荣，你在听吗？"

荣荣说："在听。"

"其实，荣荣，你的事不算什么。我在这个岗位上八年没有动过，我和你们马局长的心态是一样的，我多么想动一动啊，官场是一场竞争，拉开序幕的时候，就已经明白没有绝对的公平可言，谁都知道人的主观性是永远不能够避免的。什么都知道，却又什么都不能说。”

荣荣一下子惊讶了：“你都当八年区长了，有多少人在想，在等，在努力，哪怕一天的任职呢。你还不满足啊？”

对方静下来，不说话。

荣荣心里突然变得格外平静，静得一片空空，静得一片茫然。

妈妈在客厅里贴着门缝偷听电话，一时手足无措，小心问：“没事吧，荣荣？”

荣荣奇怪自己说出这样一句话来，她感觉到了对方的不知所措，在无线电波的那头，在他身体和呼吸当中，一定没有人说过这样的话，这样的话是一个醒着的人说着的话。

那边的电话断了。

盲音像省略号一样，荣荣听见妈妈踩着电话的盲音走进了厨房。

荣荣不去想这件事情了，决定下午去一下单位就再不去上班了。不受别人的管制，不受别人的挑剔。人是有感情的动物，也是最难伺候的，做人得学会说话，假如我用另一种口气与李进步讲话，或许他就不会放电话了。算了，把苦难当成上苍赐给我的一笔无价的财富，不信自己走不出一条路来。

午后的阳光散乱，街道上刮着生冷的风，荣荣乱无头绪地走着。感觉中的冷，窒息般地向四围弥漫开来。荣荣吸进来一肚子凉气，用手裹了棉大衣走，路人匆匆。人们用狂热的劲头来采购东西，那些汹涌如潮的市声勾勒出了年的急迫。路边商店里的叫卖声煽情到想让人掏光最后一文钱，过年了，咋和梦一样呢？声满天地的叫卖声，大红的“福”字和金粉写就的春联，有种急弦嘈杂的味道，荣荣忍不住脚步加快了，走向叫卖楹联的地方，买了对子，为了给家里添点喜气，为了让下一年顺着“年”的吉气让一家人平安幸福，荣荣把刚才的事情甩到脑后去了。

看了看时间，离上班还早，自己出来是想散散步，既然买了对子那就送回家吧。

回到家里，妈妈说：“你爸今年去世了，第一年是不见红的。”

有股萧瑟感，突然的又泪如泉涌了。无法控制，对命运最无奈的感慨。

十五

荣荣站在尘土飞扬的街道前，双喜从什么地方赶过来，昏黄的阳光照着他额头上的皱纹和头发中的白发很是明显。他穿了一件红色的夹克衫配蓝色的休闲裤，在荣荣的目光中，色彩鲜艳，但缺乏生动。

荣荣停下脚步，双喜说，过年了，是不是应该给你们家买点什么？荣荣说，随便吧。双喜说，什么叫随便？你是我丈母娘养大的闺女，大过年的得孝敬一下，不然，我将来怎么住进你家去。荣荣看到双喜脸上起了一个大疖子，在他的鼻头左侧，没有恋爱中的疼爱，也没有怦然心动，这个男人，那么真实地在自己面前站着。荣荣说，看人家是怎么孝敬的，你也怎么孝敬。荣荣回转头往前走，有时候人与人的机缘是可遇而不可求啊，身后的这个人，与荣荣是一种宿命的机缘呢，生活的意义需要荣荣和他走到一起，一时走不近，但是，总会走近。荣荣强迫自己去想他的好，他的没有女人打理的样子，是因为荣荣从心里不接受他的缘故呢，不能要求生活的完美，只能明白此生的艰辛和不易，活着是为了换取幸福的好感觉，好感觉也是从俗常的生活中得来的。荣荣不想那么多了，不能挑剔，抱定了要和身后的这个人相依为命。荣荣回了头看着双喜说，明天星期六，我陪你去买过年衣服，你身上的衣服脏了，显皱，看上去你不清爽。

双喜说："荣荣，你知道疼我了。荣荣，我想现在求你一件事，你答应我，明天买衣服时还你。"

荣荣说："什么事？还什么？"

双喜说："我在棋牌室打麻将输了，人家扣了我的电动车，说来也不多，五百快，不算钱，可手头没有，想着你这时候来上班，想要你借了去还账。"

荣荣没想到他有这嗜好。张大了嘴巴看着。

双喜："借了是要还你的嘛，又不是不还你，明天连本带利还，都好说嘛。"

荣荣说："我没带钱。"

双喜说："我不信。你忍心叫人家瞧不起我？"

荣荣说："你有大把的时间赌钱，就不会想办法去赚钱？"

双喜上前拉住荣荣的手说："荣荣，看你说的，啥活都得有人干嘛，我这次还了人家的钱，我再赌我不是人嘛。再说了，我那辆电动车就是赢来的。"

荣荣觉得自己是在经历毫无尊严的恋爱。一时的现象分裂了荣荣内心美好的想象。还想着要去疼他，去改变他，她不知道这些内心的决定对他的存在还有多大的意义？荣荣伸进自己的挎包，摸着抽出五张来，她抬头看双喜，他那双眼睛像一只马蜂一样蛰痛了荣荣的心。

双喜拿了钱扭头就走。荣荣说："你就不计划说点什么吗？"

双喜说："不就是俩钱嘛，明天还你就是了嘛。"

荣荣满心都是疼痛，他这么一个人，与自己的爱情很远，想象中的不该是这样。该是什么样子呢？荣荣边走边想：想在一个人面前耍点小性子，心跳跳的想使坏，两人相视而笑，握住手，像电影里的经典镜头。在爱的人面前活泼起来，心里应该是充满美好的感觉。可是，好的爱情能经得住生活这般残酷的打磨吗？一生一世只怕是珍珠也会褪尽光华，想那么多浪漫没用。荣荣决定明天要好好和他谈谈，过日子首先得学会本分。

荣荣没想到她走进马局长办公室时，李进步在。荣荣被秘书拦住了，要她到办公室去等电话叫她。

办公室内很安静，只有小刚俯在电脑前。荣荣知道小刚是独身一个人，一个人的“年”随大流过，想来是，他已经对过节没有感觉了，不然的话，这时节他应该去采购。

小刚越过电脑看着荣荣说：“你说荣荣，我们周围的议论，很大程度上是源自我们自身的文明程度不够和教养的缺失，你是一个非常非常有教养的人。”

莫名其妙的话。

“你有一个好哥哥。”

没有脑袋，一台电脑遮挡了他的身体。

荣荣说：“你在说什么？我一时没有明白。”

小刚说：“全机关都在议论你呢，你有一个好哥哥，其实，你有这么一层关系，你为什么要如此卖力地工作呢？”

荣荣把眼睛睁得大大的，电脑后面藏着的那个人，不是玩彩票的主吗？怎么也说这样的话？

电话响了，是叫荣荣下去到人事科。

人事科的人告诉荣荣，要她明天和他一起去把放在人事局的手续要回来，从明天开始她就是审计局的正式职工了。上班到审计一科。明天，马局长会开会宣布你的情况。

荣荣高兴得想喊一声，不能喊，只觉得自己是在做梦。

回到办公室，荣荣告诉小刚："我要办手续了，终于要成正式工了。"

小刚离开座位，摊开两只手，走过来俯身碰了碰荣荣的脸。

十六

成为吃财政的正式人员，对荣荣来说多么不容易。

嫁出去的姐姐回家来看荣荣。荣荣很高兴，吃罢喝罢，荣荣找了几件不穿的衣服要姐姐带回去。荣荣看到妈妈和姐姐嘀嘀咕咕说什么，看到荣荣的时候说话又都卡了壳。荣荣看她们一眼，俩人又都不吱声了。荣荣问妈妈说什么?

妈妈的语调随即蔫下来："说你姐姐呢，她说这辈子都白活了。还有你姐姐的孩子欢欢，高中毕业后没事做，你说他怎么也是高中毕业生啊，人家有能力的都在城市找工作了，他在家，人呐，谁都不愿意白活一辈子，都想长本事呢。"

姐姐说："荣荣呀，姐姐说句不应该的话，你有今天，那是爸妈的功劳，可姐姐长你岁数，你这么有出息了，也是姐姐带大你的，也有姐姐一份功劳啊。姐姐现在遇事了，这事呢关乎姐姐的命呢。我没旁的意思，你也别怕。看把你吓的。姐姐知道你心肠热，爱帮人，可咱家的事也是大事啊。白云苍狗，世事难料，你真是给咱死去的爸和活着的妈长脸了啊。你认识了区委书记，你咋就认识了呢?你姐夫还稀罕你的本事呢。"

荣荣一头雾水，却也明白了什么，姐姐都知道李进步当书记了。

"姐姐，你是想要我帮欢欢找工作是吧?"

姐姐一脸惊喜地说："是啊，是啊，咱哪见过人家区委书记的面，正月十五闹灯会，看人家在主席台上，那时他还是区长呢。一时看不清楚，挤挤擦擦的那么多官儿。咱离得又远，隔着人山旗海，军警民兵，根本看不清楚人家的长相，电视上再看，人怎么都不像实的，人家那脸，就是比跟着的那些人的脸大一圈，官相呀。我还和欢欢说，快看电视上的，你小姨就认识的这位大官，平常啊，咱知道够不着人家，这回你小姨可要给你帮大忙了，你得感谢你小姨一辈子呢。”

荣荣看了妈妈一眼，姐姐四六不着调，这事与妈妈有很大的关系呢。妈妈假装做手边的事，有点儿手足无措。

姐姐用不胜向往的神情看着荣荣。

荣荣说：“这事不可能，绝对不行。”

姐姐不说话了，眼泪像断了线的珠子，滚在脸上，掉在身上。

“荣荣，当年，能接爸爸的班，我没接，是因为爸爸偏想你身体有毛病，想叫你接班，后来没有接班这一说了，家里就齐力供你念书。想着对你的亏欠，就想要你多认字，长本事。你长大了，妈每天都给你吃两个炒鸡蛋，我是没有份的。我那时眼巴巴看妈把鸡蛋打进碗里，看到妈用筷子小心地挑出蛋黄末端那个眼睛。妈说，这是鸡娃的头，吃掉它是要遭孽的，妈说，你不吃它，你就有好的前途。你活了三十五年，妈每天给你吃俩鸡蛋，那是妈对你的偏爱换来的。你就看在妈的面子上帮帮姐姐吧？”

荣荣想到自己在家的日子里，每天早上，妈妈把鸡蛋在碗沿上轻轻一磕，两个大拇指相向而对，顺着磕开的缝儿向两边一豁，鸡蛋黄儿和蛋清就落入碗底，妈再用二拇指把鸡蛋壳里挂着的蛋清刮一遍，刮到碗沿上。有时候妈会用两个指头轻轻的夹出那个眼睛，然后朝着弹出去的窗外说：“老天爷，保佑荣荣把身体吃得强壮些吧。”

荣荣看到妈妈用粗糙的手抹了一下眼睛，耳边一缕在姐姐的啜泣声中飘动的白发，衬出了脸上无奈的怜容。

荣荣说：“两码子事。不行。”

荣荣看到姐姐双手捂着脸急促地走出门外，在楼梯口停了一下，回头和妈妈说：“妈，我走了。”

听得妈妈说：“你妹妹不容易，还有你弟弟的事呢，你就顾你自家的事去吧。”

姐姐走了，头都没有回一下，是哭着走的。

十七

双喜隔三差五的找荣荣，要荣荣和李进步说，把他的工作调到事业单位。有机会不利用，过时作废。说这话的时候，双喜在荣荣的腮边亲了一下，很亲密地叫了一声：“荣，听话。”荣荣逃也似的跑回家，在卫生间的大镜子前洗脸，一遍一遍洗，有点厌恶，也有点难过。

春天的花开了，树绿了，阳光也明亮了许多。单位的人突然觉得荣荣是一个那么容易快乐的人，只要有一点点快乐的事，她就会笑，她把笑脸送给每一个人，她的笑脸让所有的人们看到了不得不加倍还给她笑。只有荣荣知道，她的开心是因为有李进步罩着她的心灵，能够笼罩住她生命微小的前途，让她有足够的安全和自由。她想要用笑报答这个社会中的好人，因此，她想要把笑送给每一天在她面前出现的人。

下班的时候，双喜在外面等着她。荣荣明确告诉，不可能让李进步帮助他调动工作，如果你打消这种想法，我们可以继续谈，如果不打消这种想法，我们结束。双喜无赖地坏笑着说，我告诉你们单位的人说我睡了你了。你还不帮我呢，我就告诉全城区的人，说李进步睡了你。

惊惧、惶惑。这是她要决定相依为命的那个人吗？人都应该有一种自生的品质，这个人的心性是如此歹毒。荣荣不能承受双喜说出这番令她屈辱和痛苦的话，决定分手。

双喜肆无忌惮地出现在单位里。

市井喧哗，尘土飞扬，单位的人都知道荣荣要结婚了，并且现在已经和每天在单位门口等着的那人同居。连门房的保安都说那个人鬼眉六眼的，荣荣居然看中了他。荣荣每天还是笑笑的面对他们，只是笑过后，脸上木木的，有一口咽不下去的苦涩。

要想自行了断这件事，就必须下狠心。荣荣想去双喜家见他爸爸。

双喜家在郊区农村，荣荣敲了好半天门，才听到里面有咳嗽的声音。门开了，开门的人很瘦弱，没有惊异，也没有问你是谁。他不住地咳嗽，低着头要荣荣进来坐。屋子里沉沉的，没有生气。窗户上挂着一块发黄的帘子，也是旧旧的，与对面的人一样一派“凄然”。荣荣突然不想打扰这位老人了，不想多话，没有坐，掏出一百元放到一进屋子就能看到的床上，要走。

突然，话传过来，那声像旧瓦盆一样，闷闷的：“他是不是伤害你了？”

荣荣走到地中央的煤球火炉前，看到火台上有一个熏黑的铝锅，锅内的食物呈糊状，灰灰的，还伴有股酸味。荣荣用勺子尖挑了点，感觉难以下咽，有一股苦涩翻搅上来，荣荣说：“叔叔，我是来帮你收拾屋子，没事。”

荣荣用了一下午的时间收拾屋子，该洗的都拿洗衣粉洗了一遍，晾到院子的绳子上。荣荣决定什么也不说了，以后再不会见到这个老人了。

他又说话了，“闺女，只要他不伤害你，你怎么他我都同意。”

一种难言的情绪的袭击，知道再说什么都难为这个老人了。

十八

荣荣第一次走进李进步的办公室。

李进步要荣荣坐下，荣荣走近桌前掏出房产证放到桌子上。李进步看着铁锈红的房产证问，你这是做什么？荣荣说想把房产证放你这里。李进步疑惑地看着荣荣。荣荣说没什么意思，只是对您给我的帮助一个无理由的承诺。有一天我还了您借我的钱，我收回它，您只管替我保管一下。李进步笑了笑，我都不知道我的命运会搁浅在哪里，你放我这里，我会忘记它，况且我的事太多，哪有时间替你保存？拿回去。荣荣说拿回去有可能它会永远属于他人了，而我也有可能无家可归。李进步问为什么？荣荣讲了弟弟的事。李进步说给他找一份工作吧，或许工作是一个木橛子可以定住他的心。荣荣说：绝不要。我不知道您对这个社会里的人充满了多少关爱？只是对那些像我弟弟这样的人一定要让他自己去学习生活。李进步说到荣荣上次电话里的那句话，对他很有触动。有时候在一个位置上，很少听到真话，自己便也在这样的环境中，整个人像泥塑了一样板着，等着供奉。听惯了好听话，一点不入耳的声音都不想听到。人为了自己的利益，麻木到所有的人都在说好听话，而我自己对一切过去的经验好像都属于别人了，我天生就该在这个位置上，或者更应该在比此位置更高的位置上。荣荣，人总是面对眼前要去进取，却总是不去想善后幸福。我说什么，别人就去做什么，我很奇怪，居然没有人和我讲道理、摆故事。

荣荣说有些事情摆在那里，做什么总得做好什么，要不然他们给你摆谱的那个气场，你压不住呢。他们说好听话给你，有时候也许是害你呢。等你有一天不在这个位置上了，哪个还会说好听话？我来您这里就很紧张，不是您让我紧张。您得明白，是这个叫书记办的屋子让我紧张。能坐在您现在坐的位置上的人没有几个，我现在面对您对我的帮助，我感到了生活其实是很美好的事情，您用您在这个屋子里居住的权力去让更多的人美好吧。

李进步坐在椅子上，拿起秘书送进来的文件一张一张翻阅，看着手里的文件说："我也明白，这不单单是一种个人的享受过程，更重要的它是一份工作，和任何岗位上的工作一样，需要我很用心地去做，并且需要认真和仔细。只是坐在这里常常会产生一些欲罢不能的东西，我感到自己越走越远了，而且没有回头的迹象。但这并不是我的意识所为，我对所有的一切有说不清楚的缘由和具体动机。我渴望一个敢在我面前说真话的人。荣荣，我想和你说这些我内心的琐碎，希望你理解，我的工作压力让我想在这个屋子里摆谱，我其实有时候心里很虚弱。

当荣荣走出李进步的办公室到外面去的时候，心情得到了沉淀。其实，都不容易，只是，生活也许就应该是这个样子。

十九

弟弟在客厅里顶着秃瓢喝着一瓶啤酒看电视，他的卧室里睡着他领回来的女朋友。妈妈刚用借李进步的钱还了他打伤的那家，他又领了女孩子回来。那个女孩打开弟弟卧室的门，表现出很私人化的姿态和语气，嗲嗲地叫到："弟弟，你来嘛，我要你。"弟弟说："去！"弟弟趿拉着拖鞋站起来，百无聊赖走到阳台上去。阳台的窗户上挂着没有晾干的衣服。黄昏的天空是那样醒目和深远。荣荣站在弟弟的身后。弟弟说："荣荣，我不找你麻烦，你别听妈的话，我压根儿就不想叫人管制，找什么工作，上什么班，我的口味不是那几个钱。你帮我摆平的事，我会记得的，迟早加倍还你。我屋子里的那个人你也别看不惯，有钱难买她愿意。我说这些，不为别的，就为了你是我姐姐。”

荣荣说：“你到底长心眼了。但愿你不要做一个华而不实的人。我等你说过的话应验呢，别叫你的女朋友看不起你来。”

弟弟撅嘴朝着屋子里说：“就我目前这个好吃懒做的样子，她也喜欢我。这是没有办法的事情。”

突然，自家阳台下有人在骂。

“荣荣，你什么东西，你敢叫弟弟打我，你和李进步的龌龊事，谁不知道，你背着我和他睡觉，你还敢打我！”

是双喜。

荣荣说：“你刚出来就又打人了？”

“我打的是一头畜生！”

弟弟打开门，风一样提着啤酒瓶跑了出去，荣荣喊了一声：“弟弟，你别胡来！”

听见院子里有杂乱的飞速跑远的脚步声。

不一会儿弟弟走回来说：“妈的，比兔子跑得还快。”

荣荣叫他以后不要再打人了，弟弟告诉荣荣，欠揍。妈妈附和着说，下次见了他我撕吃了他。荣荣觉得这叫爱情吗？怎么到最后变成这样了。

荣荣压抑着自己的想法规劝弟弟：“你占有了人家，你就得对人家负责，你长得好看，不能当饭吃，不要把努力用到想象上，你得有头脑和抱负，人家才跟你过日子。”

弟弟看到荣荣吃了财政后，人变得精神了，脸庞线条清晰，干干净净。头发没有任何修饰，黑黑的，自然垂肩。

“荣荣，我的事你别管，你说，你咋就看上了那王八蛋？”

荣荣说：“还不是想给家里找一个帮手。”

弟弟说：“呆呀，老姐，那可是天长日久啊。”

二十

单位打发荣荣和小刚一起去省城出差，原本不是要她和小刚去的，是和翠凤，翠凤要结婚了就叫小刚代替一起去。两个人坐了一百八十公里开外的班车。下了车荣荣走不动了。小刚决定就车站先找一个宾馆住下。于是两个人走啊走，寻啊寻，终于找到了一家。小刚拉着荣荣的手乐颠儿走，那一刻荣荣也觉得身体特别轻盈。小刚说先要看看房子再住宿。服务员引他们走进一个标间。里面并排有两张床，电视，只是没有卫生间。小刚好生绝望。服务员说，住吧，我们这里服务好，就剩这一间了，不要你们结婚证的。小刚看了看荣荣，对服务员说，太好了，总算来对地方了，住。

荣荣等服务员走了，坐在床上不知说什么好。

荣荣说："这叫什么事儿？晚上我们再找宾馆住。"

小刚说："我没把你当女人看啊！"

荣荣不说话了，现在困得直不起腰了，倒头便睡，居然还打了小呼噜。

一觉醒来已经是晚上七点，荣荣太累了，小刚从外面带回来盒饭要荣荣吃。荣荣要求登记别处宾馆，小刚说，你怕我什么呢，我又不是坏人，你对我来说，我从没有把你当了女人看待。你就是一个哥们嘛，下午你睡觉，我去办事，累得我实在是不想动窝了。荣荣也懒得动，反正睡的是凑合觉，俩人都没有脱衣服，彼此睡在各自的床上。

夜里的时候，小刚拿出一本厚厚的书看。荣荣猜他的心思：他每天在电脑前玩彩票，他看的应该是一本专业书。不管那么多吧，他刻苦读着计划内的书，最终是要达到一个既定目标，他心中有改变现有的雄心呢，值得荣荣理解。

小刚说："你睡了没有，荣荣？"

荣荣说："快了。你看的什么书？"

小刚说："闲书，一部小说。"

荣荣说："除了专业之外你还看文学作品，这是我没有想到的事。"

小刚说："荣荣，我每天都在学习，你抽时间也和你哥哥说说，基层能像我这样的人不多了。"

荣荣说："我哥哥是谁？"

小刚说："不是李书记吗？都说你有个好哥哥呢。"

荣荣说："其实，我没有哥哥，他只是做了权力范围之内应该做的事情。"

两个人都不说话。夜晚是漫长的，荣荣把寒冷的脖颈埋进棉被中，然后惴惴不安地翻了一下身体，想着自己也该拾起自己的文学梦了。以前一直是为了生计奔波，也该有人生目标了。荣荣小心翼翼地想自己的梦想，想人和人之间在某一个重叠的时光中会彼此更应该有一种激励，而不该是去过多的猜忌，过多利用。荣荣想着就这么睡去了。

黎明的时候，小刚的手碰了荣荣的手一下，一切都是无意识的。

光亮来临之后，两个人的目光互相打量了一下，荣荣说："谢谢你不用我去办事，你都办了，我们早饭后回吧。"

小刚肯定地说："回。"

回去的路上，荣荣看着路前方，转而又看窗外的风景。小刚睡着了，头靠在荣荣的肩膀上，汽车朝前晃动着，荣荣心中有一种惶惑的涟漪随着汽车的轰鸣，像窗户外的早雾一样慢慢地揭开了内心的世俗风景：有些事情和有些人，是不能认真去想的，含糊点儿，其实都是为了活着。

二十一

日子马上就进入了夏天。阳光将城市弄得流光溢彩，城市沉浸在一片温暖中。鸡冠花、晚饭花、月季花在城市的路边、墙旮旯开得正旺。这时候就有人给荣荣打了一个电话过来，是个女人。荣荣说，你为什么要见我？电话里的女人说，见了你就知道了。

荣荣决定去赴约。

荣荣骑了自行车，城市在改建，有一段路面不好走，荣荣推着车走，看到有人在议论，荣荣走过去听。议论的人说，执掌权柄的人一拨一拨地从城市里走过，在一个城市里不会呆得太久，却都迷上了同一行为——改造城市，为什么呢？捞钱呗。都说这一任书记好，可是不也是投入了城市建设吗。有哪一任能把改造城市投入到教育中去，他们如果能省出一个鸡蛋来送给那些学校里上学的孩子，就算是有良心的官员了。荣荣不知道该怎么来和他们说话，城市弄得利落现代不好吗？倒塌的脏兮兮的窗玻璃，路边巨大的商业画，交错的电线，复杂的各种面孔，李进步真不容易呢，想做一点事，有时候不一定能讨人们喜欢。不过，荣荣决定把鸡蛋精神传达给他，要他知道不算什么的事，指不定对老百姓是大事呢。

约会见面的地方是一座茶楼，很雅很雅的地方。

服务员看到荣荣，主动走过来领她走进二楼的一个包间。一个很有气质的女人看着走进来的荣荣。荣荣看到她面前放着一杯咖啡已经冷却，残留的液体依然坚强地散发出奢靡的香味。荣荣笑着，想问你是谁呀？看到女人的眼睛里有泪水一样的东西不经意间充满了瞳孔。女人指了指沙发要荣荣坐下来，荣荣坐下去的时候，人全部埋进去了，背上看上去像背着一个双肩包，显得可笑。那个女人一时惊讶得瞪大了眼睛，盯着荣荣说：“我是李进步的妻子。”

荣荣动了动身子笑了，答非所问，“我也想要一杯咖啡，你不介意吧，嫂子？”

服务员进来送了一杯咖啡。荣荣说：“我去过你家，那门卫好厉害，我看到你把家里布置得很温暖。我自己做主叫你嫂子了。”

女人看着别处，开始怀疑自己生活在电影里，表情慢慢有了笑容，“荣荣，我们想象着每一个人都会有一个故事，都可以编成一出戏，可惜，他们是编戏的主角，不是我们。你怎么可以去爱上一个叫双喜的人呢？”

荣荣说：“那不就是因为，我不是生活中的主角吗？我看到那些同我擦肩而过的帅哥，或者周围那些比我优秀的更漂亮打扮更新潮的女子，我就想，他们更应该是完美的一对啊。我爱他没有错误，只是他很让我失望。”

李进步的妻子本来想见荣荣，是想看看到底她是一个什么样的女人。她是在不经意的情况下从李进步的文件包里看到了一份房产证，上面的名字写着荣荣。她同时在单位也收到一封匿名信，信上说李进步包养着一个叫荣荣的女人。李进步从她这里拿走两万五千块，说是资助一个很优秀的叫荣荣的女人。种种迹象，她很不放心。她找到了荣荣，见到了，突然觉得自己的男人很需要自己去理解。

荣荣说：“嫂子，李书记是一个优秀的书记。”

女人愕然了。